海峡两岸著名作家系列

亲情散文 卷

安达 主编

华艺出版社
HUA YI PUBLISHING HOUSE

图书在版编目（CIP）数据

海峡两岸著名作家系列·亲情散文卷 / 安达主编. —北京：
华艺出版社, 2011.6

ISBN 978-7-80252-260-2

Ⅰ. ①海… Ⅱ. ①安… Ⅲ. ①中国文学：当代文学－
作品综合集②散文集－中国－当代 Ⅳ. ①I217.1

中国版本图书馆 CIP 数据核字（2011）第 130294 号

海峡两岸著名作家系列·亲情散文卷

主　　编：安　达
责任编辑：金书艺
出版发行：华艺出版社
社　　址：北京海淀区北四环中路 229 号海泰大厦 10 层
电　　话：010-82885151
邮　　编：100191
电子信箱：huayip@vip.sina.com
网　　站：www.huayicbs.com
印　　刷：北京兴星伟业印刷有限公司
开　　本：16 开
字　　数：300 千字
印　　张：19.25
版　　次：2011 年 8 月第 1 版
印　　次：2011 年 8 月第 1 次印刷
书　　号：ISBN 978-7-80252-260-2
定　　价：28.00 元

编者的话

亲情，是人们内心深处亘古不变的温暖，当我们走过生命的千回百转，唯有亲情是最切割不断的纽带，恒久而深远。

"家"这个字眼总是与亲情紧密地联系在一起，家就在亲人的血脉相承里，在夫妻的相濡以沫中，在游子凝望故乡的双眸内，无论时空如何改变，家里永远有一盏守候的灯在点亮，血浓于水、相知相惜的亲情便是那盏不灭的长明灯。这些朴实深挚的亲情如涓涓细流润泽着我们的心田，点拨着每一个人心底的柔情，化为前行的力量和生命的勇气。

时光不待人，爱在岁月中。爱是需要表达的，当亲情与散文相遇，散文艺术的精髓便加倍得以彰显，那些情真意切、独具魅力的经典散文，值得读者朋友持卷品读。本书精心遴选了海峡两岸著名作家的亲情散文，期望带给读者朋友心灵的慰藉和情感的共鸣。文海拾贝，有太多优秀的亲情散文令我们由衷赞叹，然而，受篇幅所限，未能尽录，本书选录了四十五位作家的五十九篇佳作，正文目次以作家的生年先后为序，为了便于读者参阅，每位作家都附有小传。

由于我们水平有限，在编排过程中可能有欠妥之处，敬请广大读者批评指正。

2011 年 6 月

目 录

夏丏尊

夏丏尊（1886—1946），字勉旃。浙江上虞县人。现代著名文学家、教育家、翻译家、出版家。著有《文艺论 ABC》、《生活与文学》，散文集《平屋杂文》，译著有《社会主义与进化论》、《蒲团》、《国木田独步集》、《近代的恋爱观》、《近代日本小说集》、《爱的教育》和《续爱的教育》等，著译作品结集为《夏丏尊文集》。1946 年，在上海病逝，墓葬上虞白马湖畔。

猫

　　白马湖新居落成，把家眷迁回故乡的后数日，妹就携了四岁的外甥女，由二十里外的夫家雇船来访。自从母亲死后，兄弟们各依了职业迁居外方，故居初则赁与别家，继则因兄弟间种种关系，不得不把先人有过辛苦历史的高大屋宇，售让给附近的暴发户，于是兄弟们回故乡的机会就少，而妹也已有六七年无归宁的处所了。这次相见，彼此既快乐又酸辛，小孩之中，竟有未曾见过姑母的。外甥女也当然不认得舅妗和表姊，虽经大人指导勉强称呼，总都是呆呆地相觑着。

　　新居在一个学校附近，背山临水，地位清静，只不过平屋四间。论其构造，连老屋的厨房还比不上，妹却极口表示满意：

　　"虽比不上老屋，终究是自己的房子，我家在本地已有许多年没有房子了！自从老屋卖去以后，我多少被人瞧不起！每次乘船经过老屋的面前，真是……"

　　妻见妹说时眼圈有点红了，就忙用话岔开：

　　"妹妹你看，我老了许多了罢？你却总是这样后生。"

　　"三姊倒不老！——人总是要老的，大家小孩都已这样大了，他们大起来，就是我们在老起来。我们已六七年不见了呢。"

　　"快弄饭去罢！"我听了她们的对话，恐再牵入悲境，故意打断话头，使妻走开。

　　妹自幼从我学会了酒，能略饮几杯。兄妹且饮且谈，嫂也在旁羼着。话题由此及彼，一直谈到饭后，还连续不断。每到妹和妻要谈到家事或婆媳小姑关系上去，我总立即设法打断，因为我是深知道妹在夫家的境遇的，很不愿在难得晤面的当初，就引起悲怀。

忽然，天花板上起了嘈杂的鼠声。

"新造的房子，老鼠就这样多了吗?"妹惊讶地问。

"大概是近山的缘故罢。据说房子未造好就有了老鼠的。晚上更厉害，今夜你听，好像在打仗哩，你们那里怎样?"妻说。

"还好，我家有猫。——快要产小猫了，将来可捉一只来。"

"猫也大有好坏，坏的猫老鼠不捕，反要偷食，到处撒屎，还是不养好。"我正在寻觅轻松的话题，就顺了势讲到猫上去。

"猫也和人一样，有种子好不好的，我那里的猫，是好种，不偷食，每朝把屎撒在盛灰的畚斗里。——你记得从前老四房里有一只好猫罢。我们那只猫，就是从老四房里讨去的小猫。近来听说老四房里已断了种了，——每年生一胎，附近养蚕的人家都来千求万恳地讨，据说讨去都不淘气的。现在又快要生小猫了。"

老四房里的那只猫向来有名。最初的老猫，是曾祖在世时，就有了的，不知是哪里得来的种子，白地，小黄黑花斑，毛色很嫩，望去像上等的狐皮"金银嵌"。善捉鼠，性质却柔驯得了不得，当我小的时候，常去抱来玩弄，听它念肚里佛，挖看它的眼睛，不啻是一个小伴侣。后来我由外面回家，每走到老四房去，有时还看见这小伴侣——的子孙。曾也想讨只小猫到家里去养，终难得逢到恰好有小猫的机会，自迁居他乡，十年来久不忆及了。不料现在种子未绝，妹家现在所养的，不知已是最初老猫的几世孙了。家道中落以来，田产室庐大半荡尽，而曾祖时代的猫，尚间接地在妹家留着种子，这真是一种不可思议的缘，值得叫人无限感兴的了。

"哦! 就是那只猫的种子! 好的，将来就给我们一只。那只猫的种子是近地有名的。花纹还没有变吗?"

"你喜欢哪一种? ——大约一胎多则三只，少则两只，其中大概有一只是金银嵌的，有一二只是白中带黑斑的，每年都是如此。"

"那自然要金银嵌的啰。"我脑中不禁浮出孩时小伴侣的印象来。更联想到那如云的往事，为之茫然。

妻和妹之间，猫的谈话，仍被继续着，儿女中大些的张了眼听，最小的阿满，摇着妻的膝问"小猫几时会来?"我也靠在藤椅上吸着烟默然听她们。

"小猫的时候，要教会它才好。如果撒屎在地板上了，就捉到撒屎的地方，当着它的屎打，到碗中偷食吃的时候，就把碗摆在它的面前打，这样打了几次，它就不敢乱撒屎多偷食了。"

妹的猫教育论，引得大家都笑了。

次晨，妹说即须回去，约定过几天再来久留几日，临走的时候还说：

"昨晚上老鼠真吵得厉害，下次来时，替你们把猫捉来罢。"

妹去后，全家多了一个猫的话题。最性急的自然是小孩，他们常问"姑妈几时来？"其实都是为猫而问，我虽每回答他们"自然会来的，性急什么？"而心里也对于那与我家一系有二十多年历史的猫，怀着迫切的期待，巴不得妹——猫快来。

妹的第二次来，在一个月以后，带来的只是赠送小孩的果物和若干种的花草苗种，并没有猫。说前几天才出生，要一个月后方可离母，此次生了三只，一只是金银嵌的，其余两只，是黑白花和狸斑花的，讨的人家很多，已替我们把金银嵌的留定了。

猫的被送来，已是妹第二次回去后半月光景的事，那时已过端午，我从学校回去，一进门，妻就和我说：

"妹妹今天差人把猫送来了，她有一封信在这里。说从回去以后就有些不适。大约是寒热，不要紧的。"

我从妻手里接了信草草一看，同时就向室中四望：

"猫呢？"

"她们在弄它，阿吉阿满，你们把猫抱来给爸爸看！"

立刻，柔弱的"尼亚尼亚"声从房中听得阿满抱出猫来：

"会念佛的，一到就蹲在床下，妈说它是新娘子呢。"

我在女儿手中把小猫熟视着说：

"还小呢，别去捉它，放在地上，过几天会熟的。当心碰见狗！"

阿满将猫放下。猫把背一耸就跟跄地向房里遁去。接着就从房内发出柔弱的"尼亚尼亚"的叫声。

"去看看它躲在什么地方。"阿吉和阿满蹑了脚进房去。

"不要去捉它啊！"妻从后叮嘱她们。

猫确是金银嵌，虽然产毛未褪，黄白还未十分夺目，尽足依约地唤起从前老四房里小伴侣的印象。"尼亚尼亚"的叫声，和"咪咪"的呼唤声，在一家中引起了新气氛，在我心中却成了一个联想过去的媒介，想到儿时的趣味，想到家况未中落时的光景。

与猫同来的，总以为不成问题的妹的病消息，一二日后竟由沉重而至于危笃，终于因恶性疟疾引起了流产，遗下未足月的女孩而弃去这世界了。

一家人参与丧事完毕从丧家回来，一进门就听到"尼亚尼亚"的猫声。

"这猫真不利，它是首先来报妹妹的死信的！"妻见了猫叹息着说。

猫正在檐前伸了小足爬搔着柱子，突然见我们来，就跄踉逃去，阿满赶到厨下把它捉来了，捧在手里：

"你不要逃，都是你不好！妈！快打！"

"畜生晓得什么？唉，真不利！"妻呆呆地望着猫这样说，忘记了自己的矛盾，倒弄得阿满把猫捧在手里瞪目茫然了。

"把它关在伙食间里，别放它出来！"我一壁说一壁懒懒地走入卧室睡去。我实在已怕看这猫了。

立时从伙食间里发出"尼亚尼亚"的悲鸣声和嘈杂的搔爬声来。努力想睡，总是睡不着。原想起来把猫重新放出，终于无心动弹，连向那就在房外的妻女叫一声"把猫放出"的心绪也没有，只让自己听着那连续的猫声，一味沉浸在悲哀里。

从此以后，这小小的猫，在全家成了一个联想死者的媒介，特别地在我，这猫所暗示的新的悲哀的创伤，是用了家道中落等类的怅惘包裹着的。

伤逝的悲怀，随着暑气一天一天地淡去，猫也一天一天地长大，从前被全家所诅咒的这不幸的猫，这时渐被全家宠爱珍惜起来了，当作了死者的纪念物。每餐给它吃鱼，归阿满饲它，晚上抱进房里，防恐被人偷了或是被野狗咬伤。

白玉也似的毛地上，黄黑斑错落得非常明显，当那蹲在草地上或跳掷在凤仙花丛里的时候，望去真是美丽。每当附近四邻或路过的人，见了称赞说"好猫"的时候，妻脸上就现出一种莫可言说的矜夸，好像是养着一个好儿子或是好女儿。特别的是阿满：

"这是我家的猫，是姑母送来的，姑母死了，只剩了这只猫了！"她当有人来称赞猫的时候，不管那人陌生与不陌生，总会睁圆了眼起劲地对他说明这些。

猫做了一家的宠儿了，每餐食桌旁总有它的位置，偶然偷了食或是乱撒了屎，虽然依妹的教育法是要就地罚打的，妻也总看妹面上宽恕过去。阿吉阿满一从学校里回来就用了带子逗它玩，或是捉迷藏似的在庭间追赶它。我也常于初秋的夕阳中坐在檐下对了这跳掷着的小动物作种种的遐想。

　　那是快近中秋的一个晚上的事：湖上邻居的几位朋友，晚饭后散步到了我家里，大家在月下闲话，阿满和猫在草地上追逐着玩。客去后，我和妻搬进几椅正要关门就寝，妻照例记起猫来：

　　"咪咪！"

　　"咪咪！"阿吉阿满也跟着唤。

　　可是却听不到猫的"尼亚尼亚"的回答。

　　"没有呢！哪里去了？阿满，不是你捉出来的吗？去寻来！"妻着急起来了。

　　"刚刚在天井里的。"阿满瞠了眼含糊地回答，一壁哭了起来。

　　"还哭！都是你不好！夜了还捉出来做什么呢？——咪咪，咪咪！"妻一壁责骂阿满一壁嘎了声再唤。

　　"咪咪，咪咪！"我也不禁附和着唤。

　　可是仍听不到猫的"尼亚尼亚"的回答。

　　叫小孩睡好了，重新找寻，室内室外，东邻西舍，到处分头都寻遍，哪有猫的影儿？连方才谈天的几位朋友都过来帮着在月光下寻觅，也终于不见形影。一直闹到十二点多钟。月亮已照屋角为止。

　　"夜深了，把窗门暂时开着，等它自己回来罢，——偷是没有人偷的，或者被狗咬死了，但又不听见它叫。也许不至于此，今夜且让它去罢。"我宽慰着妻，关了大门，先入卧室去。在枕上还听到妻的"咪咪"的呼声。

　　猫终于不回来。从次日起，一家好像失了什么似的，都觉到说不出的寂寥。小孩从放学回来也不如平日的高兴，特别地在我，于妻女所感得的以外，顿然失却了沉思过去种种悲欢往事的媒介物，觉得寂寥更甚。

　　第三日傍晚，我因寂寥不过了，独自在屋后山边散步，忽然在山脚田坑中发现猫的尸体。全身粘着水泥，软软地倒在坑里，毛贴着肉，身躯细了好些，项有血迹，似确是被狗或野兽咬毙的了。

"猫在这里！"我不自觉叫了说。

"在哪里？"妻和女孩先后跑来，见了猫都呆呆地几乎一时说不出话。

"可怜！一定是野狗咬死的。阿满，都是你不好！前晚你不捉它出来，哪里会死呢？下世去要成冤家啊！——唉！妹妹死了，连妹妹给我们的猫也死了。"妻说时声音呜咽了。

阿满哭了，阿吉也呆着不动。

"进去罢，死了也就算了，人都要死哩，别说猫！快叫人来把它葬了。"我催她们离开。

妻和女孩进去了。我向猫作了最后的一瞥，在昏黄中独自徘徊。日来已失了联想媒介的无数往事，都回光返照似的一时强烈地齐现到心上来。

胡 适

胡适 （1891—1962），原名胡洪骍，字适之。安徽绩溪人。现代学者，历史学、文学家，哲学家。以倡导"五四"文学革命著闻于世。历任北京大学教授、北京大学校长、台湾中央研究院院长等。主要著作有《胡适文存》、《中国哲学史大纲》、《国语文学史》、《白话文学史》、《胡适作品集》、诗集《尝试集》等。

我的母亲

　　我小时身体弱，不能跟着野蛮的孩子们一块儿玩。我母亲也不准我和他们乱跑乱跳。小时不曾养成活泼游戏的习惯，无论在什么地方，我总是文诌诌地。所以家乡老辈都说我"像个先生样子"，遂叫我做"糜先生"。这个绰号叫出去之后，人都知道三先生的小儿子叫做糜先生了。既有"先生"之名，我不能不装出点"先生"样子，更不能跟着玩童们"野"了。有一天，我在我家八字门口和一班孩子"掷铜钱"，一位老辈走过，见了我，笑道："糜先生也掷铜钱吗?"我听了羞愧得面红耳热，觉得太失了"先生"的身份!

　　大人们鼓励我装先生样子，我也没有嬉戏的能力和习惯，又因为我确是喜欢看书，故我一生可算是不曾享过儿童游戏的生活。每年秋天，我的庶祖母同我到田里去"监割"（顶好的田，水旱无忧，收成最好，佃户每约田主来监割，打下谷子，两家平分）。我总是坐在小树下看小说。十一二岁时，我稍活泼一点，居然和一群同学组织了一个戏剧班，做了一些木刀竹枪，借得了几副假胡须，就在村口田里做戏。我做的往往是诸葛亮、刘备一类的文角儿；只有一次我做史文恭，被花荣一箭从椅子上射倒下去，这算是我最活泼的玩意儿了。

　　我在这九年（一八九五——一九〇四）之中，只学得了读书写字两件事。在文字和思想的方面，不能不算是打了一点底子。但别的方面都没有发展的机会。有一次我们村里"当朋"（八都凡五村，称为"五朋"，每年一村轮着做太子会，名为"当朋"）筹备太子会，有人提议要派我加入前村的昆腔队里学习吹笙或吹笛。族里长辈反对，说我年纪太小，不能跟着太子会走遍五朋。于是我便失掉了这学习音乐的唯一机会。三十年来，我不曾拿过乐器，也全不懂音乐；究竟我有没有一点学音乐的天资，我至今还不知道。至于学图画，更是不可能的事。我常常用竹纸蒙在小说书的石印绘像上，摹画书上的英雄美人。有一天，被先生看见了，挨了一顿大骂，抽屉里的图画都被搜出撕毁了。于是我又失掉了学做画家的机会。

但这九年的生活，除了读书看书之外，究竟给了我一点做人的训练。在这一点上，我的恩师便是我的慈母。

每天天刚亮时，我母亲便把我喊醒，叫我披衣坐起。我从不知道她醒来坐了多久了。她看我清醒了，便对我说昨天我做错了什么事，说错了什么话，要我认错，要我用功读书。有时候她对我说父亲的种种好处，她说："你总要踏上你老子的脚步。我一生只晓得这一个完全的人，你要学他，不要跌他的股。"（跌股便是丢脸，出丑。）她说到伤心处，往往掉下泪来。到天大明时，她才把我的衣服穿好，催我去上早学。学堂门上的锁匙放在先生家里；我先到学堂门口一望，便跑到先生家里去敲门。先生家里有人把锁匙从门缝里递出来，我拿了跑回去，开了门，坐下念生书。十天之中，总有八九天我是第一个去开学堂门的。等到先生来了，我背了生书，才回家吃早饭。

我母亲管束我最严，她是慈母兼任严父。但她从来不在别人面前骂我一句，打我一下，我做错了事，她只对我一望，我看见了她的严厉眼光，便吓住了。犯的事小，她等到第二天早晨我睡醒时才教训我。犯的事大，她等到晚上人静时，关了房门，先责备我，然后行罚，或罚跪，或拧我的肉。无论怎样重罚，总不许我哭出声音来。她教训儿子不是借此出气叫别人听的。

有一个初秋的傍晚，我吃了晚饭，在门口玩，身上只穿着一件单背心。这时候我母亲的妹子玉英姨母在我家住，她怕我冷了，拿了一件小衫出来叫我穿上。我不肯穿，她说："穿上吧，凉了。"我随口回答："娘（凉）什么！老子都不老子呀。"我刚说了这一句，一抬头，看见母亲从家里走出，我赶快把小衫穿上。但她已听见这句轻薄的话了。晚上人静后，她罚我跪下，重重地责罚了一顿。她说："你没了老子，是多么得意的事！好用来说嘴！"她气得坐着发抖，也不许我上床去睡。我跪着哭，用手擦眼泪，不知擦进了什么微菌，后来足足害了一年多的眼翳病。医来医去，总医不好。我母亲心里又悔又急，听说眼翳可以用舌头舔去，有一夜她把我叫醒，她真用舌头舔我的病眼。这是我的严师，我的慈母。

我母亲二十三岁做了寡妇，又是当家的后母。这种生活的痛苦，我的笨笔写不出一万分之一二。家中财政本不宽裕，全靠二哥在上海经营调度。大哥从小便是败子，吸鸦片烟，赌博，钱到手就光，光了便回家打主意，见了香炉便拿出去卖，捞着锡茶壶便拿出去押。我母亲几次邀了本家长辈来，给他定下每月用费的数目。但他总不够用，到处都欠下烟债赌债。每年除夕我家中总有一大群讨债的，每人一盏灯笼，坐在大厅上不肯去。大哥早已避出去了。大厅的两排椅子上满满的都是灯笼和债主。我母亲走进走出，料理年夜饭、谢灶神、压岁钱等事，只当作不曾看见这一群人。到了近半夜，快要"封门"了，我母亲才走后门出去，央一位邻舍本家到我家来，每一家债户开发一点钱。做好做歹的，这一群讨债的才一个一个提着灯笼走出去。一会儿，大哥敲门回来了。我母亲从不骂他一句。并且因为是新年，她脸上从不露出一点怒色。这样的过年，我过了六七次。

大嫂是个最无能而又最不懂事的人，二嫂是个很能干而气量很窄小的人。她们常常闹意见，只因为我母亲的和气榜样，她们还不曾有公然相骂相打的事。她们闹气时，只是不说话，不答话，把脸放下来，叫人难看；二嫂生气时，脸色变青，更是怕人。她们对我母亲闹气时，也是如此。我起初全不懂得这一套，后来也渐渐懂得看人的脸色了。我渐渐明白，世间最可厌恶的事莫如一张生气的脸；世间最下流的事莫如把生气的脸摆给旁人看。这比打骂还难受。

我母亲的气量大，性子好，又因为做了后母后婆，她更事事留心，事事格外容忍。大哥的女儿比我只小一岁，她的饮食衣服总是和我的一样。我和她有小争执，总是我吃亏，母亲总是责备我，要我事事让她。后来大嫂二嫂都生了儿子了，她们生气时便打骂孩子来出气，一面打，一面用尖刻有刺的话骂给别人听。我母亲只装作不听见。有时候，她实在忍不住了，便悄悄走出门去，或到左邻童大嫂家去坐一会儿，或走后门到后邻度嫂家去闲谈。她从不和两个嫂子吵一句嘴。

每个嫂子一生气，往往十天半个月不歇，天天走进走出，板着脸，咬着嘴，打骂小孩子出气。我母亲只忍耐着，忍到实在不可再忍的一天，她也有她的法子。这一天的天明时，她便不起床，轻轻地哭一场。

她不骂一个人，只哭她的丈夫，哭她自己苦命，留不住她丈夫来照管她。她先哭时，声音很低，渐渐哭出声来。我醒了起来劝她，她不肯住。这时候，我总听得见前堂（二嫂住前堂东房）或后堂（大嫂住后堂西房）有一扇房门开了，一个嫂子先出房向厨房走去。不多一会儿，那位嫂子来敲我们的房门了。我开了房门，她走进来，捧着一碗热茶，送到我母亲床前，劝她止哭，请她喝口热茶。我母亲慢慢停住哭声，伸手接了茶碗。那位嫂子站着劝一会儿，才退出去。没有一句话提到什么人，也没有一个字提到这十天半个月来的气脸，然而各人心里明白，泡茶进来的嫂子总是那十天半个月来闹气的人。奇怪得很，这一哭之后，至少有一两个月的太平清静日子。

我母亲待人最仁慈，最温和，从来没有一句伤人感情的话。但她有时候也很有刚气，不受一点人格上的侮辱。我家五叔是个无正业的浪人，有一天在烟馆里发牢骚，说我母亲家中有事总请某人帮忙，大概总有什么好处给他。这句话传到了我母亲耳朵里，她气得大哭，请了几位本家来，把五叔喊来，她当面质问他，她给了某人什么好处。直到五叔当众认错赔罪，她才罢休。

我在我母亲的教训之下住了九年，受了她的极大极深的影响。我十四岁（其实只有十二岁零两三个月）便离开她了，在这广漠的人海里独自混了二十多年，没有一个人管束过我。如果我学得了一丝一毫的好脾气，如果我学得了一点点待人接物的和气，如果我能宽恕人，体谅人，——我都得感谢我的慈母。

邹韬奋

邹韬奋（1895—1944），原名邹恩润，江西余江人。新闻记者、政论家和出版家，毕生致力于救国运动、民主政治以及文化事业，被评为100位为新中国成立作出突出贡献的英雄模范之一。著有《萍踪寄语》（初集、二集、三集）、《萍踪忆语》4本游记随笔，是20世纪30年代新闻性散文中少有的佳作。主要著作收入《韬奋文集》。

我的母亲

　　说起我的母亲，我只知道她是"浙江海宁查氏"，至今不知道她有什么名字！这件小事也可表示今昔时代的不同。现在的女子未出嫁的固然很"勇敢"地公开着她的名字，就是出嫁了的，也一样地公开着她的名字。不久以前，出嫁后的女子还大多数要在自己的姓上面加上丈夫的姓；通常人们的姓名只有三个字，嫁后女子的姓名往往有四个字。在我年幼的时候，知道担任商务印书馆出版的《妇女杂志》笔政的朱胡彬夏，在当时算是有革命性的"前进的"女子了，她反抗了家里替她订的旧式婚姻，以致她的顽固的叔父宣言要用手枪打死她，但是她却仍在"胡"字上面加着一个"朱"字！近来的女子就有很多在嫁后仍只用自己的姓名，不加不减。这意义表示女子渐渐地有着她们自己的独立的地位，不是属于任何人所有的了。但是在我的母亲的时代，不但不能学"朱胡彬夏"的用法，简直根本就好像没有名字！我说"好像"，因为那时的女子也未尝没有名字，但在实际上似乎就用不着。像我的母亲，我听见她的娘家的人们叫她做"十六小姐"，男家大家族里的人们叫她做"十四少奶"，后来我的父亲做了官，人们便叫她做"太太"，她始终没有用她自己名字的机会！我觉得这种情形也可以暗示妇女在封建社会里所处的地位。

　　我的母亲在我十三岁的时候就去世了。我生的那一年是在九月里生的，她死的那一年是在五月里死的，所以我们母子两人在实际上相聚的时候只有十一年零九个月。我在这篇文里对于母亲的零星追忆，只是这十一年里的前尘影事。

　　我现在所能记得的最初对于母亲的印象，大约在两三岁的时候。我记得有一天夜里，我独自一人睡在床上，由梦里醒来，蒙眬中睁开眼睛，模糊中看见由垂着的帐门射进来的微微的灯光。在这微微的灯光里瞥见一个青年妇人拉开帐门，微笑着把我抱起来。她嘴里叫我什么，并对我说了什么，现在都记不清了，只记得她把我负在她的背上，跑到一个灯光灿烂人影憧憧往来的大客厅里，走来走去"巡阅"着。大概是元宵吧，这大客厅里除有不少成人谈笑着外，有二三十个孩童提着各色各样的纸灯，里面燃着蜡烛，三五成群地跑着玩。我此时伏在母亲的背上，半醒半睡似的微张着眼看这个，望那个。那时我的父亲还在和祖父同住，过着"少爷"的生活；父亲有十来个弟兄，有好几个都结了婚，所以这大家族里有着这么多的孩子。母亲也做了这大家族里的一分子。她十五岁就出嫁，十六岁那年养我，这个时候才十七八岁。我由现在追想当时伏在她的背上睡眼惺忪所见着的她的容态，还感觉到她的活泼的欢悦的柔和的青春的美。我生平所见过的女子，我的母亲是最美的一个，就是当时伏在母亲背上的我，也能觉到在那个大客厅里许多妇女里面，没有一个及得到母亲的可爱。我现在想来，大概在我睡在房里的时候，母亲看见许多孩子玩灯热闹，便想起了我，也许蹑手蹑脚到我床前看了好几次，见我醒了，便负我出去一饱眼福。这是我对母亲最初的感觉，虽则在当时的幼稚脑袋里当然不知道什么叫做母爱。

后来祖父年老告退，父亲自己带着家眷在福州做候补官。我当时大概有了五六岁，比我小两岁的二弟已生了。家里除父亲母亲和这个小弟弟外，只有母亲由娘家带来的一个青年女仆，名叫妹仔。"做官"似乎怪好听，但是当时父亲赤手空拳出来做官，家里一贫如洗。

我还记得，父亲一天到晚不在家里，大概是到"官场"里"应酬"去了，家里没有米下锅；妹仔替我们到附近施米给穷人的一个大庙里去领"仓米"。要先在庙前人山人海里面拥挤着领到竹签。然后拿着竹签再从挤得水泄不通的人群中，带着粗布袋挤到里面去领米；母亲在家里横抱着哭涕着的二弟踱来踱去，我在旁坐在一只小椅上呆呆地望着母亲，当时不知道这就是穷的景象，只诧异着母亲的脸何以那样苍白，她那样静寂无语地好像有着满腔无处诉的心事。妹仔和母亲非常亲热，她们竟好像母女，共患难，直到母亲病得将死的时候，她还是不肯离开她，以孝女自居，寝食俱废地照顾着母亲。

母亲喜欢看小说，那些旧小说，她常常把所看的内容讲给妹仔听。

她讲得娓娓动听，妹仔听着忽而笑容满面，忽而愁眉双锁。章回的长篇小说一下讲不完，妹仔就很不耐地等着母亲再看下去，看后再讲给她听。往往讲到孤女患难，或义妇含冤的凄惨的情形，她两人便都热泪盈眶，泪珠尽往颊上涌流着。那时的我立在旁边瞧着，莫名其妙，心里不明白她们为什么那样无缘无故地挥泪痛哭一顿，和在上面看到穷的景象一样地不明白其所以然。现在想来，才感觉到母亲的情感的丰富，并觉得她讲的故事能那样地感动着妹仔，如果母亲生在现在，有机会把自己造成一个教员，必可成为一个循循善诱的良师。

我六岁的时候，由父亲自己为我"发蒙"，读的是《三字经》，第一天上的课是"人之初，性本善；性相近，习相远。"有点儿莫名其妙！一个人坐在一个小客厅的炕床上"朗诵"了半天，苦不堪言！母亲觉得非请一位"西席"老夫子，总教不好，所以家里虽一贫如洗，情愿节衣缩食，把省下的钱请一位老夫子。说来可笑，第一个请来的这位老夫子，每月束修只须四块大洋（当然供膳宿），虽则这四块大洋，在母亲已是一件很费筹措的事情。我到十岁的时候，读的是"孟子见梁惠王"，教师的每月束修已加到十二元，算增加了三倍。到年底的时候，父亲要"清算"我平日的功课，在夜里亲自听我背书，很严厉，桌上放着一根两指阔的竹板。我的背向着他立着背书，背不出的时候，他提一个字，就叫我回转身来把手掌展放在桌上，他拿起这根竹板很重地打下来。我吃了这一下苦头，痛是血肉的身体所无法避免的感觉，当然失声地哭了，但是还要忍住哭，回过身去再背。不幸又有一处中断，背不下去，经他再提一字，再打一下。呜呜咽咽地背着那位前世冤家的"见梁惠王"的"孟子"！

我自己呜咽着背，同时听得见坐在旁边缝纫着的母亲也欷欷歔歔地泪如泉涌地哭着。

我心里知道她见我被打，她也觉得好像刺心的痛苦，和我表着十二分的同情，但她却时时从呜咽着的断断续续的声音里勉强说着"打得好"！她的饮泣吞声，为的是爱她的儿子；勉强硬着头皮说声"打得好"，为的是希望她的儿子上进。由现在看来，这样的教育方法真是野蛮之至！但是我不敢怪我的母亲，因为那个时候就只有这样野蛮的教育法；如今想起母亲见我被打，陪着我一同哭，那样的母爱，仍然使我感念着我的慈爱的母亲。背完了半本"梁惠王"，右手掌打得发肿有半寸高，偷向灯光中一照，通亮，好像满肚子装着已成熟的丝的蚕身一样。母亲含着泪抱我上床，轻轻把被窝盖上，向我额上吻了几吻。

当我八岁的时候，二弟六岁，还有一个妹妹三岁。三个人的衣服鞋袜，没有一件不是母亲自己做的。她还时常收到一些外面的女红来做，所以很忙。我在七八岁时，看见母亲那样辛苦，心里已知道感觉不安。记得有一个夏天的深夜，我忽然从睡梦中醒了起来，因为我的床背就紧接着母亲的床背，所以从帐里望得见母亲独自一人在灯下做鞋底，我心里又想起母亲的劳苦，辗转反侧睡不着，很想起来陪陪母亲。但是小孩子深夜不好好地睡，是要受到大人的责备的，就说是要起来陪陪母亲，一定也要被申斥几句，万不会被准许的（这至少是当时我的心理），于是想出一个借口来试试看，便叫声母亲，说太热睡不着，要起来坐一会儿。出乎我意料之外的，母亲居然许我起来坐在她的身边。我眼巴巴地望着她额上的汗珠往下流，手上一针不停地做着布鞋——做给我穿的。这时万籁俱寂，只听到滴答的钟声，和可以微闻得到的母亲的呼吸。我心里暗自想念着，为着我要穿鞋，累母亲深夜工作不休，心上感到说不出的歉疚，又感到坐着陪陪母亲，似乎可以减轻些心里的不安成分。当时一肚子里充满着这些心事，却不敢对母亲说出一句。才坐了一会儿，又被母亲赶上床去睡觉，她说小孩子不好好地睡，起来干什么！现在我的母亲不在了，她始终不知道她这个小儿子心里有过这样的一段不敢说出的心理状态。

母亲死的时候才二十九岁，留下了三男三女。在临终的那一夜，她神志非常清楚，忍泪叫着一个一个子女嘱咐一番。她临去最舍不得的就是她的这一群子女。

我的母亲只是一个平凡的母亲，但是我觉得她的可爱的性格，她的努力的精神，她的能干的才具，都埋没在封建社会的一个家族里，都葬送在没有什么意义的事务上，否则她一定可以成为社会上一个更有贡献的分子。我也觉得，像我的母亲这样被埋没葬送掉的女子不知有多少！

一九三六年一月十日深夜

朱自清

朱自清 （1898—1948），原名自华，号秋实，后改名自清，字佩弦。笔名余捷、柏香、白水、知白等。原籍浙江绍兴。现代散文家、诗人、文学研究家、民主战士、语文教育家、学者。幼年在私塾读书，深受中国传统文化的影响。其散文以朴素缜密、清隽沉郁、语言洗练、文笔清丽著称，极富有真情实感。代表作有《荷塘月色》、《背影》、《桨声灯影里的秦淮河》等。

背　影

　　我与父亲不相见已二年余了，我最不能忘记的是他的背影。那年冬天，祖母死了，父亲的差使也交卸了，正是祸不单行的日子，我从北京到徐州，打算跟着父亲奔丧回家。到徐州见着父亲，看见满院狼藉的东西，又想起祖母，不禁簌簌地流下眼泪。父亲说："事已如此，不必难过，好在天无绝人之路！"

　　回家变卖典质，父亲还了亏空；又借钱办了丧事。这些日子，家中光景很是惨淡，一半为了丧事，一半为了父亲赋闲。丧事完毕，父亲要到南京谋事，我也要回北京念书，我们便同行。

　　到南京时，有朋友约去游逛，勾留了一日；第二日上午便须渡江到浦口，下午上车北去。父亲因为事忙，本已说定不送我，叫旅馆里一个熟识的茶房陪我同去。他再三嘱咐茶房，甚是仔细。但他终于不放心，怕茶房不妥帖；颇踌躇了一会儿。其实我那年已二十岁，北京已来往过两三次，是没有什么要紧的了。他踌躇了一会儿，终于决定还是自己送我去。我两三回劝他不必去；他只说，"不要紧，他们去不好！"

　　我们过了江，进了车站。我买票，他忙着照看行李。行李太多了，得向脚夫行些小费，才可过去。他便又忙着和他们讲价钱。我那时真是聪明过分，总觉得他说话不大漂亮，非自己插嘴不可。但他终于讲定了价钱；就送我上车。他给我拣定了靠车门的一张椅子，我将他给我做的紫毛大衣铺好坐位。他嘱我路上小心，夜里要警醒些，不要受凉。又嘱托茶房好好照应我。我心里暗笑他的迂：他们只认得钱，托他们真是白托！而且我这样大年纪的人，难道还不能料理自己么？唉，我现在想想，那时真是太聪明了！

我说道，"爸爸，你走吧。"他往车外看了看，说，"我买几个橘子去。你就在此地，不要走动。"我看那边月台的栅栏外有几个卖东西的等着顾客。走到那边月台，须穿过铁道，须跳下去又爬上去。父亲是一个胖子，走过去自然要费事些。我本来要去的，他不肯，只好让他去。我看见他戴着黑布小帽，穿着黑布大马褂，深青布棉袍，蹒跚地走到铁道边，慢慢探身下去，尚不大难。可是他穿过铁道，要爬上那边月台，就不容易了。他用两手攀着上面，两脚再向上缩；他肥胖的身子向左微倾，显出努力的样子。这时我看见他的背影，我的泪很快地流下来了。我赶紧拭干了泪，怕他看见，也怕别人看见。我再向外看时，他已抱了朱红的橘子往回走了。过铁道时，他先将橘子散放在地上，自己慢慢爬下，再抱起橘子走。到这边时，我赶紧去搀他。他和我走到车上，将橘子一股脑儿放在我的皮大衣上。于是扑扑衣上的泥土，心里很轻松似的，过一会儿说，"我走了，到那边来信！"我望着他走出去。他走了几步，回过头看见我，说，"进去吧，里头没人。"等他的背影混入来来往往的人里，再找不着了，我便进来坐下，我的泪又来了。

　　近几年来，父亲和我都是东奔西走，家中光景是一日不如一日。他少年出外谋生，独立支持，做了许多大事。哪知老境却如此颓唐！他触目伤怀，自然情不能自已。情郁于中，自然要发之于外；家庭琐屑便往往触他之怒。他待我渐渐不同往日，但最近两年的不见，他终于忘却我的不好，只是惦记着我，惦记着我的儿子。我北来后，他写了一封信给我，信中说道，"我身体平安，惟膀子疼痛厉害，举箸提笔，诸多不便，大约大去之期不远矣。"我读到此处，在晶莹的泪光中，又看见那肥胖的，青布棉袍，黑布马褂的背影。唉！我不知何时再能与他相见！

丰子恺

丰子恺（1898—1975），浙江省崇德县人。现代著名散文家、画家、翻译家。1921年赴日本自费留学。1927年出版《子恺漫画》，1928年任开明书店编辑，1930年起在家著书作画。主要作品有《缘缘堂随笔》、《随笔二十篇》、《子恺随笔》、《子恺近作散文集》、《车厢社会》以及《西洋美术史》、《子恺漫画全集》等。译著有《猎人笔记》、《源氏物语》等。现有《丰子恺散文选》行世。

给我的孩子们

我的孩子们！我憧憬于你们的生活，每天不止一次，我想委曲地说出来，使你们自己晓得。可惜到你们懂得我的话的意思的时候，你们将不复是可以使我憧憬的人了。这是何等可悲哀的事啊！

瞻瞻！你尤其可佩服。你是身心全部公开的真人。你什么事体都像拼命地用全副精力去对付。小小的失意，像花生米翻落地了，自己嚼了舌头了，小猫不肯吃糕了，你都要哭得嘴唇翻白，昏去一两分钟。外婆去普陀烧香买回来给你的泥人，你何等鞠躬尽瘁地抱他，喂他；有一天你自己失手把他打破了，你的号哭的悲哀，比大人们的破产，失恋，broken heart（心碎——编者注），丧考妣，全军覆没的悲哀都要真切。两把芭蕉扇做的脚踏车，麻雀牌堆成的火车，汽车，你何等认真地看待，挺直了嗓子叫"汪——"，"咕咕咕……"来代替汽油。宝姊姊讲故事给你听，说到"月亮姊姊挂下一只篮来，宝姊姊坐在篮里吊了上去，瞻瞻在下面看"的时候，你何等激昂地同她争，说"瞻瞻要上去，宝姊姊在下面看！"甚至哭到漫姑面前去求审判。我每次剃了头，你真心地疑我变了和尚，好几时不要我抱。最是今年夏天，你坐在我膝上发现了我腋下的长毛，当作黄鼠狼的时候，你何等伤心，你立刻从我身上爬下去，起初眼瞪瞪地对我端详，继而大失所望地号哭，看看，哭哭，如同对被判定了死罪的亲友一样。你要我抱你到车站里去，多多益善地要买香蕉，满满地擒了两手回来，回到门口时你已经熟睡在我的肩上，手里的香蕉不知落在哪里去了。这是何等可佩服的真率，自然与热情！大人间的所谓"沉默"，"含蓄"，"深刻"的美德，比起你来，全是不自然的，病的，伪的！

你们每天做火车，做汽车，办酒，请菩萨，堆六面画，唱歌，全是自动的，创造创作的生活。大人们的呼号："归自然！""生活的艺术化！""劳动的艺术化！"在你们面前真是出丑得很了！依样画几笔画，写几篇文的人称为艺术家，创作家，对你们更要愧死！

　　你们的创作力，比大人真是强盛得多哩：瞻瞻！你的身体不及椅子的一半，却常常要搬动它，与它一同翻倒在地上；你又要把一杯茶横转来藏在抽斗里，要皮球停在壁上，要拉住火车的尾巴，要月亮出来，要天停止下雨。在这等小小的事件中，明明表示着你们的小弱的体力与智力不足以应付强盛的创作欲、表现欲的驱使，因而遭逢失败。然而你们是不受大自然的支配，不受人类社会的束缚的创造者，所以你的遭逢失败，例如火车尾巴拉不住，月亮呼不出来的时候，你们决不承认是事实的不可能，总以为是爹爹妈妈不肯帮你们办到，同不许你们弄自鸣钟同例，所以愤愤地哭了，你们的世界何等广大！

　　你们一定想：终天无聊地伏在案上弄笔的爸爸，终天闷闷地坐在窗下弄引线的妈妈，是何等无气性的奇怪的动物！你们所视为奇怪动物的我与你们的母亲，有时确实难为了你们，摧残了你们，回想起来，真是不安心得很。

　　阿宝！有一晚你拿软软的新鞋子，和自己脚上脱下来的鞋子，给凳子的脚穿了，划袜立在地上，得意地叫"阿宝两只脚，凳子四只脚"的时候，你母亲喊着"龌龊了袜子！"立刻擒你到藤榻上，动手毁坏你的创作。当你蹲在榻上注视你母亲动手毁坏的时候，你的小心里一定感到"母亲这种人，何等杀风景而野蛮"罢！

　　瞻瞻！有一天开明书店送了几册新出版的毛边的《音乐入门》来。我用小刀把书页一张一张地裁开来，你侧着头，站在桌边默默地看。后来我从学校回来，你已经在我的书架上拿了一本连史纸印的中国装的《楚辞》，把它裁破了十几页，得意地对我说："爸爸！瞻瞻也会裁了！"瞻瞻！这在你原是何等成功的欢喜，何等得意的作品！却被我一个惊骇的"哼"字喊得你哭了。那时候你也一定抱怨"爸爸何等不明"罢！

　　软软！你常常要弄我的长锋羊毫，我看见了总是无情地夺脱你。现在你一定轻视我，想道："你终于要我画你的画集的封面！"

　　最不安心的，是有时我还要拉一个你们所最怕的陆露沙医生来，教他用他的大手来摸你们的肚子，甚至用刀来在你们臂上割几下，还要教妈妈和漫姑擒住了你们的手脚，捏住了你们的鼻子，把很苦的水灌到你们的嘴里去。这在你们一定认为是太无人道的野蛮举动罢！

孩子们，你们果真抱怨我，我倒欢喜；到你们的抱怨变为感谢的时候，我的悲哀来了！

我在世间，永没有逢到像你们这样出肺肝相示的人。世间的人群结合，永没有像你们这样的彻底地真实而纯洁。最是我到上海去干了无聊的所谓"事"回来，或者去同不相干的人们做了叫做"上课"的一种把戏回来，你们在门口或车站旁等我的时候，我心中何等惭愧又欢喜！惭愧我为什么去做这等无聊的事，欢喜我又得暂时放怀一切地加入你们的真生活的团体。

但是，你们的黄金时代有限，现实终于要暴露的。这是我经验过来的情形，也是大人们谁也经验过的情形。我眼看见儿时的伴侣中的英雄，好汉，一个个退缩，顺从，妥协，屈服起来，到像绵羊的地步。我自己也是如此。"后之视今，亦犹今之视昔"，你们不久也要走这条路呢！

我的孩子们！憧憬于你们的生活的我，痴心要为你们永远挽留这黄金时代在这册子里。然这真不过像"蜘蛛网落花"，略微保留一点春的痕迹而已。且到你们懂得我这片心情的时候，你们早已不是这样的人，我的画在世间已无可印证了！这是何等可悲哀的事啊！

　　　　　　　　《子恺画集》代序，一九二六年圣诞节作

冰 心

冰心（1900—1999），原名谢婉莹。福建省闽侯县人。现代著名作家，儿童文学家，文学翻译家。1914年入北京教会学校贝满女中，"五四"运动时，在协和女子大学预科学习，开始文学创作。1921年参加文学研究会。1923年赴美留学，专事文学研究。1926年回国后先后在燕京大学、清华大学任教。主要作品有散文集《寄小读者》、《冰心散文集》、《归来以后》、《樱花赞》、《小桔灯》、《拾穗小札》等，小说集《南归》、《往事》、《冰心小说集》等。

寄小读者　通讯二

小朋友们：

　　我极不愿在第二次的通讯里，便劈头告诉你们一件伤心的事情。然而这件事，从去年起，使我的灵魂受了隐痛，直到现在，不容我不在纯洁的小朋友面前忏悔。

　　去年的一个春夜——很清闲的一夜，已过了九点钟了。弟弟们都已去睡觉，只我的父亲和母亲对坐在圆桌旁边，看书，吃果点，谈话。我自己也拿着一本书，倚在椅背上站着看。那时一切都很和柔，很安静的。

　　一只小鼠，悄悄地从桌子底下出来，慢慢地吃着地上的饼屑。这鼠小得很。它无猜的，坦然的，一边吃着，一边抬头看看我——我惊悦地唤起来，母亲和父亲都向下注视了。四面眼光之中，它仍是怡然地不走。灯影下照见它很小很小，浅灰色的嫩毛，灵便的小身体，一双闪烁的明亮的小眼睛。

　　小朋友们，请容我忏悔！一刹那顷我神经错乱地俯将下去，拿着手里的书，轻轻地将它盖上。——上帝！它竟然不走。隔着书页，我觉得它柔软的小身体，无抵抗地蜷伏在地上。

　　这完全出于我意料之外了！我按着它的手，方在微颤——母亲已连忙说："何苦来！这么驯良有趣的一个小活物……"话犹未了，小狗虎儿从帘外跳将进来，父亲也连忙说："快放手，虎儿要得着它了！"我又神经错乱地拿起书来。可恨呵！它仍是怡然地不动。——一声喜悦的微吼，虎儿已扑着它。不容我唤住，已衔着它从帘隙里又钻了出去。出到门外，只听得它在虎儿口里，微弱凄苦的啾啾地叫了几声，此后便没有了声息。——前后不到一分钟，这温柔的小活物，使我心上飕地着了一箭！

我从惊惶中长呼了一口气。母亲慢慢也放下手里的书，抬头看着我说："我看它实在小得很，无机得很。否则一定跑了。初次出来觅食，不见回来，它母亲在窝里，不定怎样地想望呢。"

小朋友，我堕落了，我实在堕落了！我若是和你们一般年纪的时候，听得这话，一定要慢慢地挪过去，突然地扑在母亲怀中痛哭。然而我那时……小朋友们恕我！我只装作不介意地笑了一笑。

安息的时候到了，我回到卧室里去。勉强地笑，增加了我的罪孽。我徘徊了半天，心里不知怎样才好——我没有换衣服，只倚在床沿，伏在枕上。在这种状态之下，静默了有十五分钟——我至终流下泪来。

至今已是一年多了。有时读书至夜深，再看见有鼠子出来，我总觉得忧愧，几乎要避开。我总想是那只小鼠的母亲，含着伤心之泪，夜夜出来找它，要带它回去。

不但这个，看见虎儿时想起，夜坐时也想起，这印象在我心中时时作痛。有一次禁受不住，便对一个成人的朋友，说了出来；我拼着受她一场责备，好减除我些痛苦。不想她却失笑着说："你真是越来越孩子气了，针尖大的事，也值得说说！"她漠然的笑容，竟将我以下的话拦了回去。从那时起，我灰心绝望，我没有向第二个成人，再提起这针尖大的事！

我小时曾为一头折足的蟋蟀流泪，为一只受伤的黄雀呜咽；我小时明白一切生命，在造物者眼中是一般大小的；我小时未曾做过不仁爱的事情，但如今堕落了……

今天都在你们面前陈诉承认了，严正的小朋友，请你们裁判罢！

冰心 一九二三年七月二十八日，北京

鲁 彦

鲁彦（1901—1944），浙江镇海人。现代小说家、翻译家、重要的乡土写实派作家。其作品以描写乡村小资产者和农民的生活见长，显示了朴实细密的写实风尚。1939年在桂林创办《文艺杂志》。著有长篇小说《愤怒的乡村》，短篇小说集《柚子》、《黄金》等。曾担任俄国盲诗人爱罗先珂的世界语助教，译作主要有《显克微支小说集》、《世界短篇小说集》等。

父亲的玳瑁

在墙脚根刷然溜过的那黑猫的影，又触动了我对于父亲的玳瑁的怀念。

净洁的白毛的中间，夹杂些淡黄的云霞似的柔毛，恰如透明的妇人的玳瑁首饰的那种猫儿，是被称为"玳瑁猫"的。我们家里的猫儿正是那一类，父亲就给了它"玳瑁"这个名字。

在近来的这一匹玳瑁之前，我们还曾有过另外的一匹。它有着同样的颜色，得到了同样的名字，同是从我姊姊家里带来，一样地为我们所爱。

但那是我不幸的妹妹的玳瑁，它曾经和她盘桓了十二年的岁月。

而现在的这一匹，是属于父亲的。

它什么时候来到我们家里，我不很清楚，据说大约已有三年光景了。父亲给我的信，从来不曾提过它。在他的理智中，仿佛以为玳瑁毕竟是一匹小小的兽，比不上任何的家事，足以通知我似的。

但当我去年回到家里的时候，我看到了父亲和玳瑁的感情了。

每当厨房的碗筷一搬动，父亲在后房餐桌边坐下的时候，玳瑁便在门外"咪咪"地叫了起来。这叫声是只有两三声，从不多叫的。它仿佛在问父亲，可不可以进来似的。

于是父亲就说了，完全像对什么人说话一样：

"玳瑁，这里来！"

我初到的几天，家里突然增多了四个人，在玳瑁似乎感觉到热闹与生疏的恐惧，常不肯即刻进来。

"来吧，玳瑁！"父亲望着门外，不见它进来，又说了。

但是玳瑁只回答了两声"咪咪",仍在门外徘徊着。

"小孩一样,看见生疏的人,就怕进来了。"父亲笑着对我们说。

但是过了一会儿,玳瑁在大家的不注意中,已经跃上了父亲的膝上。

"哪,在这里了。"父亲说。

我们弯过头去看,它伏在父亲的膝上,睁着略带惧怯的眼望着我们,仿佛预备逃遁似的。

父亲立刻理会它的感觉,用手抚摩着它的颈背,说:"困吧,玳瑁。"一面他又转过来对我们说:"不要多看它,它像姑娘一样的呢。"

我们吃着饭,玳瑁从不跳到桌上来,只是静静地伏在父亲的膝上。有时鱼腥的气息引诱了它,它便偶尔伸出半个头来望了一望,又立刻缩了回去。它的脚不肯触着桌。这是它的规矩,父亲告诉我们说,向来是这样的。

父亲吃完饭,站起来的时候,玳瑁便先走出门外去。它知道父亲要到厨房里去给它预备饭了。那是真的。父亲从来不曾忘记过,他自己一吃完饭,便去添饭给玳瑁的。玳瑁的饭每次都有鱼或鱼汤拌着。父亲自己这几年来对于鱼的滋味据说有点厌,但即使自己不吃,他总是每次上街去,给玳瑁带了一些鱼来,而且给它储存着的。

白天,玳瑁常在储藏东西的楼上,不常到楼下的房子里来。但每当父亲有什么事情将要出去的时候,玳瑁像是在楼上看着的样子,便溜到父亲的身边,绕着父亲的脚转了几下,一直跟父亲到门边。父亲回来的时候,它又像是在什么地方远远望着,静静地倾听着的样子,待父亲一跨进门限,它又在父亲的脚边了。它并不时时刻刻跟着父亲,但父亲的一举一动,父亲的进出,它似乎时刻在那里留心着。

晚上,玳瑁睡在父亲的脚后的被上,陪伴着父亲。

我们回家后,父亲换了一个寝室。他现在睡到弄堂门外一间从来没有人去的房子里了。

玳瑁有两夜没有找到父亲,只在原地方走着,叫着。它第一夜跳到父亲的床上,发现睡着的是我们,便立刻跳了出去。

正是很冷的天气。父亲记念着玳瑁夜里受冷,说它恐怕不会想到他会搬到那样冷落的地方去的。而且晚上弄堂门又关得很早。

但是第三天的夜里,父亲一觉醒来,玳瑁已在床上睡着了,静静地,"咕咕"念着猫经。

半个月后，玳瑁对我也渐渐熟了。它不复躲避我。当它在父亲身边的时候，我伸出手去，轻轻抚摩着它的颈背，它伏着不动。然而它从不自己走近我。我叫它，它仍不来。就是母亲，她是永久和父亲在一起的，它也不肯走近她。父亲呢，只要叫一声"玳瑁"，甚至咳嗽一声，它便不晓得从什么地方溜出来了，而且绕着父亲的脚。

有两次玳瑁到邻居去游走，忘记了吃饭。我们大家叫着"玳瑁玳瑁"，东西寻找着，不见它到来。父亲却猜到它哪里去了。他拿着玳瑁的饭碗走出门外，用筷子敲着，只喊了两声"玳瑁"，玳瑁便从很远的邻屋上走来了。

"你的声音像格外不同似的，"母亲对父亲说，"只消叫两声，又不大，它便老远地听见了。"

"是哪，它只听我管的哩。"

对于寂寞地度着残年的老人，玳瑁所给予的是儿子和孙子的安慰，我觉得。

六月四日的早晨，我带着战栗的心重到家里，父亲只躺在床上远远地望了我一下，便疲倦地合上了眼皮。我悲苦地牵着他的手在我的面上抚摩。他的手已经有点生硬，不复像往日柔和地抚摩玳瑁的颈背那么自然。据说在头一天的下午，玳瑁曾经跳上他的身边，悲鸣着，父亲还很自然地抚摩着它，亲密地叫着"玳瑁"。而我呢，已经迟了。

从这一天起，玳瑁便不再走进父亲的以及和父亲相连的我们的房子。我们有好几天没有看见玳瑁的影子。我代替了父亲的工作，给玳瑁在厨房里备好鱼拌的饭，敲着碗，叫着"玳瑁"。玳瑁没有回答，也不出来。母亲说，这几天家里人多，闹得很，它该是躲在楼上怕出来的。于是我把饭碗一直送到楼上。然而玳瑁仍没有影子。过了一天，碗里的饭照样地摆在楼上，只饭粒干瘪了一些。

玳瑁正怀着孕，需要好的滋养。一想到这，大家更其焦虑了。

第五天早晨，母亲才发现给玳瑁在厨房预备着的另一只饭碗里的饭略略少了一些。大约它在没有人的夜里走进了厨房。它应该是非常饥饿了。然而仍像吃不下的样子。

一星期后，家里的戚友渐渐少了。玳瑁仍不大肯露面。无论谁叫它，都不答应，偶然在楼梯上溜过的后影，显得憔悴而且瘦削，连那怀着孕的肚子也好像小了一些似的。

一天一天家里愈加冷静了。满屋里主宰着静默的悲哀。一到晚上，人还没有睡，老鼠便吱吱叫着活动起来，甚至我们房间的楼上也在叫着跑着。玳瑁是最会捕鼠的。当去年我们回家的时候，即使它跟着父亲睡在远一点的地方，我们的房间里从没有听见过老鼠的声音，但现在玳瑁就睡在隔壁的楼上，也不过问了。我们毫不埋怨它。我们知道它所以这样的原因。

可伶的玳瑁。它不能再听到那熟识的亲密的声音，不能再得到那慈爱的抚摩，它是在怎样的悲伤呵！

三星期后，我们全家要离开故乡。大家预先就在商量，怎样把玳瑁带出来。但是离开预定的日子前一星期，玳瑁生了小孩了。我们看见它的肚子松瘪着。

怎样可以把它带出来呢？

然而为了玳瑁，我们还是不能不带它出来。我们家里的门将要全锁上。邻居们不会像我们似的爱它，而且大家全吃着素菜，不会舍得买鱼饲它。单看玳瑁的脾气，连对于母亲也是冷淡淡的，决不会喜欢别的邻居。

我们还是决定带它一道来上海。

它生了几个小孩，什么样子，放在哪里，我们虽然极想知道，却不敢去惊动玳瑁。我们预定在饲玳瑁的时候，先捉到它，然后再寻觅它的小孩。因为这几天来，玳瑁在吃饭的时候，已经不大避人，捉到它应该是容易的。

但是两天后，我们十几岁的外甥遏抑不住他的热情了。不知怎样，玳瑁的孩子们所在的地方先被他很容易地发现了。它们原来就在楼梯门口，一只半掩着的糠箱里。玳瑁和它的小孩们就住在这里，是谁也想不到的。外甥很喜欢，叫大家去看。玳瑁已经溜得远远地在惧怯地望着。

我们想，既然玳瑁已经知道我们发觉了它的小孩的住所，不如便先把它的小孩看守起来，因为这样，也可以引诱玳瑁的来到，否则它会把小孩衔到更没有人晓得的地方去的。

于是我们便做了一个更适安的窠，给它的小孩们，携进了以前父亲的寝室，而且就在父亲的床边。

那里是四个小孩，白的，黑的，黄的，玳瑁的，都还没有睁开眼睛。贴着压着，钻做一团，肥圆的。捉到它们的时候，偶然发出微弱的老鼠似的吱吱的鸣声。

"生了几只呀?"母亲问着。

"四只。"

"嗨,四只!怪不得!扛了你父亲的棺材,不要再扛我的呢!"母亲叹息着,不快活地说。

大家听着这话,愣住了。

"把它们丢出去!"外甥叫着说,但他同时却又喜悦地抚摩着玳瑁的小孩们,舍不得走开。

玳瑁现在在楼上寻觅了,它大声地叫着。

"玳瑁,这里来,在这里,"我们学着父亲仿佛对人说话似的叫着玳瑁说。

但是玳瑁像只懂得父亲的话,不能了解我们说什么。它在楼上寻觅着,在弄堂里寻觅着,在厨房里寻觅着,可不走进以前父亲天天夜里带着它睡觉的房子。我们有时故意作弄它的小孩们,使它们发出微弱的鸣声。玳瑁仍像没有听见似的。

过了一会儿,玳瑁给我们女工捉住了。它似乎饿了,走到厨房去吃饭,却不防给她一手捉住了颈背的皮。

"快来!快来!捉住了!"她大声叫着。

我扯了早已预备好的绳圈,跑出去。

玳瑁大声地叫着,用力地挣扎着。待至我伸出手去,还没抱住玳瑁,女工的手一松,玳瑁溜走了。

它再不到厨房里去,只在楼上叫着,寻觅着。

几点钟后,我们只得把玳瑁的小孩们送回楼上。它们显然也和玳瑁似的在忍受着饥饿和痛苦。

玳瑁又静默了,不到十分钟,我们已看不见它的小孩们的影子。现在可不必再费气力,谁也不会知道它们的所在。

有一天一夜,玳瑁没有动过厨房里的饭。以后几天,它也只在夜里,待大家睡了以后到厨房里去。

我们还想设法带玳瑁出来,但是母亲说:

"随它去吧,这样有灵性的猫,哪里会不晓得我们要离开这里。要出去自然不会躲开的。你们看它,父亲过世以后,再也不忍走进那两间房里,并且几天没有吃饭,明明在非常的伤心。现在怕是还想在这里陪伴你们父亲的灵魂呢。它原是你父亲的。"

我们只好随玳瑁自己了。它显然比我们还舍不得父亲，舍不得父亲所住过的房子，走过的路以及手所抚摩过的一切。父亲的声音，父亲的形象，父亲的气息，应该都还很深刻地萦绕在它的脑中。

可怜的玳瑁，它比我们还爱父亲！

然而玳瑁也太凄惨了。以后还有谁再像父亲似的按时给它好的食物，而且慈爱地抚摩着它，像对人说话似的一声声地叫它呢？

离家的那天早晨，母亲曾给它留下了许多给孩子吃的稀饭在厨房里。门虽然锁着，玳瑁应该仍然晓得走进去。邻居们也曾答应代我们给它饲料。然而又怎能和父亲在的时候相比呢？

现在距我们离家的时候又已一月多了。玳瑁应该很健康着，它的小孩们也该是很活泼可爱了吧？

我希望能再见到和父亲的灵魂永久同在着的玳瑁。

黎烈文

黎烈文（1904—1972），又名六曾。湖南湘潭人。作家、文学翻译家。1946年赴台，在台湾大学任教。主要作品有小说集《舟中》，散文集《崇高的母性》、《胜利的曙光》，论著有《西洋文学史》、《法国文学巡礼》，译有《伊尔的美神》、《两兄弟》、《红与黑》、《脂肪球》等。

崇高的母性

辛辛苦苦在外国念了几年书回来，正想做点事情的时候，却忽然莫名其妙地病了，妻心里的懊恼，抑郁，真是难以言传的。

睡了将近一个月，妻自己和我都不曾想到那是有了小孩。我们完全没有料到他会来得那么迅速。

最初从医生口中听到这消息时，我可真的有点慌急了，这正像自己的阵势还没有摆好，敌人就已跑来挑战一样。可是回过头去看妻时，她正在窥伺着我的脸色，彼此的眼光一碰到，她便红着脸把头转过一边；但就在这闪电似的一瞥中，我已看到她是不单没有一点怨恨，还简直显露出喜悦。

"啊，她倒高兴有小孩呢！"我心里这样想，感觉着几分诧异。

从此，妻就安心地调养着，一句怨话也没有；还恐怕我不欢迎孩子，时常拿话来安慰我：

"一个小孩是没有关系的，以后断不再生了。"

妻是向来爱洁净的，这以后就洗浴得更勤；起居一切都格外谨慎，每天还规定了时间散步。一句话，她是从来不曾这样注重过自己的身体。她虽不说，但我却知道，即使一饮一食，一举一动，她都顾虑着腹内的小孩。

肚子一天天大起来，她所有的洋服都小了，从前那样爱美的她，现在却穿着一点样子也没有的宽大的中国衣裳，在霞飞路那样热闹的街道上悠然地走着，一点也不感觉着局促。

有些生过小孩的女人，劝她用带子在肚子上勒一勒，免得孩子长得太大，将来难于生产，但她却固执地不肯，她宁愿冒着自己的生命的危险，也不愿妨害那没有出世的小东西的发育。

妻从小就失去了怙恃，我呢，虽然父母全在，但却远远地隔着万重山水。因此，凡是小孩生下时需用的一切，全得由两个没有经验的青年去预备。我那时正在一个外国通讯社做记者，整天忙碌着，很少有工夫管家里的事情，于是妻便请教着那些做过母亲的女人，悄悄地预备这样，预备那样。还怕裁缝做的小衣给初生的婴孩穿着不舒服，竟买了一些软和的料子，自己别出心裁地缝制起来。小帽小鞋等物件，不用说都是她一手做出的。看着她那样热心地、愉快地做着这些琐事，任何人都不会相信这是一个在外国大学受过教育的女子。

医院是在分娩前四五个月就已定好了，我们恐怕私人医院不可靠，这是一个很大的公立医院。这医院的产科主任是一个和善的美国女人。因为妻能说流畅的英语，每次到医院去看时，总是由主任亲自诊察，而又诊察得那么仔细！这美国女人并且答应将来妻去生产时，由她亲自接生。

因此，每次由医院回来，妻便显得更加宽慰，更加高兴。她是一心一意在等着做母亲。有时孩子在肚内动得太厉害，我听到妻说难过，不免皱着眉说：

"怎么还没生下地就吵得这样凶！"

妻却立刻忘了自己的痛苦，带着慈母偏护劣子的神情，回答我道：

"像你喽！"

临盆的时期终于伴着严冬来了。我这时却因为退出了外国通讯社，接编了一个报纸的副刊，忙得格外凶。

现在我还分明地记得：十二月二十五日那晚，十二点过后，我由报馆回家时，妻正在灯下焦急地等待着我。一见面她便告诉我小孩怕要出生了，因为她这天下午身上有了血迹。她自己和小孩的东西，都已收拾在一只大皮箱里。她是在等我回来商量要不要上医院。

虽是临到了那样性命交关的时候，她却镇定而又勇敢，说话依旧那么从容，脸上依旧浮着那么可爱的微笑。

一点做父亲的经验也没有的我，自然觉得把她送到医院里妥当些。于是立刻雇了汽车，陪她到了预定的医院。

可是过了一晚，妻还一点动静都没有，而我在报馆的职务是没人替代的，只好叫女仆在医院里陪伴着她，自己带着一颗惶忧不宁的心，照旧上报馆工作。临走时，妻拉着我的手说：

"真不知道会要生下一个什么样子的小孩呢！"

妻是最爱漂亮的，我知道她在担心生下一个丑孩子，引得我不喜欢。我笑着回答：

"只要你平安，随便生下一个什么样子的小孩，我都喜欢的。"

她听了这话，用了充满谢意的眼睛凝视着我，拿法国话对我说道：

——Oh！ Merci！ Tu es bien bon！ （啊！ 谢谢你！ 你真好！）

在医院里足足住了两天两晚，小孩还没生，妻是简直等得不耐烦了。直到二十八日清早，我到医院时，看护妇才笑嘻嘻地迎着告诉我：小孩已经在夜里十一点钟生下了，一个男孩子，大小都平安。

我高兴极了，连忙奔到妻所住的病房，一看，她正熟睡着，做伴的女仆在一旁打盹。只一夜工夫，妻的眼眶已凹进了好多，脸色也非常憔悴，一见便知道经过一番很大的挣扎。

不一会儿，妻便醒来了，睁开眼，看见我立在床前，便流露出一个那样凄苦而又得意的微笑，仿佛在对我说："我已经越过了死线，我已经做着母亲了！"

我含着感激的眼泪，吻着她的额发时，她就低低地问我道："看到了小东西没有？"

我正要跑往婴儿室去看，主任医师和她的助手———一位中国女医生，已经捧着小孩进来了。

虽然妻的身体那样弱，婴孩倒是颇大的，圆圆的脸盘，两眼的距离相当阔，样子全像妻。

据医生说，发作之后三个多钟头，小孩就下了地，并没动手术，头胎能够这样要算是顶好的。助产的中国女士还笑着告诉我："真有趣！小孩刚刚出来，她自己还在痛得发晕的当儿，便急着问我们五官生得怎样！"

妻要求医生把小孩放在她被里睡一睡。她勉强侧起身子，瞧着这刚从自己身上出来的，因为怕亮在不息地闪着眼睛的小东西，她完全忘掉了近来——不，十个月以来的一切苦楚。从那浮现在一张稍稍清瘦的脸上的甜蜜的笑容，我感到她是从来不曾那样开心过。

待到医生退出之后，妻便谈着小孩什么地方像我。我明白她是希望我能和她一样爱这小孩的。——她不懂得小孩愈像她，我便爱得愈切！

产后，妻的身体一天比一天好。从第三天起，医生便叫看护妇每天把小孩抱来吃两回奶，说这样对于产妇和婴孩都很有利的。瞧着妻腼腆而又不熟练地，但却异常耐心地，睡在床上哺着那因为不能畅意吮吸，时而呱呱地哭叫起来的婴儿的乳，我觉得那是人类最美的图画。我和妻都非常快乐。因着这小东西的到来，我们那寂寞的小家庭，以后将充满生气。我相信只要有着这小孩，妻以后任何事情都不会想做的。从前留学时的豪情壮志，已经完全被这种伟大的母爱驱走了。

然而从第五天起，妻却忽然发热起来。产后发热原是最危险的事，但那时我和妻一点都不明白，我们是那样信赖医院和医生，我们绝料不到会出毛病的。直到发热的第六天，方才知道病人再不能留在那样庸劣的医生手里，非搬出医院另想办法不可。

从发热以来，妻便没有再喂小孩的奶，让他睡在婴儿室里吃着牛乳。婴儿室和妻所住的病房相隔不过几间房子，那里面一排排几十只摇篮，睡着全院所有的婴孩。就在妻出院的前一小时，大概是上午八点钟吧，我正和女仆在清理东西，虽然热度很高，但神志仍旧非常清楚的妻，忽然带着惊恐的脸色，从枕上侧耳倾听着，随后用了没有气力的声音对我说道："我听到那小东西在哭呢，去看看他怎么弄的啦！"

我留神一听，果然听着遥远的孩子的啼声。跑到婴儿室一看，门微开着，里面一个看护妇也没有，所有的摇篮都是空的，就只剩下一个婴孩在狂哭着，这正是我们的孩子。因为这时恰是吃奶的时间，看护妇把所有的孩子一个一个地送到各人的母亲身边吃奶去了，而我们的孩子是吃牛乳的，看护妇要等别的孩子吃饱了，抱回来以后，才肯喂他。

看到这最早便受到人类的不平的待遇，满脸通红，没命地哭着的自己的孩子，再想到那在危笃中的母亲的敏锐的听觉，我的心是碎了的。然而有什么办法呢？我先得努力救那垂危的母亲。我只好欺骗妻说那是别人的一个生病的孩子在哭着。我狠心地把自己的孩子留在那些像虎狼一般残忍的看护妇的手中，用医院的救护车把妻搬回了家里。

虽然请了好几个名医诊治，但妻的病势是愈加沉重了。大部分时间昏睡着，稍许清楚的时候，便记挂着孩子。我自己也知道孩子留在医院里非常危险，但家里没有人照料，要接回也是不可能的，真不知要怎么办。后来幸而有一个相熟的太太，答应暂时替我们养一养。

孩子是在妻回家后第三天接出医院的，因为饿得太凶，哭得太多的缘故，已经瘦得不成样子，两眼也不灵活了，连哭的气力也没有了，只会干嘶着。并且下身和两腿生满了湿疮。

病得那样厉害的妻，把两颗深陷的眼睛睁得大大的，将抱近病床的孩子凝视了好一会儿，随后缓缓地说道：

"这不是我的孩子啊！……医院里把我的孩子换了啊！我的孩子不是这副呆相啊！……"

我确信孩子并没有换掉，不过被医院里糟蹋到这样子罢了。可是无论怎样解释，妻是不肯相信的。她发热得太厉害，这时连悲哀的感觉也失掉了，只是冷冷地否认着。

因为在医院里起病的六天内，完全没有受到适当的医治，妻的病是无可救药了，所有请来的医生都摇着头，打针服药，全只是尽人事。

在四十一二度的高热下，妻什么都糊涂了，但却知道她已有一个孩子；她什么人都忘记了，但却没有忘记她的初生的爱儿。她做着吃语时，旁的什么都不说，就只喃喃地叫着："阿团！团团！弟弟！"大概因为她自己嘴里干得难过吧，她便联想到她的孩子也许口渴了，她有声没气地，反复地说着：

"团团嘴干啦！叫姨娘喂点牛奶给他吃吧！……弟弟口渴啦！叫姨娘倒点开水给他喝吧！……"

妻是从来不曾有过叫喊"团团"、"弟弟"、"阿团"那样的经验的，我自己也从来不曾听到她说出这类名字，可是现在她却这样熟稔地、自然地念着这些对于小孩的亲爱的称呼，就像已经做过几十年的母亲一样。——不，世间再没有第二个母亲会把这类名称念得像她那样温柔动人的！

不可避免的瞬间终于到来了！一月十四日早上，妻在我的臂上断了呼吸。然而呼吸断了以后，她的两眼还是茫然地睁开着。直待我轻轻地吻着她的眼皮，在她的耳边说了许多安慰的话，叫她放心着，不要记挂孩子，我一定尽力把他养大，她方才瞑目逝去。

可是过了一会儿，我忽然发现她的眼角上每一面挂着一颗很大的晶莹的泪珠。我在殡仪馆的人到来之前，悄悄地把它们拭去了。我知道妻这两颗眼泪也是为了她的"阿团"、"弟弟"流下的！

巴 金

巴金（1904—2005），原名李尧棠、字芾甘，笔名王文慧、欧阳镜蓉、黄树辉、余一等。四川省成都市人。现代文学家、出版家、翻译家。同时也被誉为是"五四"新文化运动以来最有影响的作家之一，是20世纪中国杰出的文学大师。代表作有长篇小说"激流三部曲"：《家》、《春》、《秋》，散文集《随想录》，中篇小说《憩园》、《寒夜》等。

怀念萧珊

一

今天是萧珊逝世的六周年纪念日。六年前的光景还非常鲜明地出现在我的眼前。那天我从火葬场回到家中，一切都是乱糟糟的，过了两三天我渐渐地安静下来了，一个人坐在书桌前，想写一篇纪念她的文章。在五十年前我就有了这样一种习惯：有感情无处倾吐时，我经常求助于纸笔。可是一九七二年八月里那几天，我每天坐三四个小时望着面前摊开的稿纸，却写不出一句话。我痛苦地想，难道给关了几年的"牛棚"，真的就变成"牛"了？头上仿佛压了一块大石头，思想好像冻结了一样。我索性放下笔，什么也不写了。

六年过去了，林彪、"四人帮"及其爪牙们的确把我搞得很"狼狈"，但我还是活下来了，而且偏偏活得比较健康，脑子也并不糊涂：有时还可以写一两篇文章。最近我经常去龙华火葬场，参加老朋友们的骨灰安放仪式。在大厅里我想起许多事情。同样地奏着哀乐，我的思想却从挤满了人的大厅转到只有二三十个人的中厅里去了，我们正在用哭声向萧珊的遗体告别。我记起了《家》里面觉新说过的一句话："好像琺死了，也是一个不祥的鬼。"四十七年前我写这句话的时候，怎么想得到我是在写自己！我没有流眼泪，可是我觉得有无数锋利的指甲在搔我的心。我站在死者遗体旁边，望着那张惨白色的脸、那两片咽下了千言万语的嘴唇，我咬紧牙齿，在心里唤着死者的名字。我想，我比她大十三岁，为什么不让我先死？我想，这是多么不公平！她究竟犯了什么罪？她也给关进"牛棚"，挂上"牛鬼"的小牌子，还扫过马路。究竟为什么？理由很简单，她是我的妻子。她患了病，得不到治疗，也因为她是我的妻子。想尽办法一直到逝世前三个星期，靠开后门她才住进了医院。但是癌细胞已经扩散，肠癌变成了肝癌。

她不想死，她要活，她愿意改造思想，她愿意看到社会主义建成。这个愿望总不能说是痴心妄想吧。她本来可以活下去，倘使她不是"黑老K"的"臭婆娘"。一句话，是我连累了她，是我害了她。

在我靠边的几年中间，我所受到的精神折磨，她也同样受到。但是我并未挨过打，她却挨了"北京来的红卫兵"的铜头皮带，留在她左眼上的黑圈好几天以后才退尽。她挨打只是为了保护我，她看见那些年轻人深夜闯了进来，害怕他们把我揪走，便溜出大门，到对面派出所去，请民警同志出来干预，那里只有一人值班，不敢管。当着民警的面，她被他们用铜头皮带狠狠地抽了一下，给押了回来，同我一起关在马桶间里。

她不仅分担了我的痛苦，还给了我不少的安慰和鼓励。在"四害"横行的时候，我在原单位给人当作"罪人"和"贱民"看待，日子十分难过，有时到晚上九十点钟才能回家。我进了门看到她的面容，满脑子的乌云都消散了。我有什么委屈、牢骚都可以向她尽情倾吐。有一个时期我和她每晚临睡前要服两粒眠尔通才能够闭眼，可是天刚刚发白就都醒了。我唤她，她也唤我。我诉苦般地说："日子难过啊！"她也用同样的声音回答："日子难过啊！"但是她马上加一句："要坚持下去。"或者再加一句："坚持就是胜利。"我说"日子难过"，因为在那一段时间里，我每天在"牛棚"里面劳动、学习、写交代、写检查、写思想汇报。任何人都可以责骂我、教训我、指挥我，从外地到作协来串连的人可以随意点名叫我出去"示众"，还要自报罪行。上下班不限时间，由管"牛棚"的"监督组"随意决定。任何人都可以闯进我家里来，高兴拿什么就拿走什么。这个时候大规模的群众性批斗和电视批斗大会还没有开始，但已经越来越逼近了。

她说"日子难过"，因为她给两次揪到机关，靠边劳动，后来也常常参加陪斗。在淮海中路大批判专栏上张贴着批判我的罪行的大字报，我一家人的名字都给写出来"示众"，不用说"臭婆娘"的大名占着显著的地位。这些文字像虫子一样咬痛她的心。她让上海戏剧学院"狂妄派"学生突然袭击、揪到作协去的时候，在我家大门上还贴了一张揭露她的所谓罪行的大字报。幸好当天夜里我儿子把它撕毁，否则这一张大

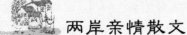

字报就会要了她的命！

人们的白眼、人们的冷嘲热骂蚕食着她的身心，我看出来她的健康逐渐遭到损害，表面上的平静是虚假的。内心的痛苦像一锅煮沸的水，她怎么能遮盖住！怎么能使它平静！她不断地给我安慰，对我表示信任，替我感到不平，然而她看到我的问题一天天地变得严重，上面对我的压力一天天地增加，她又非常担心，有时同我一起上班或者下班，走近巨鹿路口、快到作家协会，或者走到湖南路口、快到我们家，她总是抬不起头。我理解她，同情她，也非常担心她经受不起沉重的打击。我还记得有一天到了平常下班的时间，我们没有受到留难，回到家里，她比较高兴，到厨房去烧菜。我翻看当天的报纸，在第三版上看到当时做了作协的"头头"的两个工人作家写的文章《彻底揭露巴金的反革命真面目》。真是当头一棒！我看了两三行，连忙把报纸藏起来，我害怕让她看见。她端着烧好的菜出来，脸上还带着笑容，吃饭时她有说有笑。饭后她要看报，我企图把她的注意力引到别处。但是没有用，她找到了报纸。她的笑容一下子完全消失。这一夜她再没有讲话，早早地进了房间。我后来发现她躺在床上小声哭着。一个安静的夜晚给破坏了。今天回想当时的情景，她那张满是泪痕的脸还历历在我眼前。我多么愿意让她的泪痕消失，笑容在她那憔悴的脸上重现，即使减少我几年的生命来换取我们家庭生活中一个宁静的夜晚，我也心甘情愿！

二

我听周信芳同志的媳妇说，周的夫人在逝世前经常被打手们拉出去当作皮球推来推去，打得遍体鳞伤，有人劝她躲开，她说："我躲开，他们就要这样对付周先生了。"萧珊并未受到这种新式体罚。可是她在精神上给别人当皮球打来打去。她也有这样的想法：她多受一点精神折磨，可以减轻对我的压力。其实这是她的一片痴心，结果只苦了她自己。我看见她一天天地憔悴下去，我看见她的生命之火逐渐熄灭，我多么痛心，我劝她，安慰她，我想把她拉住，一点也没有用。

她常常问我："你的问题什么时候才解决呢？"我苦笑地说："总有一天会解决的。"她叹口气说："我恐怕等不到那个时候了。"后来她病倒了，有人劝她打电话找我回家，她不知从哪里得来的消息，她说："他在写检查，不要打岔他，他的问题大概可以解决了。"等到我从五七干校回家休假，她已经不能起床。她还问我检查写得怎样，问题是否可以解决。我当时的确在写检查，而且已经写了好些次了。他们要我写，只是为了消耗我的生命。但她怎么能理解呢？

这时离她逝世不过两个多月，癌细胞已经扩散。可是我们不知道，想找医生给她认真检查一次，也毫无办法。平日去医院挂号看门诊，等了许久才见到医生或者实习医生，随便给开个药方就算解决问题。只有在发烧到摄氏三十九度才有资格挂急诊号，或者还可以在病人拥挤的观察室里待上一天半天。当时去医院看病找交通工具也很困难，常常是我女婿借了自行车来，让她坐在车上，他慢慢地推着走。有一次她雇到小三轮车去看病，看好门诊回家，雇不到车，只好同陪她看病的朋友一起慢慢地走回来，走走停停，走到街口，她快要倒下了，只得请求行人到我们家通知。她一个表侄正好来探病，就由他去背了她回家。她希望拍一张X光片子查一查肠子有什么病，但是办不到。后来靠了她一位亲戚帮忙，开后门两次拍片，才查出她患肠癌。以后又靠朋友设法开后门住进了医院。她自己还很高兴，以为得救了。只有她一个人不知道真实的病情。她在医院里只活了三个星期。

我休假回家，假期满了，我又请过两次假留在家里照料病人，最多也不到一个月。我看见她病情日趋严重，实在不愿意把她丢开不管，我要求延长假期的时候，我们那个单位的一个“工宣队”头头逼着我第二天就回干校去。我回到家里，她问起来，我无法隐瞒，她叹了一口气，说：“你放心去吧。”她把脸掉过去，不让我看她。我女儿、女婿看到这种情景自告奋勇跑到巨鹿路去向那位“工宣队”头头解释，希望他同意我在市区多留些日子照料病人。可是那个头头“执法如山”，还说：“他不是医生，留在家里有什么用处！留在家里对他改造不利。”他们气愤地回到家中，只说机关不同意，后来才对我传达了这句“名言”，我还能讲什么呢？明天回干校去！

整个晚上她睡不好，我更睡不好。出乎意外，第二天一早我那个插队落户的儿子在我们房间里出现了，他是昨天半夜里到的。他得到了家信，请假回家看母亲，却没有想到母亲病成这样。我见了他一面，把他母亲交给他，就回干校去了。

在车上我的情绪很不好。我实在想不通为什么会有这样的事情。我在干校待了五天，无法同家里通消息。我已经猜到她的病不轻了。可是人们不让我过问她的事。这五天是多么难熬的日子！到第五天晚上在干校的造反派头头通知我们全体第二天一早回市区开会。这样我才又回到了家，见到了我的爱人。靠了朋友帮忙，她可以住进中山医院肝癌病房，一切都准备好，她第二天就要住院了。她多么希望住院前见我一面，我终于回来了，连我也没有想到她的病情发展得这么快。我们见了面，我一句话也讲不出来，她说了一句："我到底住院了。"我答说："你安心治疗吧。"她父亲也来看她，老人家双目失明，去医院探病有困难，可能是来同他的女儿告别了。

我吃过中饭就去参加给别人戴上反革命帽子的大会，受批判、戴帽子的人不止一个，其中有一个我的熟人王若望同志，过去，也是作家，不过比我年轻。我们一起在"牛棚"里关过一个时期，他的罪名是"摘帽右派"。他不服，不肯听话，他贴出大字报，声明"自己解放自己"，因此罪名越搞越大，给捉去关了一个时期不算，还戴上了反革命的帽子监督劳动。在会场里我一直像在做怪梦。开完会回家，见到萧珊我感到格外亲切，仿佛重回人间。可是她不舒服，不想讲话，偶尔讲一句半句，我还记得她讲了两次："我看不到了。"我连声问她看不到什么？她后来才说："看不到你解放了。"我还能回答什么呢？

我儿子在旁边，垂头丧气，精神不好，晚饭只吃了半碗，像是患感冒。她忽然指着他小声说："他怎么办呢？"他当时在安徽山区农村插队落户已经待了三年半，政治上没有人管，生活上不能养活自己，而且因为是我的儿子，给剥夺了好些公民权利。他先学会沉默，后来又学会抽烟。我怀着内疚的心情看看他，我后悔当初不该写小说，更不该生儿育女。我还记得前两年在痛苦难熬的时候她对我说："孩子们说爸爸做了坏事，害了我们大家。"这好像用刀子在割我身上的肉，我没有出声，我把泪水全吞在肚里。她睡了一觉醒过来，忽然问我："你明天不去了？"我说："不去了。"就是那个"工宣队"头头在今天通知我不用再去干校，就留在市区。他还问我："你知道萧珊是什么病吗？"我答说："知道。"其实家里瞒住我，不给我知道真相，我还是从他这句问话里猜到的。

三

第二天早晨她动身去医院，一个朋友和我女儿女婿陪她去。她穿好衣服等候车来。她显得急躁又有些留恋，东张张、西望望，她也许在想是不是能再看到这里的一切。我送走她，心上反而加了一块大石头。

将近二十天里，我每天去医院陪她大半天，我照料她，我坐在病床前守着她，同她短短地谈几句话，她的病情恶化，一天天衰弱下去，肚子却一天天大起来，行动越来越不方便。当时病房里没有人照料，生活方面除饮食外一切都必须自理。后来听同病房的人称赞她"坚强"，说她每天早晚都默默地挣扎着下了床走到厕所。医生对我们谈起，病人的身体受不住手术，最怕她的肠子堵塞，要是不堵塞，还可以拖延一个时期。她住院后的半个月是一九六六年八月以来我既痛苦又感到幸福的一段时间，是我和她在一起度过的最后的平静的时刻，我今天还不能将它忘记。但是半个月以后，她的病情又有了发展。一天吃中饭的时候，医生通知我儿子找我去谈话。他告诉我：病人的肠子给堵住了，必须开刀，开刀不一定有把握，也许中途出毛病。但是不开刀，后果更不堪设想，他要我决定，并且要我劝她同意。我做了决定，就去病房对她解释，我讲完话，她只说了一句："看来，我们要分别了。"她望着我，眼睛里全是泪水，我说："不会的……"我的声音哑了。接着护士长来安慰她，对她说："我陪你，不要紧的。"她回答："你陪我就好。"时间很紧迫，医生、护士们很快做好了准备，她给送进手术室去了，是她的表侄把她推到手术室门口的。我们就在外面走廊上等候了好几个小时，等到她平安地给送出来。由儿子把她推回到病房去。儿子还在她的身边守过一个夜晚。过两天他也病倒了，查出来他患肝炎，是从安徽农村带回来的。本来我们想瞒住他的母亲，可是无意间让他母亲知道了。她不断地问："儿子怎么样？"我自己也不知道儿子怎么样，我怎么能使她放心呢？晚上回到家，走进空空的、静静的房间，我几乎要叫出声来："一切都朝我的头打下来吧，让所有的灾祸都来吧。我受得住！"

　　我应当感谢那位热心而又善良的护士长，她同情我的处境，要我把儿子的事情完全交给她办。她做好安排，陪他看病、检查，让他很快住进别处的隔离病房，得到及时的治疗和护理。他在隔离病房里苦苦地等候母亲病情的好转。母亲躺在病床上，只能有气无力地说几句短短的话，她经常问："棠棠怎么样？"从她那双含泪的眼睛里我明白她多么想看见她最爱的儿子。但是她已经没有精力多想了。

　　她每天给输血、打盐水针，她看见我去，就断断续续地问我："输多少CC的血？该怎么办？"我安慰她："你只管放心，没有问题，治病要紧。"她不止一次地说："你辛苦了。"我有什么苦呢？我能够为我最亲爱的人做事情，哪怕做一件小事，我也高兴！后来她的身体更不行了。医生给她输氧气，鼻子里整天插着管子。她几次要求拿开，这说明她感到难受。但是听了我们的劝告，她终于忍受下去。开刀以后她只活了五天，谁也想不到她会去得这么快！五天中间我整天守在病床前，默默地望着她在受苦（我是设身处地感觉到这样的），可是她除了两三次要求搬开床前巨大的氧气筒，三四次表示担心输血较多，付不出医药费之外，并没有抱怨过什么，见到熟人她常有这样一种表情：请原谅我麻烦了你们。她非常安静，但并未昏睡，始终睁大两只眼睛。眼睛很大、很美、很亮，我望着，望着，好像在望快要燃尽的烛火。我多么想让这对眼睛永远亮下去！我多么害怕她离开我！我甚至愿意为我那十四卷"邪书"受到千刀万剐，只求她能安静地活下去。

不久前我重读梅林写的《马克思传》，书中引用了马克思给女儿的信里的一段话，讲到马克思夫人的死。信上说："她很快就咽了气。……这个病具有一种逐渐虚脱的性质，就像由于衰老所致一样，甚至在最后几小时也没有临终的挣扎，而是慢慢地沉入睡乡，她的眼睛比任何时候都更大、更美、更亮！"这段话我记得很清楚，马克思夫人也死于癌症。我默默地望着萧珊那对很大、很美、很亮的眼睛，我想起这段话，稍微得到一点安慰。听说她的确也"没有临终的挣扎"，她也是"慢慢地沉入睡乡"。我这样说，因为她离开这个世界的时候，我不在她的身边，那天是星期天，卫生防疫站因为我们家发现了肝炎病人，派人上午来做消毒工作。她的表妹有空愿意到医院去照料她，讲好我们吃过中饭就去接替。没有想到我们刚刚端起饭碗，就得到传呼电话，通知我女儿去医院，说是她妈妈"不行"了。真是晴天霹雳！我和我女儿女婿赶到医院。她那张病床上连床垫也给拿走了。别人告诉我她在太平间。我们又下了楼赶到那里，在门口遇见表妹，还是她找人帮忙把"咽了气"的病人抬进来的。死者还不曾给放进铁匣子里送进冷库，她躺在担架上，但已经给白布床单包得紧紧的，看不到面容了。我只看到她的名字。我弯下身子，把地上那个还有点人形的白布包拍了好几下，一面哭着唤她的名字。不过几分钟的时间。这算是什么告别呢？

据表妹说，她逝世的时刻，表妹也不知道。她曾经对表妹说："找医生来。"医生来过，并没有什么。后来她就渐渐"沉入睡乡"。表妹还以为她在睡眠。一个护士来打针才发觉她的心脏已经停止跳动了。我没有能同她诀别，我有许多话没有能向她倾吐，她不能没有留下一句遗言就离开我！我后来常常想，她对表妹说："找医生来"，很可能不是"找医生"，是"找李先生"（她平日这样称呼我）。为什么那天上午偏偏我不在病房呢？家里人都不在她身边，她死得这样凄凉！

我女婿马上打电话给我们仅有的几个亲戚，她的弟媳赶到医院，马上晕了过去。三天以后在龙华火葬场举行告别仪式。她的朋友一个也没有来，因为一则我们没有通知，二则我是一个审查了将近七年的对象。没有悼词，没有吊客，只有一片伤心的哭声。我衷心感谢前来参加仪式的少数亲友和特地来帮忙的我女儿的两三个同学。最后我跟她的遗体告别，女儿望着遗容哀哭，儿子在隔离病房，还不知道把他当作命根子的妈妈已经死亡。值得提说的是她当作自己儿子照顾了好些年的一位亡友的男孩，从北京赶来只为了看见她的最后一面。这个整天同钢铁打交道的技术员和干部，他的心倒不像钢铁那样。他得到电报以后，他爱人对他说："你去吧，你不去一趟，你的心永远安定不了。"我在变了形的她的遗体旁边站了一会儿。别人给我和她照了像。我痛苦地想：这是最后一次了，即使给我们留下来很难看的形象，我也要珍视这个镜头。

一切都结束了。过了几天我和女儿女婿再去火葬场，领到了她的骨灰盒。在存放室里寄存了三年之后，我按期把骨灰盒接回家里，有人劝我把她的骨灰安葬，我宁愿让骨灰盒放在我的寝室里，我感到她仍然和我在一起。

四

梦魇一般的日子终于过去了。六年仿佛一瞬间似的远远地落在后面了。其实哪里是一瞬间！这段时间里有多少流着血和泪的日子啊。不仅是六年，从我开始写这篇短文到现在又过去了半年，这半年中间我经常在火葬场的大厅里默哀，行礼，为了纪念给"四人帮"迫害致死的朋友。想到他们不能把个人的智慧和才华献给社会主义祖国，我万分惋惜。每次戴上黑纱、插上白花的同时，我也想起我自己最亲爱的朋友，一个普通的文艺爱好者，一个成绩不大的翻译工作者，一个心地善良的好人，她是我的生命的一部分，她的骨灰里有我的泪和血。

她是我的一个读者。一九三六年我在上海第一次同她见面，一九三八年和一九四一年我们两次在桂林像朋友似的住在一起。一九四四年我们在贵阳结婚。我认识她的时候，她还不到二十，对她的成长我应当负很大的责任。她读了我的小说，后来见到了我，对我发生了感情。她在中学念书。看见我之前，因为参加学生运动被学校开除，回到家乡住了一个短时期，又出来进另一所学校。倘使不是为了我，她三七、三八年可能去了延安。她同我谈了八年的恋爱，后来到贵阳旅行结婚，只印发了一个通知，没有摆过一桌酒席。从贵阳我们先后到重庆，住在民国路文化生活出版社门市部楼梯下七八个平方米的小屋里。她托人买了四只玻璃杯开始组织我们的小家庭。她陪着我经历了各种艰苦生活。在抗日战争紧张的时期，我们一起在日军进城以前十多个小时逃离广州，我们从广东到广西，从昆明到桂林，从金华到温州，我们分散了，又重见，相见后又别离。在我那两册《旅途通讯》中就有一部分这种生活的记录。四十年前有一位朋友批评我："这算什么文章！"我的《文集》出版后，另一位朋友认为我不应当把它们也收进去。他们都有道理，两年来我对朋友、对读者讲过不止一次，我决定不让《文集》重版。但是为我自己，我要经常翻看那两小册《通讯》。在那些年代，每当我落在困苦的境地里、朋友们各奔前程的时候，她总是亲切地在我的耳边说："不要难过，我不会离开你，我在你的身边。"的确，只有在她最后一次进手术室之前她才说过这样一句："我们要分别了。"

我同她一起生活了三十多年。但是我并没有好好地帮助过她。她比我有才华，却缺乏刻苦钻研的精神。我很喜欢她翻译的普希金和屠格涅夫的小说。虽然译文并不恰当，也不是普希金和屠格涅夫的风格，它们却是有创造性的文学作品，阅读它们对我是一种享受。她想改变自己的生活，不愿做家庭妇女，却又缺少吃苦耐劳的勇气。她听从一个朋友的劝告，得到后来也是给"四人帮"迫害致死的叶以群同志的同意，到《上海文学》"义务劳动"，也做了一点点工作，然而在运动中却受到批判，说她专门向老作家反动权威组稿，又说她是我派去的"坐探"。她为了改造思想，想走捷径，要求参加"四清"运动，找人推荐到某铜厂的工作组工作，工作相当繁重、紧张，她却精神愉快。但是我快要靠边的时候，她也被叫回作家协会参加运动。她第一次参加这种急风暴雨般的斗争，而且是以反动权威家属的身份参加，她不知道该怎么办才好。她张皇失措、坐立不安，替我担心，又为儿女的前途忧虑。她盼望什么人向她伸出援助的手，可是朋友们离开了她，"同事们"拿她当作箭靶，还有人想通过整她来整我。她不是作家协会或者刊物的正式工作人员，可是仍然被"勒令"靠边劳动、站队挂牌，放回家以后，又给揪到机关。过一个时期她写了认罪的检查，第二次给放回家的时候，我们机关的造反派头头却通知里弄委员会罚她扫街。她怕人看见，每天大清早起来，拿着扫帚出门，扫得精疲力尽，才回到家里，关上大门，吐了一口气。但有时她还碰到上学去的小孩，对她叫骂"巴金的臭婆娘"。我偶尔看见她拿着扫帚回来，不敢正眼看她，我感到负罪的心情。这是对她的一个致命的打击，不到两个月，她病倒了，以后就没有再出去扫街（我妹妹继续扫了一个时期），但是也没有完全恢复健康。尽管她还继续拖了四年，但一直到死，她并不曾看到我恢复自由。这就是她的最后，然而绝不是她的结局。她的结局将和我的结局连在一起。

我绝不悲观。我要争取多活。我要为我们社会主义祖国工作到生命的最后一息。在我丧失工作能力的时候，我希望病榻上有萧珊翻译的那几本小说，等到我永远闭上眼，就让我的骨灰和她的骨灰掺和在一起。

一九七九年一月十五日写

缪崇群

缪崇群（1907—1945），笔名终一。江苏泰县人。散文家。早年留学日本，1931年归国后在湖南省编辑文学杂志，1935年到上海从事文学创作。其散文清新、淡雅，小人物、小地方的悲欢是他作品固定的题材。代表作有散文集《晞露集》、《寄健康人》、《旅途随笔》、《眷眷草》，小说集《归客与鸟》，译著有《现代日本小品文》等。

花 床

　　冬天，在四周围都是山地的这里，看见太阳的日子真是太少了。今天，难得雾是这么稀薄，空中融融地混合着金黄的阳光，把地上的一切，好像也照上一层欢笑的颜色。

　　我走出了这黝暗的小阁，这个作为我们办公的地方（它整年关住我！），我扬着脖子，张开了我的双臂，恨不得要把谁紧紧地拥抱了起来。

　　由一条小径，我慢慢地走进了一个新村。这里很幽静，很精致，像一个美丽的园子。可是那些别墅里的窗帘和纱门都垂锁着，我想，富人们大概过不惯冷清的郊野的冬天，都集向热闹的城市里了。

　　我停在一架小木桥上，眺望着对面山上的一片绿色。草已经枯萎了，唯有新生的麦，占有着冬天的土地。

　　说不出的一股香气，幽然地吹进了我的鼻孔，我一回头，才发现了在背后的一段矮坡上，铺满着一片金钱似的小花，也许是一些耐寒的雏菊，仿佛交头接耳地在私议着我这个陌生的来人：为探寻着什么而来的呢？

　　我低着头，看见我的影子正好像在地面上蜷伏着。我也真的愿意把自己的身子卧倒下来了，这么一片孤寂宁馥的花朵，她们自然地成就了一张可爱的床铺。虽然在冬天，土下也还是温暖的罢？

　　在远方，埋葬着我的亡失了的伴侣的那块土地上，在冬天，是不是只披着衰草，也还生长着不知名的花朵，为她铺着一张花床呢？

　　我相信，埋葬着爱的地方，在那里也蕴藏着温暖。

　　让悼亡的泪水，悄悄地洒在这张花床上罢，有一天，终归有一天，我也将寂寞地长眠在它的下面，这下面一定是温暖的。

仿佛为探寻什么而来，然而，我永远不能寻见什么了，除非我也睡在花床的下面，土地连接着土地，在那里面或许还有一种温暖的，爱的交流？

一九四一年十二月十日

傅 雷

傅雷（1908—1966），上海南汇人。著名文学翻译家、文艺评论家。早年留学法国，回国后曾任教于上海美专，因不愿流俗而闭门译书。译作三十余部，其中包括罗曼·罗兰的巨著《约翰·克利斯朵夫》及巴尔扎克名作十四部。数百万言的译作成了中国译界备受推崇的范文，形成了"傅雷体华文语言"。他多艺兼通，在绘画、音乐、文学等方面，均显示出独特而高超的艺术鉴赏力。

家书（二封）

一九五五年一月二十六日

　　早预算新年中必可接到你的信，我们都当作等待什么礼物一般的等着。果然昨天早上收到你（波10）来信，而且是多少可喜的消息。孩子！要是我们在会场上，一定会禁不住涕泗横流的。世界上最高的最纯洁的欢乐，莫过于欣赏艺术，更莫过于欣赏自己的孩子的手和心传达出来的艺术！其次，我们也因为你替祖国增光而快乐！更因为你能借音乐而使多少人欢笑而快乐！想到你将来一定有更大的成就，没有止境的进步，为更多的人更广大的群众服务，鼓舞他们的心情，抚慰他们的创痛，我们真是心都要跳出来了！能够把不朽的大师的不朽的作品发扬光大，传布到地球上每一个角落去，真是多神圣、多光荣的使命！孩子，你太幸福了，天待你太厚了。我更高兴的更安慰的是：多少过分的谀词与夸奖，都没有使你丧失自知之明；众人的掌声，拥抱，名流的赞美，都没有减少你对艺术的谦卑！总算我的教育没有白费，你二十年的折磨没有白受！你能坚强（不为胜利冲昏了头脑是坚强的最好的证据），只要你能坚强，我就一辈子放了心！成就的大小、高低，是不在我们掌握之内的，一半靠人力，一半靠天赋，但只要坚强，就不怕失败，不怕挫折，不怕打击——不管是人事上的，生活上的，技术上的，学习上的——打击；从此以后你可以孤军奋斗了。何况事实上有多少良师益友在周围帮助你，扶掖你。还加上古今的名著，时时刻刻给你精神上的养料！孩子，从今以后，你永远不会孤独的了，即使孤独也不怕的了！

　　赤子之心这句话，我也一直记住的。赤子便是不知道孤独的。赤子孤独了，会创造一个世界，创造许多心灵的朋友！永远保持赤子之心，到老也不会落伍，永远能够与普天下的赤子之心相接相契相抱！你那位朋友说得不错，艺术表现的动人，一定是从心灵的纯洁来的！不是纯洁到像明镜一般，怎能体会到前人的心灵？怎能打动听众的心灵？

音乐院长说你的演奏像流水，像河；更令我想到克利斯朵夫的象征。天舅舅说你小时候以克利斯朵夫自命；而你的个性居然和罗曼·罗兰的理想有些相像了。河，莱茵，江声浩荡……钟声复起，天已黎明……中国正到了"复旦"的黎明时期，但愿你做中国的——新中国的——钟声，响遍世界，响遍每个人的心！滔滔不竭的流水，流到每个人的心坎里去，把大家都带着，跟你一块到无边无岸的音响的海洋中去吧！名闻世界的扬子江与黄河，比莱茵的气势还要大呢！……黄河之水天上来，奔流到海不复回！……无边落木萧萧下，不尽长江滚滚来！……有这种诗人灵魂的传统的民族，应该有气吞牛斗的表现才对。

你说常在矛盾与快乐之中，但我相信艺术家没有矛盾不会进步，不会演变，不会深入。有矛盾正是生机蓬勃的明证。眼前你感到的还不过是技巧与理想的矛盾，将来你还有反复不已更大的矛盾呢：形式与内容的枘凿，自己内心的许许多多不可预料的矛盾，都在前途等着你。别担心，解决一个矛盾，便是前进一步！矛盾是解决不完的，所以艺术没有止境，没有perfect（完美，十全十美）的一天，人生也没有perfect（完美，十全十美）的一天！唯其如此，才需要我们日以继夜，终生的追求、苦练；要不然大家做了羲皇上人，垂手而天下治，做人也太腻了！

一九六二年十二月五日

宿舍的情形令我想起一九三六年冬天在洛阳住的房子，虽是正式瓦房，厕所也是露天的，严寒之夜，大小便确是冷得可以。洛阳的风刮在脸上像刀割。去龙门调查石刻，睡的是土墙砌的小屋，窗子只有几条木栅，糊一些七穿八洞的纸，房门也没有，临时借了一扇竹篱门靠上，人在床上可以望见天上的星，原来屋瓦也没盖严。白天三顿吃的面条像柴草，实在不容易咽下去。那样的日子也过了好几天，而每十天就得去一次龙门尝尝这种生活。我国社会南北发展太不平衡，一般都是过的苦日子，不是短时期所能扭转。你从小家庭生活过得比较好，害你今天不习惯清苦的环境。若是棚户出身或是五六个人挤在一间阁楼上长大的，就不会对你眼前的情形叫苦了。我们绝非埋怨你，你也是被过去的环境，

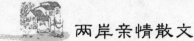

教育，生活习惯养娇了的。可是你该知道现代的青年吃不了苦是最大的缺点（除了思想不正确之外），同学，同事，各级领导首先要注意到这一点。这是一个大关，每个年轻人都要过。闯得过的比闯不过的多了几分力量，多了一重武装。以我来说，也是犯了太娇的毛病，朋友中如裘伯伯（复生）、仑布伯伯都比我能吃苦，在这方面不知比我强多少。如今到了中年以上，身体又不好，谈不到吃苦的锻炼，但若这几年得不到上级照顾，拿不到稿费，没有你哥哥的接济，过去存的稿费用完了，不是也得生活逐渐下降，说不定有朝一日也得住阁楼或亭子间吗？那个时候我难道就不活了吗？我告诉你这些，只是提醒你万一家庭经济有了问题，连我也得过从来未有的艰苦生活，更说不上照顾儿女了。物质的苦，在知识分子眼中，究竟不比精神的苦那样刻骨铭心。我对此深有体会，不过一向不和你提罢了。总而言之，新中国的青年决不会被物质的困难压倒，决不会因此而丧气。你几年来受的思想教育不谓不深，此刻正应该应用到实际生活中去。你也看过不少共产党员艰苦斗争和壮烈牺牲的故事，也可以拿来鼓励自己。要是能熬上两三年，你一定会坚强得多。而我相信你是的确有此勇气的。千万不能认为目前的艰苦是永久的，那不是对前途，对国家，对党失去了信心吗？这便是严重的思想错误，不能不深自警惕！解决思想固是根本，但也得用实际生活来配合，才能巩固你的思想觉悟，增加你的勇气和信心。目前你首先要做好教学工作，勤勤谨谨老老实实。其次是尽量充实学识，有计划有步骤地提高业务，养成一种工作纪律。假如宿舍四周不安静，是否有图书阅览室可利用？……还有北京图书馆也离校不远，是否其中的阅览室可以利用？不妨去摸摸情况。总而言之，要千方百计克服自修的困难。等你安排定当，再和我谈谈你进修的计划，最好先结合你担任的科目，作为第一步。

身体也得注意，关节炎有否复发？肠胃如何？睡眠如何？健康情况不好是事实，无须瞒人，必要时领导上自会照顾。夜晚上厕所，衣服宜多穿，防受凉！切切切切。

千句并一句：无论如何要咬紧牙关挺下去，堂堂好男儿岂可为了这些生活上的不方便而消沉，泄气！抗战期间黄宾虹老先生在北京住的房子也是破烂不堪，仅仅比较清静而已。你想这样一代艺人也不过居于陋巷，墙壁还不是乌黑一片，桌椅还不是东倒西歪，这都是我和你妈妈目睹的。

为××着想，你也得自己振作，做一个榜样。否则她更要多一重思想和感情的负担。一朝开始上课，自修课排定，慢慢习惯以后，相信你会平定下来的。最要紧的是提高业务，一切烦恼都该为了这一点而尽量驱除。

……你该想象得到父母对儿女的牵挂，可是时代不同，环境不同，父母也有父母的苦衷，并非不想帮你改善生活。可是大家都在吃苦，国家还有困难，一切不能操之过急。年轻时受过的锻炼，一辈子受用不尽。将来你应付物质生活的伸缩性一定比我强得多，这就是你占便宜的地方。一切多往远处想，大处想，多想大众，少顾到自己，自然容易满足。一个人不一定付了代价有报酬，可是不付代价的报酬是永远不会有的。即使有，也是不可靠的。

望多想多考虑，多拿比你更苦的人作比，不久就会想通，心情开朗愉快，做起工作来成绩也更好。千万保重！保重！

季羡林

季羡林（1911—2009），生于山东省清平县。中国著名文学家、语言学家、教育家、社会活动家、翻译家、散文家，精通 12 国语言。曾历任中国科学院哲学社会科学部委员、北京大学副校长、中国社科院南亚研究所所长。主要作品有《中印文化关系史论丛》、《季羡林散文集》、《牛棚杂忆》、译著《安娜·西格斯短篇小说集》、《沙恭达罗》等。

赋得永久的悔

　　题目是韩小蕙小姐出的，所以名之曰"赋得"。但文章是我心甘情愿作的，所以不是八股。

　　我为什么心甘情愿作这样一篇文章呢？一言以蔽之，题目出得好，不但实获我心，而且先获我心：我早就想写这样一篇东西了。

　　我已经到了望九之年。在过去的七八十年中，从乡下到城里；从国内到国外；从小学、中学、大学到洋研究院；从"志于学"到超过"从心所欲不逾矩"，曲曲折折，坎坎坷坷，既走过阳关大道，也走过独木小桥；既经过"山重水复疑无路"，又看到"柳暗花明又一村"，喜悦与忧伤并驾，失望与希望齐飞，我的经历可谓多矣。要讲后悔之事，那是俯拾皆是。要选其中最深切、最真实、最难忘的悔，也就是永久的悔，那也是唾手可得，因为它片刻也没离开过我的心。

　　我这永久的悔就是：不该离开故乡，离开母亲。

　　我出生在鲁西北一个极端贫困的村庄里。我们家是贫中之贫，真可以说是贫无立锥之地。十年浩劫中，我自己跳出来反对北大那一位倒行逆施但又炙手可热的"老佛爷"，被她视为眼中钉，必欲除之而后快。她手下的小喽啰们曾两次窜到我的故乡，处心积虑把我"打"成地主，他们那种狗仗人势穷凶极恶的教师爷架子，并没有能吓倒我的乡亲。我小时候的一位伙伴指着他们的鼻子，大声说："如果让整个官庄来诉苦的话，季羡林家是第一家！"

　　这一句话并没有夸大，他说的是实情。我祖父母早亡，留下了我父亲等三个兄弟，孤苦伶仃，无依无靠。最小的叔叔送了人。我父亲和九叔饿得没有办法，只好到别人家的枣林里去捡落到地上的干枣充饥。这当然不是长久之计。最后兄弟俩被逼背井离乡，盲流到济南去谋生。此时他俩也不过十几二十岁。在举目无亲的大城市里，必然是经过千辛万苦，九叔在济南落住了脚。于是我父亲就回到了故乡，说是农民，但又无田可耕。又必然是经过千辛万苦。九叔从济南有时寄点钱回家，父亲赖以生活。不知怎么一来，竟然寻（读若xin）上了媳妇，她就是我的母亲。母亲的娘家姓赵，门当户对，她家穷得同我们家差不多，否则也决不会结亲。她家里饭都吃不上，哪里有钱、有闲上学。所以我母亲一个字也不识，活了一辈子，连个名字都没有。她家是在另一个庄上，离我们庄五里路。这个五里路就是我母亲毕生所走的最长的距离。

北京大学那一位"老佛爷"要"打"成"地主"的人，也就是我，就出生在这样一个家庭里，就有这样一位母亲。

后来我听说，我们家确实也"阔"过一阵。大概在清末民初，九叔在东三省用口袋里剩下的最后五角钱，买了十分之一的湖北水灾奖券，中了奖。兄弟俩商量，要"富贵而归故乡"，回家扬一下眉，吐一下气。于是把钱运回家，九叔仍然留在城里，乡里的事由父亲一手张罗。他用荒唐离奇的价钱，买了砖瓦，盖了房子。又用荒唐离奇的价钱，置了一块带一口水井的田地。一时兴会淋漓，真正扬眉吐气了。可惜好景不长，我父亲又用荒唐离奇的方式，仿佛宋江一样，豁达大度，招待四方朋友。一转瞬间，盖成的瓦房又拆了卖砖、卖瓦。有水井的田地也改变了主人。全家又回归到原来的情况。我就是在这个时候，在这样的情况下降生到人间来的。

母亲当然亲身经历了这个巨大的变化。可惜，当我同母亲住在一起的时候，我只有几岁，告诉我，我也不懂。所以，我们家这一次陡然上升，又陡然下降，只像是昙花一现，我到现在也不完全明白。这个谜恐怕要成为永恒的谜了。

不管怎样，我们家又恢复到从前那种穷困的情况。后来听人说，我们家那时只有半亩多地。这半亩多地是怎么来的，我也不清楚。一家三口人就靠这半亩多地生活。城里的九叔当然还会给点接济，然而像中湖北水灾奖那样的事儿，一辈子有一次也不算少了，九叔没有多少钱接济他的哥哥了。

家里日子是怎样过的，我年龄太小，说不清楚。反正吃得极坏，这个我是懂得的。按照当时的标准，吃"白的"（指麦子面）最高，其次是吃小米面或棒子面饼子，最次是吃红高粱饼子，颜色是红的，像猪肝一样。"白的"与我们家无缘。"黄的"（小米面或棒子面饼子颜色都是黄的）与我们缘分也不大。终日为伍者只有"红的"。这"红的"又苦又涩，真是难以下咽。但不吃又害饿，我真有点谈"红"色变了。但是，小孩子也有小孩子的办法。我祖父的堂兄是一个举人，他的夫人我喊她奶奶。他们这一支是有钱有地的。虽然举人死了，但家境仍然很好。我这一位大奶奶仍然健在。她的亲孙子早亡，所以把全部的钟爱都倾注到我身上来。她是整个官庄能够吃"白的"的仅有的几个人中之一。她不但自己吃，而且每天都给我留出半个或者四分之一个白面馍馍来。我每天早晨一睁眼，立即跳下炕来向村里跑，我们家住在村外。我跑到大奶奶跟前，清脆甜美地喊上一声："奶奶！"她立即笑得合不上嘴，把手缩回到肥大的袖子，从口袋里掏出一小块馍馍，递给我，这是我一天最幸福的时刻。

此外，我也偶尔能够吃一点"白的"，这是我自己用劳动换来的。一到夏天麦收季节，我们家根本没有什么麦子可收。对门住的宁家大婶子和大姑——她们家也穷得够呛——就带我到本村或外村富人的地里去"拾麦子"。所谓"拾麦子"就是别家的长工割过麦子，总还会剩下那么一点点麦穗，这些都是不值得一捡的，我们这些穷人就来"拾"。因为剩下的绝不会多，我们拾上半天，也不过拾半篮子；然而对我们来说，这已经是如获至宝了。一定是大婶和大姑对我特别照顾，以一个四五岁、五六岁的孩子，拾上一个夏天，也能拾上十斤八斤麦粒。这些都是母亲亲手搓出来的。为了对我加以奖励，麦季过后，母亲便把麦子磨成面，蒸成馍馍，或贴成白面饼子，让我解馋。我于是就大快朵颐了。

记得有一年，我拾麦子的成绩也许是有点"超常"。到了中秋节——农民嘴里叫"八月十五"——母亲不知从哪里弄了点月饼，给我掰了一块，我就蹲在一块石头旁边，大吃起来。在当时，对我来说，月饼可真是神奇的好东西，龙肝凤髓也难以比得上的，我难得吃上一次。我当时并没有注意，母亲是否也在吃。现在回想起来，她根本一口也没有吃。不但是月饼，连其他"白的"，母亲从来都没有尝过，都留给我吃了。她大概是毕生就与红色的高粱饼子为伍。到了俭年，连这个也吃不上，那就只有吃野菜了。

至于肉类，吃的回忆似乎是一片空白。我老娘家隔壁是一家卖煮牛肉的作坊。给农民劳苦耕耘了一辈子的老黄牛，到了老年，耕不动了，几个农民便以极其低的价钱买来，用极其野蛮的办法杀死，把肉煮烂，然后卖掉。老牛肉难煮，实在没有办法，农民就在肉锅里小便一通，这样肉就好烂了。农民心肠好，有了这种情况，就昭告四邻："今天的肉你们别买！"老娘家穷，虽然极其疼爱我这个外孙，也只能用土罐子，花几个制钱，装一罐子牛肉汤，聊胜于无。记得有一次，罐子里多了一块牛肚子。这就成了我的专利。我舍不得一气吃掉，就用生了锈的小铁刀，一块一块地割着吃，慢慢地吃。这一块牛肚真可以同月饼媲美了。

"白的"、月饼和牛肚难得，"黄的"怎样呢？"黄的"也同样难得。但是，尽管我只有几岁，我却也想出了办法。到了春、夏、秋三个季节，庄外的草和庄稼都长起来了。我就到庄外去割草，或者到人家高粱地里去劈高粱叶。劈高粱叶，田主不但不禁止，而且还欢迎；因为叶子一劈，通风情况就能改进，高粱长得就能更好，粮食打得就能更多。草和高粱叶都是喂牛用的。我们家穷，从来没有养过牛。我二大爷家是有地的，经常养着两头大牛。我这草和高粱叶就是给它们准备的。每当我这个不到三块豆腐干高的孩子背着一大捆草或高粱叶走进二大爷的大门，我心里有所恃而不恐，把草放在牛圈里，赖着不走，总能蹭上一顿"黄的"吃，不会被二大娘"卷"（我们那里的土话，意思是"骂"）出来。到了过年的时候，自己心里觉得，在过去的一年里，自己喂牛立了功，又有了勇气到二大爷家里赖着吃黄面糕。黄面糕是用黄米面加上枣蒸成的。颜色虽黄，却位列"白的"之上，因为一年只在过年时吃一次，物以稀为贵，于是黄面糕就贵了起来。

我上面讲的全是吃的东西。为什么一讲到母亲就讲起吃的东西来了呢？原因并不复杂。第一，我作为一个孩子容易关心吃的东西。第二，所有我在上面提到的好吃的东西，几乎都与母亲无缘。除了"红的"以外，其余她都不沾边儿。我在她身边只待到六岁，以后两次奔丧回家，待的时间也很短。现在我回忆起来，连母亲的面影都是迷离模糊的，没有一个清晰的轮廓。特别有一点，让我难解而又易解：我无论如何也回忆不起母亲的笑容来，她好像是一辈子都没有笑过。家境贫困，儿子远离，她受尽了苦难，笑容从何而来呢？有一次我回家听对面的宁大婶子告诉我说："你娘经常说：'早知道送出去回不来，我无论如何也不会放他走的！'"简短的一句话里面含着多少辛酸、多少悲伤啊！母亲不知有多少日日夜夜，眼望远方，盼望自己的儿子回来啊！然而这个儿子却始终没有归去，一直到母亲离开这个世界。

对于这个情况，我最初懵懵懂懂，理解得并不深刻。到了上高中的时候，自己大了几岁，逐渐理解了。但是自己寄人篱下，经济不能独立，空有雄心壮志，怎奈无法实现，我暗暗地下定了决心，立下了誓愿：一旦大学毕业，自己找到工作，立即迎养母亲，然而没有等到我大学毕业，母亲就离开我走了，永远永远地走了。古人说："树欲静而风不止，子欲养而亲不待。"这话正应到我身上。我不忍想象母亲临终时思念爱子的情况；一想到，我就会心肝俱裂，眼泪盈眶。当我从北平赶回济南，又从济南赶回清平奔丧的时候，看到了母亲的棺材，看到那简陋的屋子，我真想一头撞死在棺材上，随母亲于地下。我后悔，我真后悔，我千不该万不该离开了母亲。世界上无论什么名誉，什么地位，什么幸福，什么尊荣，都比不上待在母亲身边，即使她一个字也不识，即使整天吃"红的"。

这就是我的"永久的悔"。

孙 犁

孙犁（1913—2002），原名孙树勋，河北省安平县人，现代著名小说家、散文家，被誉为"荷花淀派"创始人。著有短篇小说散文集《白洋淀纪事》，长篇小说《风云初记》，中篇小说《铁木前传》、《村歌》，散文集《津门小集》、《晚华集》、《秀露集》、《澹定集》，诗集《白洋淀之曲》等，现有《孙犁文集》八卷。

亡人逸事

一

旧式婚姻,过去叫作"天作之合",是非常偶然的。据亡妻言,她十九岁那年,夏季一个下雨天,她父亲在临街的梢门洞里闲坐,从东面来了两个妇女,是说媒为业的,被雨淋湿了衣服。她父亲认识其中的一个,就让她们到梢门下避避雨再走,随便问道:

"给谁家说亲去来?"

"东头崔家。"

"给哪村说的?"

"东辽城。崔家的姑娘不大般配,恐怕成不了。"

"男方是怎么个人家?"

媒人简单介绍了一下,就笑着问:

"你家二姑娘怎样? 不愿意寻吧?"

"怎么不愿意。你们就去给说说吧,我也打听打听。"她父亲回答得很爽快。

就这样,经过媒人来回跑了几趟,亲事竟然说成了。结婚以后,她跟我学认字,我们的洞房喜联横批,就是"天作之合"四个字。她点头笑着说:

"真不假,什么事都是天定的。假如不是下雨,我就到不了你家里来!"

二

虽然是封建婚姻,第一次见面却是在结婚之前。订婚后,她们村里唱大戏,我正好放假在家里。她们村有我的一个远房姑姑,特意来叫我去看戏,说是可以相相媳妇。开戏的那天,我去了。姑姑在戏台下等我。她拉着我的手,走到一条长板凳跟前。板凳上,并排站着三个大姑娘，都穿得花枝招展，留着大辫子。姑姑叫着我的名字，说：

"你就在这里看吧，散了戏，我来叫你家去吃饭。"

姑姑的话还没有说完，我看见站在板凳中间的那个姑娘，用力盯了我一眼，从板凳上跳下来，走到照棚外面，钻进了一辆轿车。那时姑娘们出来看戏，虽在本村，也是套车送到台下，然后再搬着带来的板凳，到照棚下面看戏的。

结婚以后，姑姑总是拿这件事和她开玩笑，她也总是说姑姑会出坏道儿。

她礼教观念很重。结婚已经好多年，有一次我路过她家，想叫她跟我一同回家去。她严肃地说：

"你明天叫车来接我吧，我才走。"我只好一个人走了。

三

她在娘家，因为是小闺女，娇惯一些，从小只会做些针线活；没有下场下地劳动过。到了我们家，我母亲好下地劳动，尤其好打早起，麦秋两季，听见鸡叫，就叫起她来做饭。又没个钟表，有时饭做熟了，天还不亮。她颇以为苦。回到娘家，曾向她父亲哭诉。她父亲问：

"婆婆叫你早起，她也起来吗？"

"她比我起得更早。还说心痛我，让我多睡了会儿哩！"

"那你还哭什么呢？"

我母亲知道她没有力气，常对她说：

"人的力气是使出来的，要伸懒筋。"

有一天，母亲带她到场院去摘北瓜，摘了满满一大筐。母亲问她：

"试试，看你背得动吗？"

她弯下腰，挎好筐系猛一立，因为北瓜太重，把她弄了个后仰，沾了满身土，北瓜也滚了满地。她站起来哭了。母亲倒笑了，自己把北瓜一个个捡起来，背到家里去了。

我们那村庄，自古以来兴织布。她不会。后来孩子多了，穿衣困难，她就下决心学。从纺线到织布，都学会了。我从外面回来，看到她两个大拇指，都因为推机杼，顶得变了形，又粗、又短，指甲也短了。

后来，因为闹日本，家境越来越不好，我又不在家。她带着孩子们下场下地。到了集日，自己去卖线卖布。有时和大女儿轮换着背上二斗高粱，走三里路，到集上去粜卖。从来没有对我叫过苦。

几个孩子，也都是她在战争的年月里，一手拉扯成人长大的，农村少医药，我们十二岁的长子，竟以盲肠炎不治死亡。每逢孩子发烧，她总是整夜抱着，来回在炕上走。在她生前，我曾对孩子们说：

"我对你们，没负什么责任。母亲把你们弄大，可不容易，你们应该记着。"

四

一位老朋友、老邻居，近几年来，屡次建议我写写"大嫂"。因为他觉得她待我太好，帮助太大了。老朋友说：

"她在生活上，对你的照顾，自不待言。在文字工作上的帮助，我看也不小。可以看出，你曾多次借用她的形象，写进你的小说。至于语言，你自己承认，她是你的第二源泉。当然，她瞑目之时，冰连地结，人事皆非，言念必不及此，别人也不会作此要求。但目前情况不同，文章一事，除重大题材外，也允许记些私事。你年事已高，如果仓促有所不讳，你不觉得是个遗憾吗？"

我唯唯，但一直拖延着没有写。这是因为，虽然我们结婚很早，但正像古人常说的：相聚之日少，分离之日多；欢乐之时少，相对愁叹之时多耳。我们的青春，在战争年代中抛掷了。以后，家庭及我，又多遭变故，直至最后她的死亡。我衰年多病，实在不愿再去回顾这些。但目前也出现一些异象：过去，青春两地，一别数年，求一梦而不可得。今老年孤处，四壁生寒，却几乎每晚梦见她，想摆脱也做不到。按照迷信的说法，这可能是地下相会之期，已经不远了。因此，选择一些不太使人感伤的断片，记述如上。已散见于其他文字中者，不再重复。就是这样的文字，我也写不下去了。

我们结婚四十年，我有许多事情，对不起她，可以说她没有一件事情是对不起我的。在夫妻的情分上，我做得很差。正因为如此，她对我们之间的恩爱，记忆很深。我在北平当小职员时，曾经买过两丈花布，直接寄至她家。临终之前，她还向我提起这一件小事，问道：

"你那时为什么把布寄到我娘家去啊？"

我说："为的是叫你做衣服方便呀！"

她闭上眼睛，久病的脸上，展现了一丝幸福的笑容。

一九八二年二月十二日晚

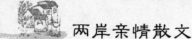

琦 君

琦君（1917—2006），原名潘希真。浙江永嘉人。台湾女作家。浙江之江大学中文系毕业。代表作品有散文集、小说集及儿童文学作品 30 余种，包括《烟愁》、《琦君小品》、《红纱灯》、《三更有梦书当枕》、《桂花雨》以及《琦君自选集》等。

母亲的书

母亲在忙完一天的煮饭，洗衣，喂猪、鸡、鸭之后，就会喊着我说："小春呀，去把妈的书拿来。"

我就会问："哪本书呀？"

"那本橡皮纸的。"

我就知道妈妈今儿晚上心里高兴，要在书房里陪伴我，就着一盏菜油灯光，给爸爸绣拖鞋面了。

橡皮纸的书上没有一个字，实在是一本"无字天书"。里面夹的是红红绿绿彩色缤纷的丝线，白纸剪的朵朵花样。还有外婆给母亲绣的一双水绿缎子鞋面，没有做成鞋子，母亲就这么一直夹在书里，夹了将近十年。外婆早过世了，水绿缎子上绣的樱桃仍旧鲜红得可以摘来吃似的。一对小小的喜鹊，一只张着嘴，一只合着嘴，母亲告诉过我，那只张着嘴的是公的，合着嘴的是母的。喜鹊也跟人一样，男女性格有别。母亲每回翻开书，总先翻到夹得最最厚的这一页，对着一双喜鹊端详老半天，嘴角似笑非笑，眼神定定的，像在专心欣赏，又像在想什么心事。然后再翻到另一页，用心地选出丝线，绣起花来。好像这双鞋面上的喜鹊樱桃，是母亲永久的样本，她心里什么图案和颜色，都仿佛从这上面变化出来的。

母亲为什么叫这本书为橡皮纸书呢？是因为书页的纸张又厚又硬，像树皮的颜色，也不知是什么材料做的，非常的坚韧，再怎么翻也不会撕破，又可以防潮湿。母亲就给它一个新式的名称——橡皮纸。其实是一种非常古老的纸，是太外婆亲手裁订起来给外婆，外婆再传给母亲的。书页是双层对折，中间的夹层里，有时会夹着母亲心中的至宝，那就是父亲从北平的来信，这才是"无字天书"中真正的"书"了。母亲当着我，从不抽出来重读，直到花儿绣累了，菜油灯花也微弱了，我背《论语》、《孟子》背得伏在书桌上睡着了，她就会悄悄地抽出信来，和父亲隔着千山万水，低诉知心话。

还有一本母亲喜爱的书，也是我记忆中非常深刻的，那就是怵目惊心的"十殿阎王"。粗糙的黄标纸上，印着简单的图画，是阴间十座阎王殿里，面目狰狞的阎王、牛头马面，以及形形色色的鬼魂。依着他们在世为人的善恶，接受不同的奖赏与惩罚。惩罚的方式最恐怖，有上尖刀山、落油锅、被猛兽追扑等等。然后从一个圆圆的轮回中转出来，有升为大官或大富翁的，有变为乞丐的，也有降为猪狗、鸡鸭、蚊蝇的。母亲对这些图画好像百看不厌，有时指着它对我说："阴间与阳间的隔离，就只在一口气。活着还有这口气，就要做好人，行好事。"母亲常爱说的一句话是："不要扯谎，小心拔舌耕犁啊。""拔舌耕犁"也是这本书里的一幅图画，画着一个披头散发的女鬼，舌头被拉出来，刺一个窟窿，套着犁头由牛拉着耕田，是对说谎者最重的惩罚。所以她常拿来警示人。外公说十殿阎王是人心里想出来的，所以天堂与地狱都在人心中。但因果报应是一定有的，佛经上说得明明白白的啰。

母亲生活上离不了手的另一本书是黄历。她在床头小几抽屉里，厨房碗橱抽屉里，都各放一本，随时取出来翻查，看今天是什么样的日子。日子的好坏，对母亲来说是太重要了。她万事细心，什么事都要图个吉利。买猪仔，修理牛栏猪栓，插秧、割稻都要拣好日子。腊月里做酒、蒸糕更不用说了。只有母鸡孵出一窝小鸡来，由不得她拣在哪一天，但她也要看一下黄历。如果逢上大吉大利的好日子，她就好高兴，想着这一窝鸡就会一帆风顺地长大；如果不巧是个不太好的日子，她就会叫我格外当心走路，别踩到小鸡，在天井里要提防老鹰攫去。有一次，一只大老鹰飞扑下来，母亲放下锅铲，奔出来赶老鹰，还是被衔走了一只小鸡。母亲跑得太急，一不小心，脚踩着一只小鸡，把它的小翅膀踩断了。小鸡叫得好凄惨，母鸡在我们身边团团转，咯咯咯地悲鸣。母亲身子一歪，还差点摔了一跤。我扶她坐在长凳上，她手掌心里捧着受伤的小鸡，又后悔不该踩到它，又心痛被老鹰衔走的小鸡，眼泪一直的流，我也要哭了。因为小鸡身上全是血，那情形实在悲惨。外公赶忙倒点麻油，抹在它的伤口，可怜的小鸡，叫声越来越微弱，终于停止了。母亲边抹眼泪边念往生咒，外公说："这样也好，六道轮回，这只小鸡已经又转过一道，孽也早一点偿清，可以早点转世为人了。"我又想起"十殿阎王"里那张图画，小小心灵里，忽然感觉到人生一切不能自主的悲哀。

黄历上一年二十四个节气，母亲背得滚瓜烂熟。每次翻开黄历，要查眼前这个节气在哪一天，她总是从头念起，一直念到当月的那个节气为止。我也跟着背："正月立春、雨水，二月惊蛰、春分，三月清明、谷雨……"但每回念到八月的白露、秋分时，不知为什么，心里总有一丝凄凄凉凉的感觉。小小年纪，就兴起"一年容易又秋风"的慨叹。也许是因为八月里有个中秋节，诗里面形容中秋节月亮的句子那么多。中秋节是应当全家团圆的，而一年盼一年，父亲和大哥总是在北平迟迟不归。还有老师教过我《诗经》里的《蒹葭》篇："蒹葭苍苍，白露为霜，所谓伊人，在水一方。溯回从之，道阻且长，溯游从之，宛在水中央。"我当时觉得"宛在水中央"不大懂，而且有点滑稽。最喜欢的是头两句。"白露为霜"使我联想起"鬓边霜"，老师教过我那是比喻白发。我时常抬头看一下母亲的额角，是否已有"鬓边霜"了。

母亲当然还有其他好多书，像《花名宝卷》、《本草纲目》、《绘图列女传》、《心经》、《弥陀经》等书。她最最恭敬的当然是佛经。每天点了香烛，跪在蒲团上念经。一页一页地翻过去，有时一卷都念完了，也没看她翻，原来她早已会背了。我坐在经堂左角的书桌边，专心致志地听她念经，音调忽高忽低，忽慢忽快，却是每一个字念得清清楚楚，正正确确。看她闭目凝神的那份虔诚，我也静静地坐着一动不动。念完最后一卷经，她还要再念一段像结语那样的几句。最末两句是"四十八愿渡众身，九品咸令登彼岸"。念完这两句，母亲宁静的脸上浮起微笑，仿佛已经渡了众身，登了彼岸了。我望着烛光摇曳，炉烟缭绕，觉得母女二人在空荡荡的经堂里，总有点冷冷清清。

《本草纲目》是母亲做学问的书，那里面那么多木字旁、草字头的字，母亲实在也认不得几个。但她总把它端端正正摆在床头几上，偶然翻一阵，说来也头头是道。其实都是外公这位山乡郎中口头传授给她的，母亲只知道出典都在这本书里就是了。

母亲没有正式认过字，读过书，但在我心中，她却是博古通今的。

梦中的饼干屋

　　美国食品店里的饼干，种类繁多，却没一种是对我胃口的。每回吞咽着怪味饼干时，就会想起童年时代母亲做的香脆麦饼，母亲称之为土饼干。

　　我那时随母亲住在乡间，母亲做的土饼干，就是我的最爱。有一次，父亲从北京托人带回一罐马占山饼干，母亲笑眯眯地捧在胸前，看了又看，摸了又摸，舍不得打开，我急得要命，央求说："妈妈，快打开供佛呀，供了佛就给我吃，菩萨保佑我身体健康，读书聪明呀。"母亲才又笑眯眯地打开来，小心翼翼地抽出两片放在小木盘里供佛，我就在佛堂里绕来绕去，等吃饼干。母亲只许我一天吃两片，我却偷偷再吃一片，用手指掰开来，一粒粒放在嘴里慢慢地品尝，也分一点点给我的好朋友小黄狗和咯咯鸡吃。觉得马占山饼干并没什么特别味道，只不过是北京寄来，稀奇点罢了。我要母亲寄点麦饼给哥哥吃，母亲说路太远，寄去会霉掉。那时如果有限时专送该多好呢？

　　哥哥从北京写信来告诉我，他一天到晚吃饼干，吃得舌头都起泡了。因为二妈天天出去打牌，三餐都不定时，他肚子常常饿得咕咕叫，只好吃饼干。我看了信心里好难过，却不敢告诉母亲，怕她担忧。哥哥说饼干吃得实在太厌了，就拿它当积木玩，搭一幢小房子，叫做饼干屋，给蚂蚁住。

　　我好羡慕哥哥，情愿自己变成蚂蚁，住在哥哥搭的饼干屋里，就一年到头有吃不完的新鲜饼干了。

　　有一天，我做梦真的住进饼干屋，瓦片、墙壁、桌椅板凳，全是又香又脆的奶油巧克力饼干。我就拼命地吃，觉得比马占山饼干好吃多了。可是吃到后来，房子塌下来了，满身堆着饼干，我再拼命地吃，吃得肚子好撑，嘴巴好干，就醒过来了。原来枕头边还剩着没吃完的半块土饼干——母亲做的麦饼，饼干屋却不见了。

我仔细回想梦中情景，赶紧写信告诉哥哥。哥哥回信说他生病了，什么东西都吃不下，连饼干都不想吃了。母亲和我好担忧，哥哥究竟生的什么病呢？也许只是因为想念妈妈和我，吃不下东西吧。我又赶紧写信给哥哥，劝他不要忧愁，好好听医生的话吃药，也写信求父亲带哥哥回来，有妈妈的爱，哥哥的病一定马上会好的。可是父亲的信三言两语，一点也没写清楚哥哥究竟生的是什么病，也没提半句要带哥哥回来的话，母亲和我又忧焦又失望。那些日子，我好像一下子长大了，长得和母亲一样的年纪。我们母女天天跪在佛堂里，求菩萨保佑哥哥的病快快好。我们一边默祷，一边流泪，感到我们母女是那么的无助、无依。

哥哥的病一直没好起来，在病中，他用包药的粉红小纸，描了空心体的"松柏长青"四个字，又写了短短一封信给我说："妹妹，我好想念妈妈和你，可是路太远了，爸爸不带我回家乡，因为二妈不肯回来，我只好在梦里飞回来和你们相聚了。"我边看边哭，觉得"梦魂飞回来"这句话不吉利，就不敢念给母亲听。我写信给哥哥，劝他安心，我的灵魂也会飞去和他相聚的。就这样，我们通着信，可是那时的信好慢好慢，每周只有两天才有邮差从城里来。我每次在后门口伸长脖子等信，总是等得失望的时候居多。看母亲总是茶饭无心，我更是忍泪装欢，盼望着绿衣人带来哥哥的信。那一盒北京带回的饼干，却是再也无心打开来吃了。

很久以后，才盼到父亲一封信，里面附着哥哥一张短短的纸条，写得歪歪斜斜几个字："妈妈、妹妹，我病了，没有力气，手举不动了。饼干不能吃，饼干屋也没有了。"

我哭了，我喊哥哥，可是路那么远，哥哥听不见，母亲抹去眼泪说："哭有什么用呢？哭不回你爸爸的心！哭不好你哥哥的病啊！"我们母女就像掉落在汪洋大海里，四顾茫茫，父亲在哪里？哥哥在哪里呢？

我们日夜悲泣，可是真的哭不回父亲的心，哭不好哥哥的病。哥哥走了，永远离开我们了。我再也收不到他用没力气的手所写歪歪斜斜的信了。北京虽远，究竟还是同一个世界，现在他到另一个世界去了，我怎么再给他写信呢?

我捧起那盒马占山饼干,呜咽地默祷:"哥哥啊,你寄来的饼干还剩大半盒,我哪里还有心思吃呢?你的灵魂快回来吧,我们一同来搭饼干屋,世界上,有哪里能比我们自己搭的饼干屋更可爱、更温暖呢?哥哥,你回来吧!"

可是哥哥永不能再回来了。没有了哥哥,梦中的饼干屋也永远倒塌了。

母亲的金手表

母亲那个时代，没有"自动表"、"电子表"这种新式手表，就连一只上发条的手表，对于一个乡村妇女来说，都是非常稀有的宝物。尤其母亲是那么俭省的人，好不容易父亲从杭州带回一只金手表给她，她真不知怎么个宝爱它才好。

那只圆圆的金手表，以今天的眼光看起来是非常笨拙的，可是那个时候，它是我们全村最漂亮的手表。左邻右舍、亲戚朋友到我家来，听说父亲给母亲带回一只金手表，都会要看一下开开眼界。母亲就会把一双油腻的手，用稻草灰泡出来的碱水洗得干干净净，才上楼去从枕头下郑重其事地捧出那只长长的丝绒盒子，轻轻地放在桌面上，打开来给大家看。然后眯起（近视眼）来看半天，笑嘻嘻地说："也不晓得现在是几点钟了。"我就说："您不上发条，早就停了。"母亲说："停了就停了，我哪有时间看手表？看看太阳晒到哪里，听听鸡叫就晓得时辰了。"我真想说："妈妈不戴就给我戴。"但我也不敢说，知道母亲绝对舍不得的。只有趁母亲在厨房里忙碌的时候，才偷偷地去取出来戴一下，在镜子里左照右照一阵又取下来，小心放好。我也并不管它的长短针指在哪一时哪一刻。跟母亲一样，金手表对我们来说，不是报时，而是全家紧紧扣在一起的一种保证，一份象征。我虽幼小，却完全懂得母亲宝爱金手表的心意。

后来我长大了，要去上海读书。临行前夕，母亲泪眼婆娑地要把这只金手表给我戴上，说读书赶上课要有一只好的手表。我坚持不肯戴，我说："上海有的是既漂亮又便宜的手表，我可以省吃俭用买一只。这只手表是父亲留给您的最宝贵的纪念品啊！"因为那时父亲已经去世一年了。

　　我也是流着眼泪婉谢母亲这份好意的。到上海后不久，就由同学介绍熟悉的表店，买了一只价廉物美的不锈钢手表。每回深夜伏在小桌上写信给母亲时，就会看着手表写下时刻。我写道："妈妈，现在是深夜一时，您睡得好吗？枕头底下的金手表，您要时常上发条，不然的话，停止摆动太久，它会生锈的哟。"母亲的来信总是叔叔代写，从不提手表的事。我知道她只是把它默默地藏在心中，不愿意对任何人说的。

　　大学四年中，我也知道母亲身体不太好。她竟然得了不治之症，我一点都不知道，她深怕我读书分心，叫叔叔瞒着我。我大学毕业留校工作，第一个月薪水就买了一只手表，要送给母亲，也是金色的。不过比父亲送的那只江西老表要新式多了。

　　那时正值对日抗战，海上封锁，水路不通，我于天寒地冻的严冬，千辛万苦从旱路赶了半个多月才回到家中，只为拜见母亲，把礼物献上。没想到她老人家早已在两个月前，默默地逝世了。

　　这份锥心的忏悔，实在是百身莫赎。孔子说："父母在，不远游。"我是不该在兵荒马乱中，离开衰病的母亲远去上海念书的。她挂念我，却不愿我知道她的病情。慈母之爱，昊天罔极。几十年来，我只能努力好好做人，但又何能报答亲恩于万一呢？

　　我含泪整理母亲遗物，发现那只她最宝爱的金手表，无恙地躺在丝绒盒中，放在床边抽屉里。指针停在一个时刻上，但绝不是母亲逝世的时间。因为她平时就不记得给手表上发条，何况在沉重的病中！

　　手表早就停摆了，母亲也弃我而去了。有很长一段时间，我不忍心去开发条，拨动指针。因为那究竟是母亲在日，它为她走过的一段旅程，记下的时刻啊。

　　没有了母亲以后的那一段日子，我恍恍惚惚地，只让宝贵光阴悠悠逝去。在每天二十四小时中，竟不曾好好把握一分一刻。有一天，我忽然省悟，徒悲无益，这绝不是母亲隐瞒自己病情，让我专心完成学业的深意，我必须振作起来，稳定步子向前走。

　　于是我抹去眼泪，取出金手表，开紧起发条，拨准指针，把它放在耳边，仔细听它柔和有韵律的滴答之音。仿佛慈母在对我频频叮咛，心也渐渐平静下来。

　　我把从上海为母亲买回的表和它放在一起，两只表都很准确。不过都不是自动表，每天都得上发条。有时忘记上它们，就会停摆。

时隔四十多年，随着时局的紊乱和人事的变迁，两只手表都历尽沧桑。终于都不幸地离开了我的身边，不知去向了。

现在我手上戴的是一只普普通通的不锈钢自动表，式样简单，报时还算准确。但愿它伴我平平安安地走完以后的一段旅程吧！

去年我的生日，外子却为我买来一只精致的金表，是电子表。他开玩笑说我性子急，脉搏跳得快，表戴在手上一定也越走越快，而且我记性又不好，一般的自动表，脱下后忘了戴回去，过一阵子就停了，再戴时又得校正时间，才特地给我买这个电子表，几年里都不必照顾它，也不会停摆，让我省事点。他的美意，我真是感谢。

自动表也好，电子表也好，我时常怀念的还是那只失落了的母亲的金手表。

有时想想，时光如真能随着不上发条就停摆的金手表停留住，该有多么好呢！

下雨天，真好

　　我问你，你喜欢下雨吗？你会回答说："喜欢，下雨天富于诗意，叫人的心宁静。尤其是夏天，雨天里睡个长长的午觉该多舒服。"可是你也许会补充说："但别下得太久，像那种黄梅天，到处湿漉漉的，闷得叫人喘不过气来。"

　　告诉你，我却不然。我从来没有抱怨过雨天。雨下了十天，半月，甚至一个月，屋子里挂满万国旗似的湿衣服，墙壁地板都冒着湿气，我也不抱怨。我爱雨不是为了可以撑把伞兜雨，听伞背滴答的雨声，就只是为了喜欢那下不完雨的雨天。为什么，我说不明白。好像雨天总是把我带到另一个处所，离这纷纷扰扰的世界很远很远。在那儿，我又可以重享欢乐的童年，会到亲人和朋友，游遍了魂牵梦萦的好地方。优游、自在。那些有趣的好时光啊，我要用雨珠的链子把它串起来，绕在手腕上。

　　今天一清早，掀开帘子看看，玻璃窗上已撒满了水珠，啊，真好，又是个下雨天。

　　守着窗儿，让我慢慢儿回味吧，那时我才六岁呢，睡在母亲暖和的手臂弯里，天亮了，听到瓦背上哗哗的雨声，我就放心了。因为下雨天长工不下田，母亲不用老早起来做饭，可以在热被窝里多躺会儿。这一会儿工夫，就是我最幸福的时刻，我舍不得再睡，也不让母亲睡，吵着要她讲故事，母亲闭着眼睛，给我讲雨天的故事：有一个瞎子，雨天没有伞，一个过路人看他可怜，就打着伞一路送他回家。瞎子到了家，却说那把伞是他的，还请来邻居评理，说他的伞有两根伞骨是用麻线绑住的，伞柄有一个窟窿，说得一点也不错。原来他一面走一面用手摸过了。伞主人笑了笑，就把伞让给他了。我说这瞎子好坏啊！母亲说，不是坏，是因为他太穷了，伞主想他实在应当有把伞，才把伞给他的，伞主是个好心人。在曦微的晨光中，我望着母亲的脸，她的额角方方正正，眉毛是细细长长的，眼睛也眯成一条线。教我认字的老师说菩萨慈眉善目，母亲的长相大概也跟菩萨一个样子吧。

雨下得愈大愈好，檐前马口铁落水沟叮叮当当地响，我就合着节拍唱起山歌来，母亲一起床，我也就跟着起来，顾不得吃早饭，就套上叔叔的旧皮靴，顶着雨在院子里玩。阴沟里水满了，白绣球花瓣飘落在烂泥地和水沟里。我把阿荣伯给我雕的小木船漂在水沟里，中间坐着母亲给我缝的大红"布姑娘"。绣球花瓣绕着小木船打转，一起向前流。我跟着小木船在烂泥地里踩水，吱嗒吱嗒地响。直到老师来了才被捉进书房。可是下雨天老师就来得晚，他有脚气病，像大黄瓜似的肿腿，穿钉鞋走田埂路不方便。我巴不得他摔个大筋斗掉在水田里，就不会来逼我认方块字了。

天下雨，长工们就不下田，都蹲在大谷仓后面推牌九。我把小花猫抱在怀里，自己再坐在阿荣伯怀里，等着阿荣伯把一粒粒又香又脆的炒胡豆剥了壳送到我嘴里。胡豆吃够了再吃芝麻糖，嘴巴干了吃柑子，肚子鼓得跟蜜蜂似的。一双眼睛盯着牌九，黑黑的四方块上白点点，红点点。大把的铜子儿一会儿推到东边，一会儿推到西边。谁赢谁输都一样有趣。我只要雨下得大就好，雨下大了他们没法下田，就一直这样推牌九推下去。老师喊我去练习大字，阿荣伯就会告诉他："小春肚子痛，喝了午时茶睡觉了。"老师不会撑着伞来谷仓边找我的。母亲只要我不缠她就好，也不知我是否上学了，我就这么一整天逃学。下雨天真好，有吃有玩，长工们个个疼我，家里人多，我就不寂寞了。

潮湿的下雨天，是打麻线的好天气，麻线软而不会断。母亲熟练的双手搓着细细的麻丝，套上机器，轮轴呼呼地转起来，雨也跟着下得更大了。五叔婆和我帮着剪线头。她是老花眼，母亲是近视眼，只有我一双亮晶晶的眼睛最管事。为了帮忙，我又可以不写大小字。懒惰的四姑一点忙不帮，只伏在茶几上，唏呼唏呼抽着鼻子，给姑丈写情书。我瞄到了两句："下雨天讨厌死了，我的伤风老不好。"其实她的鼻子一年到头伤风的，怨不了下雨天。

五月黄梅天，到处黏塌塌的，母亲走进走出地抱怨，父亲却端着宜兴茶壶，坐在廊下赏雨。院子里各种花木，经雨一淋，新绿的枝子，顽皮地张开翅膀，托着娇艳的花朵。冒着微雨，父亲用旱烟管点着它们告诉我这是丁香花，那是一丈红。大理花与剑兰抢着开，木樨花散布着淡淡的幽香。墙边那株高大的玉兰花开了满树，下雨天谢得快，我得赶紧爬上去采，采了满篮子送左右邻居。玉兰树叶上的水珠都是香的，洒了我满头满身。

唱鼓儿词的总是下雨天从我家后门摸索进来，坐在厨房的条凳上，咚咚咚敲起鼓子，唱一段秦雪梅吊孝，郑元和学丐。母亲一边做饭，一边听。泪水挂满了脸颊，拉起青布围裙擦一下，又连忙盛一大碗满满的白米饭，请瞎子先生吃，再给他一大包的米。如果雨一直不停，母亲就会留下瞎子先生，让他在阿荣伯床上打个中觉，晚上就在大厅里唱，请左邻右舍都来听。大家听说潘宅请听鼓儿词，老老少少全来了。宽敞的大厅正中央燃起了亮晃晃的煤气灯，发出嘶嘶嘶的声音。煤气灯一亮，我就有做喜事的感觉，心里说不出的开心。大人们都坐在一排排的条凳与竹椅上，紫檀木镶大理石的太师椅里却挤满了小孩。一个个光脚板印全印在茶几上。雨哗哗地越下越大，瞎子先生的鼓咚咚咚咚地也敲得愈起劲。唱孟丽君，唱杜十娘，母亲和五叔婆她们眼圈都哭得红红的，我就只顾吃炒米糕、花生糖。父亲却悄悄地溜进书房作他的"唐诗"去了。

八九月台风季节，雨水最多，可是晚谷收割后得靠太阳晒干。那时没有气象报告，预测天气好坏全靠有经验的长工和母亲抬头看天色。云脚长了毛，向西北飞奔，就知道有台风要来了。我真开心。因为可以套上阿荣伯的大钉鞋，到河边去看涨大水，母亲皱紧了眉头对着走廊下堆积如山的谷子发愁，几天不晒就要发霉呀，谷子的霉就是一粒粒绿色的曲。母亲叫我和小帮工把曲一粒粒拣出来，不然就会愈来愈多的。这工作好玩，所以我盼望天一直不要晴起来，曲会愈来愈多，我就可以天天滚在谷子里拣曲，不用读书了。母亲端张茶几放在廊前，点上香念太阳经，保佑天快快放晴。太阳经我背得滚瓜烂熟，我也跟着念，可是从院子的矮墙头望出去，一片迷蒙。一阵风，一阵雨，天和地连成一片，看不清楚，看样子且不会晴呢，我愈高兴，母亲却愈加发愁。母亲何苦这么操心呢。

到了杭州念中学了，下雨天可以坐叮叮咚咚的包车上学。一直拉进校门，拉到慎思堂门口。下雨天可以不在大操场上体育课，改在健身房玩球，也不必换操衣操裤。我最讨厌灯笼似的黑操裤了。从教室到健身房有一段长长的水泥路，两边碧绿的冬青，碧绿的草坪，一直延伸到健身房后面。同学们起劲地打球，我撑把伞悄悄地溜到这儿来，好隐蔽，好清静。我站在法国梧桐树下，叶子尖滴下的水珠，纷纷落在伞背上，我心里有一股凄凉寂寞之感，因为我想念远在故乡的母亲。下雨天，我格外想她。因为在幼年时，只有雨天里，我就有更多的时间缠着她，雨给我一份靠近母亲的感觉。

星期天下雨真好，因为"下雨天是打牌天"，姨娘讲的。一打上牌，父亲和她都不再管我了。我可以溜出去看电影，邀同学到家里，爬上三层楼"造反"，进储藏室偷吃金丝蜜枣和巧克力糖，在厨房里守着胖子老刘炒香喷喷的菜，炒好了一定是我吃第一筷。晚上，我可以丢开功课，一心一意看《红楼梦》，父亲不会衔着旱烟管进来逼我背《古文观止》。稀里哗啦的洗牌声，夹在洋洋洒洒的雨声里，给我一万分的安全感。

如果我一直长不大，就可一直沉浸在雨的欢乐中。然而谁能不长大呢？人事的变迁，尤使我于雨中俯仰低徊。那一年回到故乡，坐在父亲的书斋中，墙壁上"听雨楼"三个字是我用松树皮的碎片拼成的。书桌上紫铜香炉里，燃起了檀香。院子里风竹萧疏，雨丝纷纷洒落在琉璃瓦上，发出叮咚之音，玻璃窗也砰砰作响。我在书橱中抽一本白香山诗，学着父亲的音调放声吟诵。父亲的音容，浮现在摇曳的豆油灯光里。记得我曾打着手电筒，穿过黑黑的长廊，给父亲温药。他提高声音吟诗，使我一路听着他吟诗的声音，不会感到冷清。可是他的病一天天沉重了，在淅沥的风雨中，他吟诗的声音愈来愈低，我终于听不见了。

杭州的西子湖，风雨阴晴，风光不同，然而我总喜欢在雨中徘徊湖畔。从平湖秋月穿林荫道走向孤山，打着伞慢慢散步，心沉静得像进入神仙世界。宋朝的隐士林和靖，妻梅子鹤，终老是乡，范仲淹曾赞美他"片心高与月徘徊，岂为千钟下钓台。犹笑白云多自在，等闲因雨出山来"。想见这位大文豪和林处士徜徉林泉之间，留连忘返的情趣。我凝望波碧蓝如玉的湖面上，低斜低斜的梅花，却听得放鹤亭中，响起了悠扬的笛声。弄笛的人向我慢慢走来，他低声对我说："一生知己是梅花。"

我也笑指湖上说："看梅花也在等待知己呢。"雨中游人稀少，静谧的湖山，都由爱雨的人管领了。衣衫渐湿，我们才同撑一把伞绕西泠印社由白堤归来。湖水湖风，寒意袭人，站在湖滨公园，彼此默然相对，"明亮阳光下的西湖，宜于高歌；而烟雨迷蒙中的西湖，宜于吹笛。"我幽幽地说。于是笛声又起，与潇潇雨声相和。

　　二十年了，那笛声低沉而遥远，然而我，仍能依稀听见，在雨中……

吴冠中

吴冠中（1919—2010），字荼，江苏人。20世纪现代中国绘画的代表画家之一，终生致力于油画民族化及中国画现代化之探索，执著地守望着"在祖国、在故乡、在家园、在自己心底"的真切情感，其画作具有很高的文化品格，其文章也朴实无做作。出版有《吴冠中画集》、《吴冠中国画选辑》、《吴冠中谈艺集》、《吴冠中散文选》、《美丑缘》、《生命的风景》、《吴冠中文集》等。

母　亲

我的母亲是大家闺秀，换句话说，出身于地主家庭。但她是文盲，缠过小脚，后来中途不缠了，于是她的脚半大不小，当时被称为改良脚。

富家女母亲却下嫁了穷后生，即我的父亲。其实我父亲也识字不多，兼种地，但与只能干农活的乡里人相比，他显得优越能干，乡里人都称他先生。听母亲说，是我的外公，即她的父亲做主选定的女婿。我不知道外公，但外公抱过童年的我，说我的耳朵大，将来有出息。外公选穷女婿，看来他是一位开明人士，他的两个儿子，即我的舅舅，各分了大量田产，一个抽大烟，一个做生意，后来都破落了。

我对母亲的最早记忆是吃她的奶，我是长子，她特别偏爱，亲自喂奶喂到四岁多。以后她连续生孩子，自己没有了奶，只能找奶妈，我是她唯一自己喂奶的儿子，所以特别宠爱。宠爱而至偏爱，在弟妹群中我地位突出，但她毫不在乎弟妹们的不满或邻里的批评。她固执，一向自以为是，从不掩饰她自己的好恶。

母亲性子急，事事要求称心如意，因此经常挑剔父亲，发脾气。父亲特别节省，买布料什物总是刚刚够数，决不富余，母亲便骂他穷鬼，穷鬼。父亲说幸好她不识字，如识了字便了不得。但他们从来没动手打架，相安度日。我幼小的时候，父亲到无锡玉祁乡镇小学教书，只寒暑假回来，母亲独自操持家务，那时她三十来岁吧，现在想起来，她的青春是在寂寞中流逝了的，但没有一点绯闻。绯闻，在农村也时有所闻，母亲以她大家闺秀的出身对绯闻极鄙视。父亲刻苦老实，更谈不上拈花惹草，父母是一对诚信的苦夫妻，但没有显示爱情，他们志同道合为一群儿女做牛做马。

母亲选的衣料总是很好看，她善于搭配颜色。姑嫂妯娌们做新衣听她的主意，表姐们出嫁前住到我们家由母亲教绣花。她利用各色碎毛线给我织过一件杂色的毛衣，织了拆，拆了织，经过无数次编织，终于织成了别致美观的毛衣，我的第一件毛衣就是她用尽心思的一种艺术制作。她确有审美天赋，她是文盲，却非美盲。父亲只求实效，不讲究好看不好看，他没有母亲那双审美的慧眼。

上帝给女人的惩罚集中到母亲一生：怀孕。她生过九个孩子，用土法打过两次胎，她的健康就这样被摧毁了。她长年卧病，不断服汤药，因为母亲的病，父亲便无法在无锡教书，他在家围起母亲的围裙洗菜、做饭、喂猪，当门外来人有事高叫"吴先生"时，他匆忙解下围裙以"先生"的身份出门见客。从高小开始我便在校寄宿，假日回家，母亲便要亲自起来给我做好吃的，似乎忘了她的病。有一次她到镇上看病，特意买了蛋糕送到我学校，不巧我们全班出外远足（旅游）了，她不放心交给收发室，带回家等我回家吃。初中到无锡上学，学期终了才能回家，她把炒熟的糯米粉装在大布口袋里，叫我每次冲开水加糖当点心吃，其时我正青春发育，经常感到饥饿。

父亲说他的脑袋一碰上枕头便立即入睡，但母亲经常失眠，她诉说失眠之苦，我们全家都不能体会。她头痛，总在太阳穴贴着黑色圆形的膏药，很难看，虽这模样了，她洗衣服时仍要求洗得非常非常干净。因离河岸近，洗任何小物件她都要到河里漂得清清爽爽。家家安置一个水缸，到河里担水倒入水缸作为家用水。暑假回家，我看父亲太苦，便偷着替他到河里担水，母亲见了大叫："啊哟哟！快放下扁担，别让人笑话！"我说没关系，但她哭了，我只好放下扁担。

巨大的灾难降临到母亲头上。日军侵华，抗战开始。日军的刺刀并没有吓晕母亲，致命的，是她失去了儿子。我随杭州艺专内迁，经江西、湖南、贵州、云南至重庆，家乡沦陷，从此断了音信。母亲急坏了，她认为我必死无疑，她曾几次要投河、上吊，儿子已死，她不活了。别人劝，无效，后来有人说如冠中日后回来，你已死，将急死冠中。这一简单的道理，解开了一个农村妇女想死的情结。她于是苦等，不再寻死，她完全会像王宝钏那样等十八年寒窑。她等了十年，我真的回到了她的身边，并且带回了未婚妻，她比塞翁享受了更大的欢欣。

接着教育部公赞留学考试发榜，我被录取了，真是天大的喜讯，父亲将发榜的报纸天天带在身上，遇见识字的人便拿出来炫耀。母亲说，这是靠她陆家（她名陆培芽）的福分，凭父亲那穷鬼家族绝生不出这样有出息的儿子来。我到南京参加教育部办的留学生出国前讲习会，期间，乡下佬父亲和母亲特意到南京看我，他们风光了。

山盟海誓的爱情，我于临出国前的几个月结了婚，妻怀孕了。我漂洋过海，妻便住到我的老家。她是母亲眼中的公主，说这个媳妇真漂亮，到任何场合都比不掉了（意思是说总是第一）。母亲不让妻下厨做羹汤，小姑们对她十分亲热，不称嫂子，叫琴姐。不远的镇上有医院妇产科，但母亲坚决要陪妻赶去常州县医院分娩，因这样，坐轮船多次往返折腾，胎位移动不正了，结果分娩时全身麻醉动了大手术，这时父亲才敢怨母亲的主观武断。小孙子的出生令母亲得意忘形，她说果然是个男孩，如是丫头，赶到常州去生个丫头，太丢面子，会被全村笑话。她尤其兴奋的是孩子同我出生时一模一样。

三年，粗茶淡饭的三年，兵荒马乱的三年（解放战争），但对母亲却是最幸福的三年，她日日守着专宠的儿媳和掌上明珠的孙子。别人背后说她对待儿孙太偏心，她是满不在乎的，只感到家里太穷，对不住湖南来的媳妇。她平时爱与人聊天，嗓门越说越高，自己不能控制。她同父亲吵架也是她的嗓门压过父亲，但这三年里却一次也未同父亲吵过架，她怕在新媳妇面前丢面子。妻看得明明白白，她对全家人很谦让，彼此相处一直很和谐，大家生活在美好的希望中，希望有一日，我能归来。

我回来了，携妻儿定居北京，生活条件并不好，工作中更多苦恼，但很快便将母亲接到北京同住。陪她参观了故宫、北海、颐和园……她回乡后对人讲北京时，最得意的便是皇帝家里都去过了。她住不惯北京，黄沙弥漫，大杂院里用水不便，无法洗澡，我和妻又日日奔忙工作，她看不下去，决定回到僻静的老家，她离不开家门前的那条小河。她长年饮这条小河的水，将一切污垢洗涤在这条小河里。她曾经第二次来过北京，还将我第二个孩子带回故乡找奶妈，皇帝的家已看过，她不留恋北京。

苦难的岁月折磨我们，我们几乎失落了关怀母亲的间隙和心情，我只在每次下江南时探望一次比一次老迈的母亲，儿不嫌母丑，更确切地说是儿不辨娘是美是丑，在娘的怀里，看不清娘的面目。我的母亲有一双乌黑明亮的眼睛，人人夸奖，但晚年白内障几近失明，乡人说她仍摸索着到河边洗东西，令人担心。我的妹妹接她到镇江动了手术，使她重见天地，延续了生命。父亲早已逝世，年过八十的母亲飘着白发蹒跚地走在小道上，我似乎看到了电影中的祥林嫂，而她的未被狼吃掉的阿毛并未能慰藉她的残年。

汪曾祺

汪曾祺（1920—1997），江苏高邮人。著名小说家、散文家、戏剧家，京派小说的传人，被称为"抒情的人道主义者，中国最后一个士大夫"。主要作品有小说集《邂逅》、《汪曾祺短篇小说选》，京剧剧本《沙家浜》（改编），散文集《蒲桥集》，小说《受戒》、《大淖记事》等。大部分作品，收录在《汪曾祺全集》中。

多年父子成兄弟

这是我父亲的一句名言。

父亲是个绝顶聪明的人。他是画家，会刻图章，画写意花卉。图章初宗浙派，中年后治汉印。他会摆弄各种乐器，弹琵琶，拉胡琴，笙箫管笛，无一不通。他认为乐器中最难的其实是胡琴，看起来简单，只有两根弦，但是变化很多，两手都要有功夫。他拉的是老派胡琴，弓子硬，松香滴得很厚——现在拉胡琴的松香都只滴了薄薄的一层。他的胡琴音色刚亮。胡琴码子都是他自己刻的，他认为买来的不中使。他养蟋蟀，养金铃子。他养过花，他养的一盆素心兰在我母亲病故那年死了，从此他就不再养花。我母亲死后，他亲手给她做了几箱子冥衣——我们那里有烧冥衣的风俗。按照母亲生前的喜好，选购了各种花素色纸作衣料，单夹皮棉，四时不缺。他做的皮衣能分得出小麦穗、羊羔、灰鼠、狐肷。

父亲是个很随和的人，我很少见他发过脾气，对待子女，从无疾言厉色。他爱孩子，喜欢孩子，爱跟孩子玩，带着孩子玩。我的姑妈称他为"孩子头"。春天，不到清明，他领一群孩子到麦田里放风筝。放的是他自己糊的蜈蚣（我们那里叫"百脚"），是用染了色的绢糊的。放风筝的线是胡琴的老弦。老弦结实而轻，这样风筝可笔直地飞上去，没有"肚儿"。用胡琴弦放风筝，我还未见过第二人。清明节前，小麦还没有"起身"，是不怕践踏的，而且越踏会越长得旺。孩子们在屋里闷了一冬天，在春天的田野里奔跑跳跃，身心都极其畅快。他用钻石刀把玻璃裁成不同形状的小块，再一块一块逗拢，接缝处用胶水粘牢，做成小桥、小亭子、八角玲珑水晶球。桥、亭、球是中空的，里面养了金铃子。从外面可以看到金铃子在里面自在爬行，振翅鸣叫。他会做各种灯。用浅绿透明的"鱼鳞纸"扎了一只纺织娘，栩栩如生。用西洋红染了色，上深下浅的通草做花瓣，做了一个重瓣荷花灯，真是美极了。用小西瓜（这是拉秧的小瓜，因其小，不中吃，叫作"打瓜"或"骂瓜"）上开小口挖净瓜瓤，在瓜皮上雕镂出极细的花纹，做成西瓜灯。我们在这些灯里点了蜡烛，穿街过巷，邻居的孩子都跟过来看，非常羡慕。

父亲对我的学业是关心的，但不强求。我小时候，国文成绩一直是全班第一。我的作文，时得佳评，他就拿出去到处给人看。我的数学不好，他也不责怪，只要能及格，就行了。他画画，我小时也喜欢画画，但他从不指点我。他画画时，我在旁边看，其余时间由我自己乱翻画谱，瞎抹。我对写意花卉那时还不太会欣赏，只是画一些鲜艳的大桃子，或者我从来没有见过的瀑布。我小时字写得不错，他倒是给我出过一点主意。在我写过一阵"圭峰碑"和"多宝塔"以后，他建议我写写"张猛龙"。这建议是很好的，到现在我写的字还有"张猛龙"的影响。我初中时爱唱戏，唱青衣，我的嗓子很好，高亮甜润。在家里，他拉胡琴，我唱。我的同学有几个能唱戏的。学校开同乐会，他应我的邀请，到学校去伴奏。几个同学都只是清唱。有一个姓费的同学借到一顶纱帽，一件蓝官衣，扮起来唱"硃砂井"，但是没有配角，没有衙役，没有犯人，只是一个赵廉，摇着马鞭在台上走了两圈，唱了一段"郡坞县在马上心神不定"便完事下场。父亲那么大的人陪着几个孩子玩了一下午，还挺高兴。我十七岁初恋，暑假里，在家写情书，他在一旁瞎出主意。我十几岁就学会了抽烟喝酒。他喝酒，给我也倒一杯。抽烟，一次抽出两根他一根我一根。他还总是先给我点上火。我们的这种关系，他人或以为怪，父亲说："我们是多年父子成兄弟。"

我和儿子的关系也是不错的。我戴了"右派分子"的帽子下放张家口农村劳动，他那时还从幼儿园刚毕业，刚刚学会汉语拼音，用汉语拼音给我写了第一封信，我也只好赶紧学会汉语拼音，好给他写回信。"文化大革命"期间，我被打成"黑帮"，送进"牛棚"。偶尔回家，孩子们对我还是很亲热。我的老伴告诫他们："你们要和爸爸'划清界限'。"儿子反问母亲："那你怎么还给他打酒？"只有一件事，两代之间，曾有分歧。他下放山西忻县"插队落户"。按规定，春节可以回京探亲。我们等着他回来。不料他同时带回了一个同学。他这个同学的父亲是一位正受林彪迫害，搞得人囚家破的空军将领。这个同学在北京已经没有家，按照大队的规定是不能回北京的，但是这孩子很想回北京，在一伙同学的秘密帮助下，我的儿子就偷偷地把他带回来了。他连"临时户口"也不能上，是个"黑人"，我们留他在家住，等于"窝藏"了他。公安局随时可以来查户口，街道办事处的大妈也可能举报。当时人人自危，自顾不暇，儿子惹了这么一个麻烦，使我们非常为难。我和老伴把他叫到我们的卧室，对他的冒失行为表示很不满，我责备他："怎么事前也不和我们商量一下！"我的儿子哭了，哭得很委屈，很伤心。我们当时立刻明白了：他是对的，我们是错的。我们这种怕担干系的思想是庸俗的。我们对儿子和同学之间义气缺乏理解，对他的感情不够尊重。他的同学在我们家一直住了四十多天，才离去。

对儿子的几次恋爱，我采取的态度是"闻而不问"。了解，但不干涉。我们相信他自己的选择，他的决定。最后，他悄悄和一个小学时期女同学好上了，结了婚。有了一个女儿，已近七岁。

我的孩子有时叫我"爸"，有时叫我"老头子"！连我的孙女也跟着叫。我的亲家母说这孩子"没大没小"。我觉得一个现代化的，充满人情味的家庭，首先必须做到"没大没小"。父母叫人敬畏，儿女"笔管条直"，最没有意思。

儿女是属于他们自己的。他们的现在，和他们的未来，都应由他们自己来设计。一个想用自己理想的模式塑造自己的孩子的父亲是愚蠢的，而且，可恶！另外，作为一个父亲，应该尽量保持一点童心。

一九九〇年九月一日

张爱玲

张爱玲（1921—1995），本名张瑛。祖籍河北丰润县人，生于上海，1952 年由上海赴香港后移居美国。现代作家。一生创作大量文学作品，类型包括小说、散文、电影剧本以及文学论著，她的书信也被人们作为著作的一部分加以研究。著作有：中篇小说《金锁记》、《红玫瑰与白玫瑰》、《秧歌》等，长篇小说《连环套》、《创世纪》、《十八春》、《赤地之恋》等，小说集《传奇》、《惘然记》，散文集《流言》等。

弟 弟

我弟弟生得很美而我一点都不。从小我们家里谁都惋惜着，因为那样的小嘴、大眼睛与长睫毛，生在男孩子的脸上，简直是白糟蹋了。长辈就爱问他："你把眼睫毛借给我好不好？明天就还你。"然而他总是一口回绝了。有一次，大家说起某人的太太真漂亮，他问道："有我好看么？"大家常常取笑他的虚荣心。

他妒忌我画的图，趁没人时候拿来撕了或是涂上两道黑杠子。我能够想象他心理上感受的压迫。我比他大一岁，比他会说话，比他身体好，我能吃的他不能吃，我能做的他不能做。

一同玩的时候，总是我出主意。我们是"金家庄"上能征惯战的两员骁将，我叫月红，他叫杏红。我使一口宝剑，他使两只铜锤，还有许许多多虚拟的伙伴。开幕的时候永远是黄昏，金大妈在公众的厨房里咚咚切菜，大家饱餐战饭，趁着月色翻过山头去攻打蛮人。路上偶尔杀两头老虎，劫得老虎蛋，那是巴斗大的锦毛毡，剖开来像白煮鸡蛋。可是蛋黄是圆的。我弟弟常常不听我的调派，因而争吵起来。他是"既不能命，又不受令"的，然而他实在是秀美可爱，有时候我也让他编个故事：一个旅行的人为老虎追赶着，赶着，赶着，泼风似的跑，后头呜呜赶着……没等他说完，我已经笑倒了，在他腮上吻一下，把他当个小玩意。

有了后母之后，我住读的时候多，难得回家，也不知道我弟弟过的是何等样的生活。有一次放假，看见他，吃了一惊。他变得高而瘦，穿一件不甚干净的蓝布罩衫，租了许多连环图画来看。我自己那时候正在读穆时英的《南北极》与巴金的《灭亡》，认为他的口胃大有纠正的必要，然而他只晃一晃就不见了。大家纷纷告诉我他的劣迹，逃学，忤逆，没志气。我比谁都气愤，附和着众人，如此激烈地诋毁他，他们反而倒过来劝我了。

后来，在饭桌上，为了一点小事，我父亲打了他一个嘴巴子。我大大地一震，把饭碗挡住了脸，眼泪往下直淌。我后母笑了起来道："咦，你哭什么？又不是说你！你瞧，他没哭，你倒哭了！"我丢下了碗冲到隔壁的浴室里去，闩上了门，无声地抽咽着。我立在镜子前面，看我自己的掣动的脸，看着眼泪滔滔流下来，像电影里的特写。我咬着牙说："我要报仇。有一天我要报仇。"

浴室的玻璃窗临着阳台，啪的一声，一只皮球蹦到玻璃上，又弹回去了。我弟弟在阳台上踢球。他已经忘了那回事了。这一类的事，他是惯了的。我没有再哭，只感到一阵寒冷的悲哀。

一九四四年五月

徐开垒

徐开垒（1922—），笔名徐翊、余羽等。浙江宁波人。当代著名海派散文家。20世纪40年代开始发表作品。1956年加入中国作家协会。著作有《写作趣味》、《文知集》、《笼里》、《美丽的上海》、《孟小妹》、《芝巷村的人们》、《崇明围垦散记》、《雕塑家传奇》、《圣者的脚印》、《鲜花与美酒》、《徐开垒散文选》、《巴金传》、《巴金和他的同时代人》、《家在文缘村——徐开垒散文自选集》等。

家　事

　　大年初三，我约我的两个哥哥、一个姐姐和一个弟弟到我家欢聚。他们四个人如今都已上了年纪，连弟弟也年逾花甲，有的且历经坎坷，已到古稀之年；却喜我们五人个个健在，眼前日子都还过得不错，可以告慰父母在天之灵。只是这几年各人忙各人的，平时见面机会还是不多；唯有到了春节，才有来往。而春节假期只有三天，要每人跑遍各家，还是有困难的。大概从一九八六年开始，我们才采用按着排行轮番做东的办法团聚。

　　今年轮到我，我自应积极准备。前一天，我与妻商量："日子已定好明天，并通知他们下午四点来到，晚上六点就餐。吃团圆饭，自不必说；但总得有个新鲜玩意儿才好。"妻一向比我机灵，这时马上接口说："兄弟姐妹、姑嫂弟媳，全上年纪了，像今年这样一个不缺的团聚，以后机会即有，也不会很多了。趁此时机，留下个纪念吧。"我说："那好，到时我给大家照个相就是了。"她埋怨我说："你这人就是不开窍，现在还兴拍照！家里不是新添了个录像机吗？请有摄像机的熟人来摄几个镜头怎样？"我听了很高兴，就找女儿工作单位里的一个青年小沈，带了他的摄像机到我家来凑热闹。

　　初三那天下午，大哥和大嫂不到三点钟就来了。大哥年过七十，长我六岁，头上白发却不多；近来很有些人把他误作我的弟弟看，因为他看起来确比我年轻，今天穿上一件新大衣更显得精神。

　　此刻，他坐到沙发上，随手从皮包里取出一本书来递给我，我接过来一看，原来是他的新著《民法通则概论》，群众出版社出版的。

　　大哥在解放前就在大学教过书，年轻的时候他曾主张"以法治国"，所以学的教的都是法律，只因为他专攻的是民法学，解放后这门学科在大学里取消了，他才改在中学教语文。一九五七年因为发了几句没"法"的牢骚，前债后账一起算，曾被戴了多年帽子，这几年，法制观念树立，才给他彻底平反，从外地农场调回来，安排在社科院当民法学教授，曾几次赴北京参加民法起草工作。

大哥在学校读书时，是勤奋读书的"优等生"，出来做事也总是循规蹈矩，被人家当作"规矩人"……此刻在我印象中最难忘的，还是那不见他形影的这十多年，当时说他在农场不管冬夏，都赤着脚；又说六十年代困难期间，那边每天饿死不少人，他正拾野菜过日子……但这一切都已过去了，眼前坐在我面前的，则是个比我还精神的老人……

我与大哥大嫂正说着话，在一旁带着摄像机的小沈，早已把大哥向我赠书的镜头摄下。

到了四点钟，二哥和二嫂按约好的时间一分不差地来到。这些年来，他就靠一点一画，一分不差的习惯过日子。想五十年代初期，他当全国劳模，也是因为他从大学化工系学到那个按一点一画精神办事的科学本领，才在国内自制成功了治疗肺结核的新药异菸肼。可是到了"大跃进"那会儿，他却遭殃了：领导提拔他到内地一家全国最大的制药厂去当总工程师，说这家工厂是苏联支援我国建设的一五六项工程之一，到了那边，却看不到苏联专家，那倒也罢了；谁知制药工业也并未上马，竟要他领着全厂工人大炼钢铁。而炼钢却与他的专业毫无关系。这时他原该机灵点儿，审时度势，随和随和，可他二话不说，一声不吭地从内地赶回上海，躲在家里再也不肯回去了。哪怕上级拍电报，派专人找他谈话，都没有用。以后不要说那些全国劳模、人民代表等荣誉称号全都丢尽，连吃饭都成问题。一到"文革"期间，人家就把他往后日子在郊区农村帮助公社建药厂的事当作走资本主义道路来整。当然这些也全过去了。

现在，他也早恢复了高级工程师职位。而且退休以后，比在职的时候更忙，人家说他"肯放下架子，离开大城市去关心农村工业建设"，这样的过头话，看来也跟当初说他走资本主义道路一样，有点荒诞无稽。而二哥却一点一画脾气不曾变：他不仅今天下午四点钟准时到我家，还要求晚上六点钟准时开饭。

这就苦了我。这时在瑞金医院工作的弟弟，带着弟媳来到，我一看手上的表已经六点钟了，我问他："怎么来得这么迟？"他说："春节值班，谁也推卸不掉的。何况我是主任医师得带头。"我无奈，只好嘱咐小沈赶紧给二哥二嫂和弟弟、弟媳拍几个镜头，自己来到厨房，向妻发愁：

"姐姐、姐夫到现在还没有来，是怎么一回事呢？"

"打个电话去问一问嘛！"

妻一边说，一边走进房里，就拨电话给姐姐，接电话的却是我外甥女，说她父母早在一个半钟头以前就出来了。

"赶公共汽车，至多半个钟头就该到了。"妻放下电话，对我说，"别是又发了病吧？"

"这可不能胡说。病多年不发作了，怎么会……"我安慰妻，兼又安慰自己。回到客堂，面对着大家，我的心却忐忑不安。

姐姐比我长四岁，兄弟姐妹中，原我与她最亲近。小时候，我总与我姐姐睡在一个房间里。我们老家房间宽大，一间房放两张大床之外，还放得下几个大衣橱，一张大方桌，还有不少空隙地方可供我们游玩。我从小顽皮，六岁那年，为了把睡在摇篮里的弟弟吵醒事，母亲追赶着我，准备把我痛打一顿，是姐姐护着我，把母亲手里拿的尺夺了下来。我受母亲的气，不肯上桌吃饭，姐姐就陪着我，直等到我回心转意，两人才一起就座。我十二岁在小学读书，姐姐已经做中学生了。她长得很美。我家是大族，族里堂姐、堂妹、堂侄女很多，人家都说，论体面，我姐姐数第一。那时学校里正时兴唱《毕业歌》，我每天傍晚从学校回来，在房间里总听见姐姐唱"我们今天是桃李芬芳，明天是社会的栋梁"，歌声激越悠扬，好像至今还在我耳边响着。抗战开始，父母带我们逃难到上海，租了一间统厢房：前厢由父母和我们四个兄弟住，后厢由姐姐一个人住，因为她是女孩子，已经长成大姑娘，开始在光华大学读教育系，但我仍经常享受到她在课余做家庭教师所得到的零用钱，供我们买水果吃。

抗战胜利后，她由二哥介绍，嫁给了二哥在大学读书时的一个同学。

姐夫学有专长，解放后在皮革研究所当所长，试制成用猪皮代替牛皮制革，更是声名大振，有了经常到苏联等国家去交流经验的机会。姐姐的日子过得很平静，也很美满，她像一棵在暖房里放着的盆花，从来没有经过风吹雨打。可是可怕的年代来临：一九六六年十月的一个深夜，一群从北方来的红卫兵由市内的造反派带来，像古罗马时代野蛮无比的汪尔达人一样，一路呼啸着冲进他们住的西区里弄中。

这条里弄住的人家差不多全入睡了，弄内几乎一片漆黑，但红卫兵预先有准备，他们不但人人手携手电筒，还从电影厂抢来探照灯，一时灯光如炬，把家家户户照得通亮。

我姐姐从梦中惊醒，还来不及向姐夫问明白是怎么一回事，却发现红卫兵已经潜入各户进行搜抄。他们先给姐夫一个"反动权威"的罪名，然后翻箱倒箧，弄得衣物书籍满地。我姐姐从床上跳下来拦阻他们，嘴里才喊出一声"强盗"，就被他们按住身子，要把她的裤子脱掉，打屁股……几天以后，我姐姐就精神失常了。以后几乎每隔一二年总要被送入一次精神病院。只有最近几年才比较长时间地趋于正常状态。

今晚他们终于来到。时间已经六点半。看到他们，满屋子的人禁不住欢呼。我问他们在路上怎么逗留得那么久，姐夫支吾着说："车子挤，你姐姐坚持步行，不乘车。"我看他们这么冷天气，竟走得额头上汗涔涔，不免有点歉意。这时摄像的小沈看到久候不到的客人驾临，全家团聚，一时也心花怒放，立刻拿起摄像机，把灯光开足，对准着姐姐和姐夫拍摄特写镜头。就在这一刹那间，我姐姐离开客堂，进入洗手间，竟好久不曾出来。我看看姐夫，只见他的脸色发白，我心中奇怪，问姐夫："姐姐怎样了？"他说："该是在洗脸洗手吧。"过了一会儿，姐姐果然出来了，只见她急匆匆回到客堂里，拿起她的皮包，又急匆匆地向外走，妻从厨房里闻声出来，想把她拦阻住，她苦笑着只说了三个字"受不了"，就急匆匆回家去了。

一时屋子里鸦雀无声。姐夫终于轻声地向我解释说："她怕强烈的灯光。在家里，窗外建筑工地的探照灯整夜亮着，她也整夜睡不着觉，不免爬起床来洗手洗脸。二十年前那个夜晚红卫兵的灯光给她的印象太深刻了。"我这才意识到我这次邀请小沈来给我们家摄像，是个冒失行动。我和妻原想为这次团聚增加一点新鲜玩意儿，想不到竟然是弄巧成拙，心里有说不出的难过。我觉得很对不起姐姐和姐夫，也对今晚到的其他客人有点歉意。

热情的小沈并不知道我们家的事，他仍兴高采烈地为我们摄像。开饭的时候，他也不肯即刻就座，还站在一边为我们摄取吃"团聚饭"的镜头。但他哪里知道"一人向隅，举座不欢"，我们家十个人席上少了个姐姐，总觉得美中不足。一直十分体贴姐姐的姐夫，这时不安的情绪不用说了，我的几个兄弟和嫂嫂们这时也不免心中遗憾。妻在厨房里忙了一整天，满想今晚能让大家过得愉快，却不曾想到席上大家欢笑不多，吃菜的兴趣也不浓了……

这时我耳边又响起半个世纪以前，我那可怜的姐姐激越悠扬的歌声："我们今天是桃李芬芳，明天是社会的栋梁……"

一九八九年三月二十三日

（选自《人民文学》一九八九年五月号）

田　野

田野（1923—2009），原名雷观成。四川成都人。1946 年毕业于原国立政治大学法政系。后去台湾，任台北师范学校教师，1955 年回到大陆定居。历任《湖北文艺》、《桥》、《长江文艺》、《长江》文学丛刊编辑、编审。1941 年开始发表作品。1982 年加入中国作家协会。著有诗集《爱自然者》、《一个人和他的海》、《爱海者》，散文集《相思曲》、《海行记》、《蓝色是我的名字》、《少年飘泊者》等。

离合悲欢的三天

最近，我曾经去香港探亲：去会晤我的至今还留在台湾的妻和孩子。——我们分别已快三十年了。

我是在一九五五年从台湾只身回归大陆的。

分别的时候，我三十一岁，妻二十七岁，我们的大儿子刚满五岁，而小儿子只有一岁半。

现在，那个小儿子，已经长得和我一般高，并且今年也是三十一岁了。

这次，就是由他，陪着他的母亲，从台湾到香港来和我见面的。

不过，他们不得不取道一条曲折的路：参加一个由台北去泰国的七天旅游团，按照日程安排，从曼谷返台途中，将在香港停留三天。

于是，在这之前，我赶到了香港。

分别三十年，朝思暮想，好不容易得见一面，而会晤的时间却又是如此之短。——只有三天！

这离合悲欢的三天啊！

三天！千言万语，真不知从何说起。

在还未见面之前，我曾经把一定要讲的事、一定要谈的话，一件一件地记在一张纸上。结果是越写越多，越写越长。

我一定要告诉我的亲人：多年来我的忧虑，我的思念，我的负疚的心情和我的执著的心愿……

当然，我也知道，他们一定要告诉我的，要告诉我，甚至是更多更多……正如妻在信上所说："三天三夜也摆不完。"

三天！为了这三天，在海峡两岸，我们曾等待了三十年！

然而，当彼此真的见面了：我紧紧地而又久久地握住妻的手，默默地注视着那温柔的泪水，顺着伊的脸颊，缓缓流下。——这是辛酸的泪，也是幸福的泪。此时此刻，又觉得，什么言语，都似乎是多余的了。

　　是的，三十年的分别，妻和我都老了。由于人生的坎坷，我们的外貌，也许甚至比我们的年龄更老。

　　但是，人还活着，孩子也长大了，在任何情况下，彼此都一直没有忘记。

　　而且，在分别三十年之后，我们一家的三口：两个来自台湾，一个来自大陆，今天，又在祖国的另一块领土上会晤了！——这在几年以前，甚至是连做梦都不敢去幻想的事，此时此刻却已成为现实。

　　我久久地而又紧紧地握住妻的手，默默地注视着那温柔的泪水，顺着伊的脸颊，缓缓流下。——这是辛酸的泪，也是幸福的泪啊！

　　我真想，时间和思维，都在这儿停止。

　　但是，当我们提着旅行袋，从铜锣湾的酒店，搭乘通过海底隧道的巴士，在九龙红磡下车，沿着那繁华的夜的市街，一同向我借住的朋友家里走的时候，我仍然不能不想起一些难忘的往事：

　　在一九五五年离开台湾之前，我曾在台北一家洋行里工作。每天早出晚归。有时，当我从写字间回来迟了，妻总是带着两个孩子，常常到我们居住的仁爱路二段的巷子口来等我。一当远远望见，在下班的人流中，我正骑着单车，沿着林荫大道，奔驰而前时，两个孩子，就像两只小鸟一样，争先恐后地从他们母亲身边飞出，不顾一切地向我迎面跑来，并且，一个比一个叫得更响更欢地在喊着我。于是，我连忙跳下车子，把单车交给妻推着，然后，我一手抱着一个孩子，就这样，说说笑笑地一同走回家去……

　　现在，我是多么希望，再像往日那样，和我的妻、我的孩子，说说笑笑地，一同走回我们的家去啊！

　　然而，现在，却还不能。

　　虽然，今天，我们又在香港会面了；但我们的"家"，仍然是分离的。——被分离在海峡的两岸。

　　在那边，还有我的大儿子、大儿媳和两个小孙女，而且，由于众所周知的原因，我的妻和我的小儿子，在三天之后，也还不得不随着旅游团回到台湾去。

这一次短暂的重逢，又将是另一次长久的别离。

想到这里，我的确止不住自己的泪水了。

虽然，在这次见面之前，我也曾一再叮嘱过自己：要坚强一些，要冷静一些，不要想得太多了。而且，我早已是个饱经忧患的老人，并不是任何不幸，都可以触动我的感情的。

然而，现在，我还是哭了！——悄悄地。

为了不至于被妻发现，以免又引起她的伤心，我借此走进路边的杂货店里，去买了一包香烟。

但当我掏出打火机，正要点燃一支烟卷，妻忽然把手伸出：

"也给我一支吧！……"

我发现，她的眼眶也是湿润的。

在香港，我和留在台湾、而这次又未能相见的大儿子，通了一次电话。

妻先告诉他：已经安抵香港，见到了我。接着就说：

"现在你爸爸和你讲话。"

我接过话筒，突然感到它是多么沉重。

分别三十年，作为"爸爸"，我是对不起孩子的。

早在信上，妻就不止一次地以悔恨的心情说起："没有让他们把书读好，这是我终生的遗憾。"

这个责任，完全在我。

当我弃家出走的时候，大儿子才五岁，还不到上小学的年龄。以后，由于生活的艰难，他也只读完商专。而小儿子，甚至中学还未毕业，就不得不出来谋生了。

在那样一个竞争的社会，又由于我的离台所带来的麻烦，他们的遭遇，是可想而知的。但他们仍然挣扎着站了起来。一直到现在，大儿子每礼拜一、三、五的晚上，还去补习英语。小儿子则通过自学，成了一名装潢设计师。

"孩子是争气的。"妻第一次带着欣慰的笑容，"他们是正派人，这你可以放心。"

我还有什么说的呢？作为"爸爸"，在欣慰之余，我只有惭愧。——但我相信，孩子是会理解的：

"很对不起你们！……"这是我一定要说的心里话。

"爸爸！我们不会怪你。……你好好保重身体吧，下次还会见面的……"

电话非常清晰。我甚至可以听见隔海传来的他同样沉重的呼吸。

放下话筒，我感到有股暖流，仍然在我的心头奔涌。

"下次还会见面的！"他讲得那样自然，而又那样自信。这个在台湾出生的年轻人，好像突然给了我一个启示：是的，为了这一次的重逢，我们曾经等待了三十年。但形势是在发展的，有时甚至比我们所能预料的还要更快更早。不是吗？从一九八一年第一次收到远方来信，到这一次彼此见面，中间也不过、也只有三年！

我不否认，当我为思念所苦的时候，也曾产生过悲观的念头。

就是在从广州来香港的途中，当我走过横跨深圳河上的那座木桥时，我也不禁想起：在一九五五年的春天，作为一个向往新中国的台湾青年，我正是从这座木桥，闯过港英当局的封锁，而踏上被解放了的国土的。

三十年过去了。这座桥还在；但我当年那种壮志豪情，那种敢于冒险犯难的勇气，似乎也随着时间的流逝，而渐渐地消失了……

这次，我重到香港，去和久别的亲人会晤。在我想来，这不过是有幸了却一个今生今世的心愿而已。我没有敢奢望："下次还会见面的！"

现在，我的孩子，却比他的父亲想得更远："你好好保重身体吧，下次还会见面的！"他讲得如此自信，而又如此自然。这次他没能同来，是个遗憾，但他并不认为，这就是一个难以弥补的遗憾。

我怀着感激的心情，回过头来对妻说：

"孩子是争气的！……下次，你就带老大来吧！通了电话，我更想见见他。"

妻的回答，非常干脆：

"都来。还有大媳妇和两个小孙女……"

三天！三天毕竟是很短暂的。

妻和我，都尽量避免提到时间。

因此，许多次谈兴正浓的话题，就像一条条缠绵的小溪，由于渗入沙地，而突然，中断了。

我沉默着，妻也沉默着。

但我们并不感到寂寞。——我们各自沉浸在共同的回忆之中。语言，有时，也许真会是多余的。

三天！三天毕竟是短暂的。

妻又像当年我离开台湾的前夕那样，在忙着替我收拾东西：她把旅行袋留给我了。里面装着从台湾带来的她一针一线编织成的两件毛衣，还有小儿子从身上脱下的一套灰色的西服。——他长得和我一般高，大小也还合适。

她发现我上装的一颗纽扣脱落了，立刻替我钉好，然后又一件一件地检查一遍：

"记住，要学会自己照料自己……"

三天！三天毕竟是很短暂的。

从早到晚，小儿子一直在翻读着香港出版的报纸。他还是第一次出外旅行，但是在香港却什么地方也没有去。因为，从报纸，他似乎看到了另一个更为新鲜的世界。

我把我写的那本散文集《海行记》带来了。妻是流着泪读完的。虽然，其中的许多简化字，她并不完全认识。小儿子也读了。我问他懂不懂？他说："懂。"在想了一会儿之后，他又说，"你走的时候，我还太小。别人说你'投匪'了。现在我懂得了，你是去寻'根'的……"——他的确已经长大成人了。妻说得对："他们都是正派人。你可以放心。"

可惜，我现在还无法让他们把这本书带回去。

说来惭愧，我没有什么珍贵的礼品送给我久别的亲人。

但我还是在香港给两个儿子各买了一双皮鞋。——这还是三十年前当我离开台湾时曾经给他们许下的一个诺言。两个儿子，一个五岁，一个一岁半，一直都是穿着木屐的。他们多希望能有一双走起路来"橐橐"作响的皮鞋啊！但是从台湾到了香港以后，我接着就回到大陆去了。一别三十年，这个诺言，始终未能兑现。它在我的心上，也始终是个负担。现在，他们也许早已忘记此事；并且，皮鞋对于他们，也早已不是什么稀奇的东西了。但我一直没有忘记。现在，我终于可以兑现这个诺言了。虽然，他们也许并不十分需要。

但是，还有一个诺言，至今仍然是我思想上的负担。

我的那个未见过面的小孙女，曾经听她的奶奶说起，而她奶奶又是听我讲的：在祖国大陆，新春佳节，常常下雪。一片一片白色的雪花，从天空飘落到地面，一夜之间，就成了一个银色世界。孩子们穿着新衣，在雪地上打滚，还玩打雪仗、堆雪人的游戏……而在台湾，是见不到真正的雪景的。小孙女听得入迷了。她要我带她去看那银色的世界，她也要在雪地上打滚……

可惜，我现在还无法给她兑现这个我已经答应了的诺言。

但我会记住的，永远。

旅游团即将离开香港了。

我不便到机场去送别我的妻和孩子。于是，只好在他们下榻的酒店分手了。

天气很好。晴空万里，维多利亚海湾像一面闪光的镜子。

但是，在我的眼前，美丽的香港，那些高楼大厦，那些车流人流，突然变得朦胧了。

两三个小时之后，我和我的妻、我的孩子，又将分离在海峡的两岸，只能相思，不能相见。

此时此刻，千言万语，真不知从何说起。

我再一次把手伸出，紧紧地而又久久地握住妻的手。

她没有流泪，只轻轻地说：

"也许，我们还要算是幸福的。……在分别三十年之后，我们总算又见到了……三天……现在又要分别了……你也不要太难过……"

说着，她把头转了过去。

这时，小儿子穿上我给他新买的皮鞋，走到我的面前。他没有同我握手，却突然跪了下来：

"爸爸！你好好保重身体。……我们还会……还会见面的！"

我，是怎么也忍不住自己的泪水了……

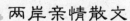

屠 岸

屠岸（1923—），原名蒋璧厚。江苏常州人。诗人、文学翻译家。著有诗集《萱荫阁诗抄》、《屠岸十四行诗》、《哑歌人的自白——屠岸诗选》、《深秋有如初春》，评论集《倾听人类灵魂的声音》、《诗论·文论·剧论》等，译著《鼓声》、《莎士比亚十四行诗集》、《一个孩子的诗园》（合译）、《英美著名儿童诗一百首》、《迷人的春光——英国抒情诗选》（合译）、《济慈诗选》、《约翰王》等。

吟诵的回忆

J.Q.同志：

你问起我怎么会写起旧体诗来。你这一问，使我想起了许多往事。

窗前，灯下，我那慈祥却又严肃的母亲的眼睛在望着我……但深印在我的感官里的却是她的歌声。其实那不是歌唱，而是中国古典诗歌的吟诵。母亲给予我的一切之中，最使我的心灵震颤的，是她那抑扬顿挫、喜悦或忧伤、凄怆或激越的吟诵的音乐。

那是在一九三四、一九三五年，我读小学四、五年级的时候。每晚，母亲除去督促我完成学校老师留下的功课（现在叫"作业"）外，还教我读《古文观止》。她先是详解文章的内容，然后自己朗诵几遍，叫我跟着她诵读。她用纸片叠成小条，写上"一、二、三、四、五……"的数码，夹在我读的书中。她让我将文章诵读，读一遍，就抽一下纸条，露出一个数码，读五遍就抽到"五"字，读十遍就抽到"十"字，以此来计算遍数。她规定我读三十遍，我就不能只读二十九遍。我那时对于《郑伯克段于鄢》之类的文章，实在不感兴趣，要我诵读三十遍，就眼泪汪汪了。但是稍后，当教我读《滕王阁序》或者《为徐敬业讨武曌檄》的时候，我就不感到那么枯燥了，原因是，我仿佛从这类文章中听到了音乐，而这音乐是母亲的示范朗诵给予我的。母亲的朗诵严肃而又自然，她坐着诵，或者站起来走几步，诵一段，再坐下继续诵，却从不摇头晃脑或者把尾音拖得很长。我愿意按照母亲教的调子去完成诵读若干遍的任务。我好像是去唱歌，对文章的内容则"不求甚解"。

先是诵读文章，然后就是吟诵诗歌。不久，母亲教我读《唐诗三百首》和《唐诗评注读本》。从张九龄的《感遇》开始，一首一首地教。我听到了母亲对诗的吟诵，这真是一种更加动人的音乐！她是按照她的老师教的调子吟的。吟起来，抑扬有序，疾徐有致，都按一定的法度。而字的发音则按家乡常州的读音——应该说是家乡读书人读书时的发音，有极少数字与口语发音不同。母亲要我按照她的调子吟诵唐诗。吟唐诗，对我来说就像唱山歌一样。

抗战爆发，举家逃难，辗转流离，于一九三八年初到达"孤岛"上海，寄居在亲戚家中。一九三八年秋天，我生了一场大病：伤寒症。在高烧的昏迷过去之后，我第一眼看到的是母亲的充满至爱和焦虑的眼睛。她日夜守候在我的身边。她是我的"守护神"。后来我身体略有恢复，她的心情也稍为放松一点，伴随着她眼睛中宽慰的神态而来的，是从她口中缓缓流出的音乐。她吟诵唐诗和宋词给我听，用这来驱遣病魔带给她的儿子的烦躁和郁闷。

我清楚地记得，母亲吟诵杜甫的《春望》，"国破山河在，城春草木深……"这样的诗句怎样地流进了我的心田，怎样地冲激着我的心胸。杜甫的家国之痛同当时抗日战争的时代情绪紧紧地联结在一起。由于我们一家的遭遇，这首诗更引起了我们的共鸣。而这种共鸣，如果没有母亲的吟诵音乐作媒介，那是难以达到的。

后来，杜甫的许多律诗和绝句，李白的《将进酒》，白居易的《琵琶行》和《长恨歌》等，我都能烂熟于心，流畅地背出来。这些诗我不是自己读熟而是听熟的。直到今天，有时候我心中默诵这些诗篇，同时脑子里就浮现出母亲的形象。薄暮，窗帘前，出现了母亲的"剪影"；或者黄昏，灯下，展现了正在做针线的母亲的侧面；这时候，我清晰地听到从她口中流出来的一句句唐诗……当她吟诵的时候，她自己沉浸到那些诗的意境中去了，仿佛进入了一种惝恍迷离或者激昂慷慨的忘我的状态。

我至今都感到奇异的是，尽管那吟诵调是一种大体有规定格式的谱子，但不同的诗都可以填进去，不同的诗里的不同的思想感情都可以通过这种格式表达出来。这使我想起了传统戏曲的各种"调"或"板"。各种"调"或"板"都有它所善于表达的某种感情。但同样的"调"或"板"也往往可以表达不同唱词中不同的感情。母亲吟诗，对于七律，七绝，五律，五绝，七古，五古，都能吟出不同的调，而总的风格则又是统一的。我记得母亲吟杜甫的《蜀相》和吟同是杜甫的《闻官军收河南河北》，其声调、情绪和节奏各异，因而在聆听者的我的心上所产生的感情的回响也是各不相同的。

吟诗和吟词又不完全一样。我的母亲也极爱吟词。不同的词牌有不同的调。本来词跟音乐有着极为密切的关系，词原是配乐的，只是后来逐渐与音乐分离了，成为诗的别一体裁。母亲吟词当然不可能是根据古代词的乐谱。然而她吟词表现出了词在音乐上的丰富、多变化。我至今记得母亲吟李后主的《浪淘沙》、《虞美人》，或岳飞的·《满江红》的情景。她吟词较之于吟诗似乎更接近于歌唱。而李后主的"不堪回首"和岳飞的"壮怀激烈"这两种完全不同的感情，都能通过吟诵淋漓尽致地表现出来。母亲吟词时那婉转、深沉而又富于情绪的变化的歌唱，往往使听者的我思潮澎湃，或心痛神迷，有时至于泣下，而不自觉。我在少年时代从母亲的吟诵中所感受到的心灵的震颤，直到今天，还常常能够在我的心中再现。每当我沉浸到对母亲那亲切的嗓音的回忆中去之后，我就能逐渐地直至完全地重新进入当时的情绪和气氛之中，甚至达到心灵的某种微妙的痛楚。呵，这难道就是文学和音乐的魅力吗？而这种魅力则是同母亲对我的深沉的母爱不可分割地联结或溶合在一起了。呵，诗，母亲！诗是哺育我的母亲，而母亲是我心中的诗啊！

J.Q.同志，请原谅我不厌其烦地跟你谈了这些，还没有接触到你提出的问题。好，现在让我来回答你的问题吧。

就在一九三八年秋天我大病初愈的时候，在母亲的吟诵音乐的感召下，我开始偷偷地做起诗来。那是一种极为艰苦而又有乐趣的劳作或游戏。要把胸中激发出来的思想或感情用诗句表达出来，要把一个一个字连缀成句，要照顾到平仄，韵脚，句式，对仗等等，这对于一个不满十五岁的孩子来说是极难的。但是我苦中作乐，乐而不倦。苦与乐都与心中的默默吟诵紧相联系。绝大部分尝试都失败了。但当时我还是把这些习作记在纸片上。我不敢拿给母亲看，怕她责备我"不务正业"——大病已经把我初中三年级的功课误得太多了，病好了，母亲正在督促我补习几何和英文。但是，这些纸片不知怎地有一天竟被母亲发现了。出于我意外的是，她不但没有责备我，反而仔细审阅了我的那些习作。然后，她对我狡狯地笑笑——那是母亲对儿子的狡狯的笑。这一笑容，我至今记忆犹新，那意思是说：你的秘密，我已窥见了！我惶惑，窘迫，但心头又掠过一丝甜意。接着，母亲向我一一指出了这些习作在构思、立意、炼字、炼句、平仄、韵脚、对仗等方面的缺点和错误。她还拿起笔来，认真地作了批改。这给了我极大的鼓励。我的爱胡乱作诗的习惯，就是从这时候开始养成的。

新中国成立后，五十年代初，我被组织上从上海调到北京工作。在整个五十年代，我没有写旧体诗。直到六十年代初，我才又写起来。在六十年代和七十年代里，我每有新作，都要寄到定居在苏州的母亲那里，去向她汇报，向她请教，这成了母子之间思想感情交流的一种方式。一九六二年，我患肺结核病转趋严重，医生建议我到南方疗养一个时期。我暂时离开北京的家，在中秋节的那一天，回到了鬓发苍苍的母亲身边。这时我已三十八岁，母亲已六十八岁了。但在母亲的眼睛里，儿子永远是孩子。第二天一早，母亲兴奋地对我说："昨天夜里我写了一首五律！"她即时吟诵起来：

今夜窗前月，婵娟倍觉亲。

姣儿千里至，阿母万般情。

笑语天香过，倾怀玉藕心。

遥知京国远，两地月同明。

她的吟诵充满了真挚的感情，尤其当她吟颔联和颈联的时候，我感到从她的嗓音中放射出一种特异的感情色彩。这次她不是吟古人的诗而是吟她自己的诗。她以母子重逢为题写了这首诗，又亲口吟给儿子听。这就使这次吟诵在我的听觉感受上大有异于她过去的吟诵。她这次吟诵的嗓音好似烙印一般深深地印在我的脑海里。在苏州我住了一个月，同母亲谈得最多的仍然是诗。这之前，之后，多少年来，我和母亲一直把各自作的诗、填的词寄给对方看，互相提意见。这样的书函往来，一直延续到一九七五年母亲在西安病逝为止。

J.Q.同志，现在你可以知道，我在回答你的问题之前，为什么要给你讲述开头的那一大段回忆来了。有一件事，我至今感到奇怪。我能说普通话，我的普通话发音基本上是合乎标准的。我也能用大体上合格的北京语音朗诵诗或文章。但如果是读古典诗词，则必须用母亲教给我的吟诵调来吟诵，否则我就不能够"进入角色"，作品也难以引起我心灵的回响。事实上，我任何时候阅读古诗，虽然不出声，心里却在默吟——用母亲的吟诵调。我创作自己的诗（旧体）的时候，不是先写，而是先在心中默吟，不断地吟和不断地改，直到完篇，这也许就是所谓诗是"吟出来的"吧。这样吟，能调整平仄，排除不合格律的字，选用合乎格律而又能表达一定情韵的字。这种筛选是在听觉的感受中完成的（尽管是默吟），所以进行得较为自然。吟毕，再用笔移写到纸上。当然，写出来之后也会一改再改。在修改过程中，默吟仍然在起作用。而初稿则是腹稿，它是首先在默吟中诞生的。

如果作诗而不在心中默吟，在我个人的习惯是通不过的。如果作诗而用北京语音默诵，那在我必将产生抵触，原因之一（或者说主要的原因）是入声字的一部分在北京语音里进入了平声。然而入声字的急促如击鼓般的发音已经深印在我脑子里，因此我作诗用到某些入声字的时候会自然地排斥它们按北京语音的平声发音。不过有时候我也作一点"发明"。那就是当我教我的女儿吟诵古典诗词的时候，我教她以她的祖母的吟诵调，但吐字则换作北京语音——不过有一点保留，就是入声字一律仍读入声。

我国的汉语经过近千年的发展，已经形成了汉民族的共同语，这就是以北京语音为标准音、以北方话为基础方言、以典范的白话文著作为语法规范的普通话。它应当成为全国人民共同学习和运用的规范化语言，这是历史发展的必然。但是，北京语音没有入声。在诗词的吟诵中，缺少入声就好像一曲交响乐缺少了某种有鲜明特色的音响，好像一幅油画缺少了某种有强烈效果的色彩。这样，我感到某种欠缺。

J.Q.同志，我耳朵边仿佛又响起了母亲吟诵诗词的嗓音。我听到入声字使她的吟诵增强了节奏感，音乐感，色彩感。"今夜窗前月，婵娟倍觉亲……"那"月"字，那"觉"字，多么铿锵，同时又多么婉转。有了入声，吟诵就更丰满，更富于变化，若江流，时起时伏，如溪水，或急或缓，而避免了平板和单调。我这被母亲的吟诵调训练过的听觉告诉我：北京语音丧失入声是汉语音乐感的一种削弱，尽管我认为北京语音具有其他方言所没有的音乐美。这是可惋惜的。——然而，这也许是谬论。我对汉语语音学一窍不通，所以完全可能说错话。你姑妄听之吧。

以上算是对你的问题的回答。我说的又可能已经离题万里。就此带住。晚安！

一九八三年六月十一日

（选自《万叶散文丛书》第二辑《丹》，百花文艺出版社一九八四年版）

陈之藩

陈之藩（1924—），字范生。河北霸县人。台湾散文家、学者。天津北洋大学电机系毕业，曾赴美、英留学，获美国宾夕法尼亚大学科学硕士、英国剑桥大学哲学博士学位。著有散文集《旅美小简》、《在春风里》、《剑河倒影》、《一星如月》、《蔚蓝的天》等，另有科学著作多种，撰有科技论文百篇。

失根的兰花

顾先生一家约我去费城郊区一个小的大学里看花。汽车走了一个钟头的样子，到了校园，校园美得像首诗，也像幅画。依山起伏，古树成荫，绿藤爬满了一幢一幢小楼，绿草爬满了一片一片的坡地，除了鸟语，没有声音。像一个梦，一个安静的梦。

花圃有两片，一片是白色的牡丹，一片是白色的雪球。如在海的树丛里，还有闪烁着如星光的丁香，这些花全是从中国来的吧。

由于这些花，我自然而然地想起北平公园里的花花朵朵，与这些简直没有两样。然而，我怎样也不能把童年时的情感再回忆起来。不知为什么，我总觉得这些花不该出现在这里。他们的背景应该是来今雨轩，应该是谐趣园，应该是宫殿阶台或亭阁栅栏。因为背景变了，花的颜色也褪了，人的情感也落了。泪，不知为什么流下来。

十几岁，就在外面漂流，泪从来也未这样不知不觉地流过。在异乡见过与家乡完全相异的事物，也见过完全相同的事物，同也好，不同也好，我从未因异乡事物而想到过家。到渭水滨，那水，是我从来没有看见过的，我只感到新奇，并不感觉陌生；到咸阳城，那城，是我从来没有看见过的，我只感觉它古老，并不感到伤感。我曾在秦岭中捡过与香山上同样红的枫叶；我也在蜀中看到与太庙中同样老的古松，我并未因而想起过家，虽然那些时候，我穷苦得像个乞丐，但胸中却总是有嚼菜根用以自励的精神。我曾骄傲地说过自己：“我，到处可以为家。”

然而，自至美国，情感突然变了。在夜里的梦中，常常是家里的小屋在风雨中坍塌了，或是母亲的头发一根一根地白了。在白天的生活中，常常是不爱看与故乡不同的东西，而又不敢看与故乡相同的东西。

我这时才恍然悟到，我所谓的到处可以为家，是因为蚕未离开那片桑叶，等到离开国土一步，即到处均不可以为家了。

美国有本很著名的小说，里面穿插着一个中国人，这个中国人是生长在美国的，然而长大之后，他却留着辫子，故意说着说不通的英语，其实他英语说得非常好。有一次，一不小心，将英文很流利地说出来，美国人自然因此知道他是生长在美国的，问他，为什么偏要装成中国人呢？他说："我曾经剪过辫子，穿起西装，说着流利的英语，然而，我依然不能与你们混合，你们拿另一种眼光看我，我感觉苦痛……"

花搬到美国来，我们看着不顺眼；人搬到美国来，也是同样不安心。这时候才忆起，家乡土地之芬芳，与故土花草的艳丽。我曾记得，八岁时肩起小镰刀跟着叔父下地去割金黄的麦穗，而今这童年的彩色版画，成了我一生中不朽的绘图。

在沁凉如水的夏夜中，有牛郎织女的故事，才显得星光晶亮；在群山万壑中，有竹篱茅舍，才显得诗意盎然；在晨曦的原野中，有拙重的老牛，才显得淳朴可爱。祖国的山河，不仅是花木，还有可感可泣的故事，可吟可咏的诗歌，儿童的喧哗笑语与祖宗的静肃墓庐，把它点缀得美丽了。

宋朝画家思肖，画兰，连根带叶，均飘于空中，人问其故，他说："国土沦亡，根着何处？"国，就是土，没有国的人，是没有根的草，不待风雨折磨，即行枯萎了。

古人说"人生如萍"在水上漂流，那是因为古人未出过国门，没有感觉离国之苦，萍总还有水流可借，以我看，人生如絮，飘零在此万紫千红的春天。

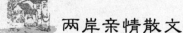

王鼎钧

王鼎钧（1927—），山东临沂人。著名华文文学大师。抗日战争时期参加军队。1949年到台湾后从事新闻和大专学校教育工作。他的创作生涯长达大半个世纪，长期出入于散文、小说和戏剧之间，著作近40种，以散文产量最丰，成就最大。著有散文集《左心房漩涡》、《碎玻璃》、《灵感》、《人生三书》、《情人眼》等。

脚　印

　　乡愁是美学，不是经济学。思乡不需要奖赏，也用不着和别人竞赛。我的乡愁是浪漫而略近颓废的，带着像感冒一样的温柔。

　　你该还记得那个传说：人死了，他的鬼魂要把生前留下的脚印一个一个都捡起来。为了做这件事，他的鬼魂要把生平经过的路再走一遍。车中船中，桥上路上，街头巷尾，脚印永远不灭。纵然桥已坍了，船已沉了，路已翻修铺上柏油，河岸已变成水坝，一旦鬼魂重到，他的脚印自会一个一个浮上来。

　　想看看，有朝一日，我们要在密密的树林里，在黄叶底下，拾起自己的脚印，如同当年捡拾坚果。花市灯如昼，长街万头攒动，我们去分开密密的人腿捡起脚印，一如当年拾起挤掉的鞋子。想想那个湖！有一天，我们得砸破镜面，撕裂天光云影，到水底去收拾脚印，一如当年采集鹅卵石。在那个供人歌舞跳跃的广场上，你的脚印并不完整，大半只有脚尖或只有脚跟。在你家门外、窗外、后院的墙外，你的灯影所及，你家梧桐的阴影所及，我的脚印是一层铺上一层，春夏秋冬千层万层，一旦全部涌出，恐怕高过你家的房顶。

　　有时候，我一想起这个传说就激动，有时候，我也一想起这个传说就怀疑。我固然不必担心我的一肩一背能负载多少脚印，一如无须追问一根针尖上能站多少天使。可是这个传说跟别的传说怎样调和呢？末日大限将到的时候，牛头马面不是拿着令牌和锁链在旁等候出窍的灵魂吗？以后是审判，是刑罚，他哪有时间去捡脚印；以后是喝孟婆汤，是投胎转世，他哪有能力去捡脚印？鬼魂怎能如此潇洒、如此淡泊、如此个人主义？好，古圣先贤创设神话，今圣后贤修正神话，我们只有拆开那个森严的故事结构，容纳新的传奇。

我想，捡脚印的情节恐怕很复杂，超出众所周知。像我，如果可能，我要连你的脚印一并收拾妥当。如果捡脚印只是一个人最末一次余兴，或有许多人自动放弃；如果实属必要，或将出现一种行业，一家代捡脚印的公司。至于我，我要捡回来的不止是脚印。那些歌，在我们唱歌的地方，四处有抛掷的音符，歌声冻在原处，等我去吹一口气，再响起来。那些泪，在我流过泪的地方，热泪化为铁浆，倒流入腔，凝成铁心钢肠，旧地重临，钢铁还原成浆还原成泪，老泪如陈年旧酿。人散落，泪散落，歌声散落，脚印散落，我一一仔细收拾，如同向夜光杯中仔细斟满葡萄美酒。

也许，重要的事情应该在生前办理，死后太无凭，太渺茫难期。也许捡脚印的故事只是提醒游子在垂暮之年作一次回顾式的旅行，镜花水月，回首都有真在。若把平生行程再走一遍，这旅程的终站，当然就是故乡。

人老了，能再年轻一次吗？似乎不能，所有的方士都试验过，失败了。但是我想有个秘方可以再试，就是这名为捡脚印的旅行。这种旅行和当年逆向，可以在程序上倒过来实施，所以年光也仿佛倒流。以我而论，我若站在江头江尾想当年名士过江成鲫，我觉得我二十岁。我若坐在水穷处、云起时看虹，看上帝在秦岭为中国人立的约，看虹怎样照着皇宫的颜色给山化妆，我十五岁。如果我赤足站在当初看蚂蚁打架、看鸡上树的地方让泥地由脚心到头顶感动我，我只有六岁。

当然，这只是感觉，并非事实。事实在海关人员的眼中，在护照上。事实是访旧半为鬼，笑问客从何处来。但是人有时追求感觉，忘记事实，感觉误我，衣带渐宽终不悔。我感觉我是一个字，被批判家删掉，被修辞学家又放回去。我觉得紧身马甲扯成碎片，舒服，也冷。我觉得香肠切到最后一刀，希望是一盘好菜。我有脚印留下吗？我怎么觉得少年十五二十时腾云驾雾，从未脚踏实地？古人说，读书要有被一棒打昏的感觉，我觉得"还乡"也是。四十年万籁无声，忽然满耳都是还乡，还乡，还乡——你还记得吗？乡间父老讲故事，说是两个旅行的人住在旅店里，认识了，闲谈中互相夸耀自己的家乡有高楼。一个说，我们家乡有座楼，楼顶上有个麻雀窝，窝里有几个麻雀蛋。有一天，不知怎么，窝破了，这些蛋在半空中孵化，幼雀破壳而出，还没等落到地上，新生的麻雀就翅膀硬了，可以飞了。所以那些麻雀一个也没摔死，都贴地飞行，然后一飞冲天。你想那座高楼有多高？愿你还记得这个故事。你已经遗忘了太多的东西，忘了故事，忘了歌，忘了许多人名地名。怎么可能呢？那些故事，那些歌，那些人名地名，应该与我们的灵魂同在，与我们的人格同在。你究竟是怎样使用你的记忆呢？

……那旅客说：你想我家乡的楼有多高？另一个旅客笑一笑，不愠不火：我们家乡也有一座高楼，有一次，有个小女孩从楼顶上掉下来了，到了地面上，她已长成一个老太太。我们这座楼比你们那一座，怎么样？

当年悠然神往，一心想奔过去看那样高的楼，千山万水不辞远。现在呢，我想高楼不在远方，它就是故乡。我一旦回到故乡，会恍然觉得当年从楼顶跳下来，落地变成了老翁。真快，真简单，真干净！种种成长的痛苦，萎缩的痛苦，种种期许，种种幻灭，生命中那些长跑、长考、长年煎熬、长夜痛哭，根本没有时间也没有机会发生，"昨日今我一瞬间"，时间不容庸人自扰。这岂不是大解脱、大轻松，这是大割、大舍、大离、大弃，也是大结束、大开始。我想躺在地上打个滚儿恐怕也不能够，空气会把我浮起来。

忆明珠

忆明珠（1927—），原名赵俊瑞，山东莱阳人。诗人和散文家。著有诗集《春风啊，带去我的问候吧》、《沉吟集》、《天落水》、《忆明珠诗选》，散文集《墨色花小集》、《小天地庐漫笔》、《落日楼头独语》、《白下晴窗闲笔》、《小天地庐杂俎》、《忆明珠散文选》及诗文书画合集《当代才子书·忆明珠卷》，图文合集《不肯红的花》等。散文集《荷上珠小集》获全国首届散文优秀作品奖。

母亲的诗

今年夏间，我去山东淄博，见到了久别多年的安妹。还不曾寒暄几句，她就哭了，说："二哥，妈妈晚年，天天都念叨你。"

在我们兄弟姊妹中，安妹是最小的一个，她守在父母身边的时间最长。而我，离家最早，又走得最远，便最为年迈的母亲所牵挂。

"妈妈经常说你小时候的情形。"安妹问我，"二哥，你自己还记得吗？"

妈妈离开我们十年了，去世时，我不在她的眼前。

"妈妈说你小时不大爱说话，一说话，就叫人发笑，人家一笑，你就不说了。有次在亲戚家吃饭，大人们说说笑笑，只谈论他们的事情。你夹在中间，像只小木瓜，忽然你自言自语冒出一句：'俺家的大公鸡，下了只蛋，'……大家听了一愣，你又说，'是红皮的。'大人这才大笑，笑够了，等你的下文，你不做声了。"

我一点也不记得曾有这回事，一点印象没有。

安妹是在呜咽着断断续续说这些话的，说到后头，她自己也拭着泪水，笑了。

"妈妈还说有一次你放学回家，割麦子的时候，十几个打短工的，蹲在大门口吃午饭，他们拦住路，不放你回家。你双手向后一背，装成个罗锅腰的老头儿，说：'请大伙闪条道，让我老大爷过去吧！'大伙问：'老大爷你多大岁数了？'你说：'俺八十岁了。'——妈说，那时你才八岁。"

我像在听别人的轶事趣闻，想不到我当初会这样的滑稽。这点点滴滴的儿时情状，全收藏在妈妈的记忆中了。可为什么妈妈的一些事情，在我的记忆中却很少很少了呢？

我记忆中的妈妈，不像妈妈记忆中的孩子那般富有戏剧性，我只留有她的一些片段的映象。

从我记事的时候，好像她就不很年轻了。

她一年四季只穿一色的蓝布衣裳。

记得在一个大雪天里，我和小伙伴们在外面雪地里跑够了，玩够了，回家时已经黄昏，走进院中，见妈妈正坐在灶口烧火。从灶口冒出的火光，将妈妈的蓝布袄洒上闪闪的金辉，又将妈妈的脸庞映红。隔着缤纷迷乱的雪花望去，深深的夜色烘托着妈妈坐在一团光晕里，显得特别好看。大约在我二十岁那年，也是个大雪天，我想起了妈妈，曾写过一首小诗，诗未保存下来，但我自信那意境是美丽的，因为它记录了我少时的珍贵的一瞥——黄昏，雪花，灶口的火光映出了我的好看的妈妈……

妈妈很勤俭，佣人做的活，她都做，这大概从她做媳妇的时候便这样，我们的家境并不宽裕。

妈妈喜欢吟唱。做姑娘时，听弟兄们吟诗；做媳妇后，听丈夫吟诗。妈妈肯定背得一些唐诗宋词。但她的吟唱，只是一种信口哼出的腔调而已。我家里经常有盲艺人寄食，夜晚他们在堂屋里弹着三弦，唱几段鼓词，以回报主人的赏饭之恩。妈妈的吟唱里，似乎有吟咏古诗的调儿，有三弦的调儿，是她自己创造的咏叹调，有调无词，可以叫作"无标题音乐"吧！

这咏叹调儿，很深沉，很悠长，很忧伤。

妈妈从来不说忧伤的话。她嘱咐孩子要努力读书，要争气，要做人。她相信明天会比今天好，后代会比前代好。

然而我知道妈妈有着深深的忧伤，虽然不知她忧伤的什么，但我从她的吟唱里，咏叹里，感受到她有着忧伤，而且是深沉的，悠长的，不可自拔的。她坐在炕头，一边做针线，一边吟唱，像是在独语。"少年不识愁滋味"，我是从妈妈的吟唱里，开始领略到人生有一种叫做忧伤的东西，它会使我无端地流泪。而我又很喜欢这种滋味，何况又是从妈妈的吟唱里领略到的。

"海边多好啊！海滩上有许多石头，紫色的。我真想住到海边，用紫色的石头，盖间小石头屋，住在里面，一个人，天天看海……"有一次妈妈忽然停下了手中的针线，中断了她的吟唱，无缘无故地说了这番话。她宁静地看着我，含着笑。我却伏在妈妈的膝盖上，哭了。

我非常非常的难过。

"我愿到海边，

垒石以为居。"

妈妈说。

那时我十四五岁，曾试图将妈妈这番话，敷衍成一首小诗，只写了这三句，再也写不下去，好像话全说完了。在以后的若干年里，我多次续写，皆不成功，最后仍只剩这三句。我由此知道，有的诗，只能有开头，开头即是结尾。

我奇怪的是，妈妈从来没有见过海，她对海怎么会那般向往呢？

安妹告诉我：在解放战争和抗美援朝期间，妈妈夜夜向菩萨烧香，为我祷告。她相信我会平安归来。

1955年我回家探望父母，离开他们整整十年。原来我告了二十天探亲假，但我在家只住了两夜。父亲舍不得我走，妈妈说："早走也好。"她没有一句挽留我的话，却叹了口气，说："我若是你们这般年纪，怎么不能革命！"

我没有回答，我不知该怎样回答。

我问安妹："妈妈临危前，有什么嘱咐？"

"没有。"

妈妈死于肺癌，享年七十有四，也算高寿了。妈妈在去世的前几天，曾跟安妹讲了一个故事：古时有个孝子，母亲死了，他安葬完毕，在坟前大笑，唱歌。人们都奇怪，说他发疯。其实，这孝子是真有孝心。人不能长生不老，活到应活的岁数，平平安安地死去，是一件喜事。做娘的知道子女们想得开，看得破，像以往一样高高兴兴地过日子，她死也瞑目了。

安妹说到这里，不再言语；我听到这里，也不再想有所言语。沉默。只有沉默。子女们也只有以无可言说的深深的哀思，凝结作一朵沉默的心花，献给我们慈爱的妈妈的在天之灵啊！

我本来还想问问安妹，母亲还说了哪些我少时的情形。但是何必再问呢？那是属于母亲的。每个孩子少时的情形，在母亲的心中都是诗化了的。那是属于母亲自己的艺术创作，也只有她自己最会欣赏，任何的转述都不如母亲心中的原作那样的富有情趣与活力。既然那是属于母亲自己的诗，就让它伴随着母亲而去吧！"广陵散从兹绝矣！"母亲啊！我的母亲啊！

一九八六年十二月二十七日晚初稿，上乘庵
一九八七年一月十五日晚二稿，上乘庵

宗 璞

宗璞（1928—），原名冯钟璞。原籍河南唐河，生于北京。著名哲学家冯友兰之女。小说家、散文家。著有长篇小说《南渡记》，中篇小说《三生石》、《四季流光》，短篇小说《红豆》、《鲁鲁》、《我是谁》等，散文集《丁香结》、《宗璞散文选集》、《铁箫人语》等，童话集《风庐童话》，另有诗歌、译作多种。

三松堂断忆

转眼间父亲离开我们已经快一年了。

去年这时，也是玉簪花开得满院雪白，我还计划在向阳的草地上铺出一小块砖地，以便把轮椅推上去，让父亲在浓重的树荫中得一小片阳光。因为父亲身体渐弱，忙于延医取药，竟没有来得及建设。九月底，父亲进了医院，我在整天奔忙之余，还不时望一望那片草地，总不能想象老人再不能回来，回来享受我为他安排的一切。

哲学界人士和亲友们都认为父亲的一生总算圆满，学术成就和他从事的教育事业使他中年便享盛名，晚年又见到了时代的变化，生活上有女儿侍奉，诸事不用操心，能在哲学的清纯世界中自得其乐。而且，他的重要著作《中国哲学史新编》，八十岁才开始写，许多人担心他写不完，他居然写完了。他是拼着性命支撑着，他一定要写完这部书。

在父亲的最后几年里，经常住医院，一九八九年下半年起更为频繁。一次是十一月十一日午夜，父亲突然发作心绞痛，外子蔡仲德和两个年轻人一起，好不容易将他抬上救护车。他躺在担架上，我坐在旁边，数着脉搏。夜很静，车子一路尖叫着驶向医院。好在他的医疗待遇很好，每次住院都很顺利。一切安排妥当后，他的精神好了许多，我俯身为他掖好被角，正要离开时，他疲倦地用力说："小女，你太累了！""小女"这乳名几十年不曾有人叫了。"我不累"，我说，勉强忍住了眼泪。说不累是假的，然而比起担心和不安，劳累又算得了什么呢。

过了几天，父亲又一次不负我们的劳累和担心，平安回家了。我们笑说："又是一次惊险镜头。"十二月初，他在家中度过九十四寿辰，也是他最后的寿辰。这一天，民盟中央的几位负责人丁石孙等先生前来看望，老人很高兴，谈起一些文艺杂感，还说，若能汇集成书，可题名为"余生札记"。

这余生太短促了。中国文化书院为他筹办了庆祝九十五寿辰的"冯友兰哲学思想国际研讨会"，他没有来得及参加。但他知道了大家的关心。

一九九〇年初，父亲因眼前有幻象，又住医院。他常常喜欢自己背诵诗词，每住医院，总要反复吟哦《古诗十九首》。有记不清的字，便要我们查对。"青青陵上柏，磊磊涧中石。人生天地间，忽如远行客。""浩浩阴阳移，年命如朝露。人生忽如寄，寿无金石固。"他在诗词的意境中似乎觉得十分安宁。一次医生来检查后，他忽然对我说："庄子说过，生为附赘悬疣，死为决疣溃痈。孔子说过，朝闻道，夕死可矣。张横渠又说，生吾顺事，没吾宁也。我现在是事情没有做完，所以还要治病。等书写完了，再生病就不必治了。"我只能说："那不行，哪有生病不治的呢！"父亲微笑不语。我走出病房，便落下泪来。坐在车上，更是泪如泉涌。一种没有人能分担的孤单沉重地压迫着我。我知道，分别是不可避免的。

我们希望他快点写完《新编》，可又怕他写完。在住医院的间隙中，他终于完成了这部书。亲友们都提醒他还有本《余生札记》呢。其实老人那时不只有文艺杂感，又还有新的思想，他的生命是和思想和哲学连在一起的。只是来不及了。他没有力气再支撑了。

人们常问父亲有什么遗言。他在最后几天有时念及远在异国的儿子钟辽和唯一的孙儿冯岱。他用力气说出的最后的关于哲学的话是："中国哲学将来一定会大放光彩！"他是这样爱中国、这样爱哲学。当时有李泽厚和陈来在侧。我觉得这句话应该用大字写出来。

然后，终于到了十一月二十六日那凄冷的夜晚，父亲那永远在思索的头脑进入了永恒的休息。

作为父亲的女儿，而且是数十年都在他身边的女儿，在他晚年又身兼几大职务，秘书、管家兼门房，医生、护士带跑堂，照说对他应该有深入的了解，但是我无哲学头脑，只能从生活中窥其精神于万一。根据父亲的说法，哲学是对人类精神的反思，他自己就总是在思索，在考虑问题。因为过于专注，难免有些呆气。他晚年耳目失其聪明，自己形容自己是"呆若木鸡"。其实这些呆气早已有之。抗战初期，几位清华教授从长沙往昆明，途经镇南关，父亲手臂触城墙而骨折。金岳霖先生一次对我幽默地提起此事，他说："当时司机通知大家，不要把手放在窗外，要过城门了。别人都很快照办，只有你父亲听了这话，便考虑为什么不能放在窗外，放在窗外和不放在窗外的区别是什么，其普遍意义和特殊意义是什么。还没考虑完，已经骨折了。"这是形容父亲爱思索。他那时正是因为在思索，根本就没有听见司机的话。

他的生命就是不断地思索，不论遇到什么挫折，遭受多少批判，他仍顽强地思考，不放弃思考。不能创造体系，就自我批判，自我批判也是一种思考。而且在思考中总会冒出些新的想法来。他自我改造的愿望是真诚的，没有经历过二十世纪中叶的变迁和六七十年代的各种政治运动的人，是很难理解这种自我改造的愿望的。首先，一声"中国人站起来了"促使了多少有智慧的人迈上走向炼狱的历程。其次，知识分子前冠以资产阶级，位置固定了，任务便是改造，又怎知自是之为是，自非之为非？第三，各种知识分子的处境也不尽相同，有居庙堂而一切看得较为明白，有处林下而只能凭报纸和传达，也只能信报纸和传达。其感受是不相同的。

幸亏有了新时期，人们知道还是自己的头脑最可信。父亲明确采取了不依傍他人，"修辞立其诚"的态度。我以为，这个诚字并不能与"伪"相对。需要提出"诚"，需要提倡说真话，这是我们这个时代的大悲哀。

我想历史会对每一个人作出公允的、不带任何偏见的评价。历史不会忘记有些微贡献的每一个人，而评价每一个人时，也不要忘记历史。

父亲一生对物质生活的要求很低，他的头脑都让哲学占据了，没有空隙再来考虑诸般琐事。而且他总是为别人着想，尽量减少麻烦。一个人到九十五岁，没有一点怪癖，实在是奇迹。父亲曾说，他一生得力于三个女子：一位是他的母亲、我的祖母吴清芝太夫人，一位是我的母亲任载坤先生，还有一个便是我。一九八二年，我随父亲访美，在机场上父亲作了一首打油诗："早岁读书赖慈母，中年事业有贤妻。晚来又得女儿孝，扶我云天万里飞。"确实得有人料理俗务，才能有纯粹的精神世界。近几年，每逢我的生日，父亲总要为我撰寿联。一九九○年夏，他写最后一联，联云："鲁殿灵光，赖家有守护神，岂独文采传三世；文坛秀气，知手持生花笔，莫让新编代双城。"父亲对女儿总是看得过高。"双城"指的是我的长篇小说，第一卷《南渡记》出版后，因为没有时间，没有精力，便停顿了。我必须以《新编》为先，这是应该的，也是值得的。当然，我持家的能力很差，料理饭食尤其不能和母亲相比，有的朋友都惊讶我家饭食的粗糙。而父亲从没有挑剔，从没有不悦，总是兴致勃勃地进餐，无论做了什么，好吃不好吃，似乎都滋味无穷。这一方面因为他得天独厚，一直胃口好，常自嘲"还有当饭桶的资格"；另一方面我完全能够体会，他是以为能做出饭来已经很不容易，再挑剔好坏，岂不让管饭的人为难。

父亲自奉俭约，但不乏生活情趣。他并不永远是道貌岸然，也有豪情奔放，潇洒闲逸的时候，不过机会较少罢了。一九二六年父亲三十一岁时，曾和杨振声、邓以蛰两先生，还有一位翻译李白诗的日本学者一起豪饮，四个人一晚喝去十二斤花雕。六十年代初，我因病常住家中，每于傍晚随父母到颐和园包坐大船，一元钱一小时，正好览尽落日的绮辉。一位当时的大学生若干年后告诉我说，那时他常常看见我们的船在彩霞中飘动，觉得真如神仙中人。我觉得父亲是有些仙气的，这仙气在于他一切看得很开。在他的心目中，人是与天地等同的。"人与天地参"，我不只一次听他讲解这句话。《三字经》说得浅显："三才者，天地人。"既与天地同，还屑于去钻营什么！那些年，一些稍有办法的人都能把子女调回北京，而他，却只能让他最钟爱的幼子钟越长期留在医疗落后的黄土高原。一九八二年，钟越终于为祖国的航空事业流尽了汗和血，献出了他的青春和生命。

父亲的呆气里有儒家的伟大精神，"天行健，君子以自强不息"，自强不息到"知其不可而为之"的地步；父亲的仙气里又有道家的豁达洒脱。秉此二气，他穿越了在苦难中奋斗的中国的二十世纪。他的一生便是二十世纪中国文化的一个篇章。

据河南家乡的亲友说，一九四五年初祖母去世，父亲与叔父一同回老家奔丧，县长来拜望，告辞时父亲不送，而对一些身为老百姓的旧亲友，则一直送到大门，乡里传为美谈。从这里我想起和读者的关系。父亲很重视读者的来信，许多年常常回信。星期日上午的活动常常是写信。和山西一位农民读者车恒茂老人就保持了长期的通信，每索书必应之。后来我曾代他回复一些读者来信，尤其是对年轻人，我认为最该关心，也许几句话便能帮助发掘了不起的才能。但后来我们实在没有能力做了，只好听之任之。把人家的千言信万言书束之高阁，起初还感觉不安，时间一久，则连不安也没有了。

时间会抚慰一切，但是去年初冬深夜的景象总是历历如在目前。我想它是会伴随我进入坟墓的了。当晚，我们为父亲穿换衣服时，他的身体还那样柔软，就像平时那样配合。他好像随时会睁开眼睛说一声"中国哲学将来一定会大放光彩"。我等了片刻，似乎听到一声叹息。

不得不离开病房了。我们围跪在床前，忍不住痛哭失声！仲扶着我，可我觉得这样沉重的孤单！在这茫茫世界中，再无人需我侍奉，再无人叫我的乳名了。这么多年，每天清晨最先听到的，是从父亲卧房传来的咳嗽，每晚睡前必到他床前说几句话。我怎样能从多年的习惯中走得出来！

然而日子居然过去快一年了。只好对自己说，至少有一件事稍可安慰。父亲去时不知道我已抱病。他没有特别的牵挂，去得安心。

文章将尽，玉簪花也谢尽了。邻院中还有通红的串红和美人蕉，记得我曾说串红像是鞭炮，似乎马上会劈劈啪啪响起来。而生活里又有多少事值得它响呢。

（选自《铁箫人语》，春风文艺出版社一九九四年版）

余光中

余光中（1928—），祖籍福建永春，生于南京。台湾诗人、散文家、文学评论家。其文学生涯悠远、辽阔、深沉，著有散文集《左手的缪斯》、《焚鹤人》、《听听那冷雨》、《逍遥游》、《记忆像铁轨一样长》等，诗集《五陵少年》、《白玉苦瓜》等。

黄河一掬

　　厢型车终于在大坝上停定，大家陆续跳下车来。还未及看清河水的流势，脸上忽感微微刺麻，风沙早已刷过来了。没遮没拦的长风挟着细沙，像一阵小规模的沙尘暴，在华北大平原上卷地刮来，不冷，但是挺欺负人，使胸臆发紧。我存（作者之妻）和幼珊都把自己裹得密密实实，火红的风衣牵动了荒旷的河景。我也戴着扁呢帽，把绒袄的拉链直拉到喉核。一行八九个人，跟着永波、建辉、周晖，向大坝下面的河岸走去。

　　这是临别济南的前一天上午，山东大学安排带我们来看黄河。车沿着二环东路一直驶来，做主人的见我神情热切，问题不绝，不愿扫客人的兴，也不想纵容我期待太奢，只平实地回答，最后补了一句："水色有点浑，水势倒还不小。不过去年断流了一百多天，不会太壮观。"

　　这些话我也听说过，心里已有准备。现在当场便见分晓，再提警告，就像孩子回家，已到门口，却听邻人说，这些年你妈妈病了，瘦了，几乎要认不得了，总还是难受的。

　　天高地迥，河景完全敞开，触目空廓而寂寥，几乎什么也没有。河面不算很阔，最多五百米吧，可是两岸的沙地都很宽坦，平面就延伸得倍加复远，似乎再也勾不到边。昊天和洪水的接缝处，一线苍苍像是麦田，后面像是新造的白杨树林。此外，除了漠漠的天穹，下面是无边无际无可奈何的低调土黄，河水是土黄里带一点赭，调得不很匀称，沙地是稻草黄带一点灰，泥多则暗，沙多则浅，上面是浅黄或发白的枯草。

　　"河面怎么不很规则？"我转问建辉。

　　"黄河从西边来，"建辉说，"到这里朝北一个大转弯。"

这才看出，黄浪滔滔，远来的这条浑龙一扭腰身，转出了一个大锐角，对岸变成了一个半岛，岛尖正对着我们。回头再望此岸的堤坝，已经落在远处，像瓦灰色的一长段城垣。更远处，在对岸的一线青意后面，隆起一脉山影，状如压扁了的英文大写字母M，又像半浮在水面的象背。那形状我一眼就认出来了，无须向陪我的主人求证。我指给我存看。

"你确定是鹊山吗？"我存将信将疑。

"当然是的，"我笑道，"正是赵孟頫的名画《鹊华秋色》里，左边的那座鹊山。曾繁仁校长带我们去淄博，出济南不久，高速公路右边先出现华山，尖得像一座翠绿的金字塔，接着再出现的就是鹊山。一刚一柔，无端端在平地耸起，令人难忘。从淄博回来，又出现在左边。可惜不能停下来细看。"

周晖走过来，证实了我的指认。

"徐志摩那年空难，"我又说，"飞机叫济南号，果然在济南附近出事，太巧合了。不过撞的不是泰山，是开山，在党家庄。你们知道在哪里吗？"

"我倒不清楚。"建辉说。

我指着远处的鹊山说："就在鹊山的背后。"又回头对建辉说："这里离河水还是太远，再走近些好吗？我想摸一下河水。"

于是永波和建辉领路，沿着一大片麦苗田，带着众人在泥泞的窄埂上，一脚高一脚低，向最低的近水处走去。终于够低了，也够近了。但沙泥也更湿软，我虚踩在浮土和枯草上，就探身要去摸水，大家在背后叫小心。炭炭加上翼翼，我的手终于半伸进黄河。

一刹那，我的热血触到了黄河的体温，凉凉地，令人兴奋。古老的黄河，从史前的洪荒里已经失踪的星宿海里四千六百里，绕河套、撞龙门、过英雄进进出出的潼关一路朝山东奔来，从斛律金的牧歌李白的乐府里日夜流来，你饮过多少英雄的血难民的泪，改过多少次道啊发过多少次泛滥，二十四史，哪一页没有你浊浪的回声？几曾见天下太平啊让河水终于澄清？流到我手边你已经奔波了几亿年了，那么长的生命我不过触到你一息的脉搏。无论我握得有多紧你都会从我的拳里挣脱。就算如此吧，这一瞬我已经等了七十九年了绝对值得。不到黄河心不死，到了黄河又如何？又如何呢？至少我指隙曾流过黄河。

至少我已经拜过了黄河，黄河也终于亲认过我。在诗里文里我高呼低唤他不知多少遍，在山大演讲时我朗诵那首《民歌》，等到第二遍五百听众就齐声来和我：

> 传说北方有一首民歌
> 只有黄河的肺活量能歌唱
> 从青海到黄海
> 风　也听见
> 沙　也听见

我高呼一声"风"，五百张口的肺活量忽然爆发，合力应一声"也听见"。我再呼"沙"，五百管喉再合应一声"也听见"。全场就在热血的呼应中结束。

华夏子孙对黄河的感情，正如胎记一般地不可磨灭。流沙河写信告诉我，他坐火车过黄河读我的《黄河》一诗，十分感动，奇怪我没见过黄河怎么写得出来。其实这是胎里带来的，从《诗经》到刘鹗，哪一句不是黄河奶出来的？黄河断流，就等于中国断奶。山大副校长徐显明在席间痛陈国情，说他每次过黄河大桥都不禁要流泪。这话简直有《世说新语》的慷慨，我完全懂得。龚自珍《己亥杂诗》不也说过么：

> 亦是今生未曾有
> 满襟清泪渡黄河

他的情人灵箫怕龚自珍耽于儿女情长，甚至用黄河来激励须眉：

> 为恐刘郎英气尽
> 卷帘梳洗望黄河

想到这里，我从衣袋里掏出一张自己的名片，对着滚滚东去的黄河低头默祷了一阵，右手一扬，雪白的名片一番飘舞，就被起伏的浪头接去了。大家齐望着我，似乎不觉得这僭妄的一投有何不妥，反而纵容地赞许笑呼。我存和幼珊也相继来水边探求黄河的浸礼。看到女儿认真地伸手入河，想起她那么大了做爸爸的才有机会带她来认河，想当年做爸爸的告别这一片后土只有她今日一半的年纪，我的眼睛就湿了。

　　回到车上，大家忙着拭去鞋底的湿泥。我默默，只觉得不忍。翌晨山大的友人去机场送别，我就穿着泥鞋登机。回到高雄，我才把干土刮尽，珍藏在一只名片盒里。从此每到深夜，书房里就传出隐隐的水声。

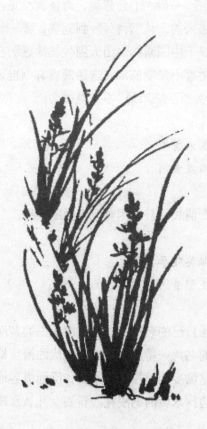

听听那冷雨

　　惊蛰一过，春寒加剧。先是料料峭峭，继而雨季开始，时而淋淋漓漓，时而淅淅沥沥，天潮潮地湿湿，即使在梦里，也似乎有把伞撑着。而就凭一把伞，躲过一阵潇潇的冷雨，也躲不过整个雨季。连思想也都是潮润润的。每天回家，曲折穿过金门街到厦门街迷宫式的长巷短巷，雨里风里，走入霏霏令人更想入非非。想这样子的台北凄凄切切完全是黑白片的味道，想整个中国整部中国的历史无非是一张黑白片子，片头到片尾，一直是这样下着雨的。这种感觉，不知道是不是从安东尼奥尼那里来的。不过那一块土地是久违了，二十五年，四分之一的世纪，即使有雨，也隔着千山万山，千伞万伞。二十五年，一切都断了，只有气候，只有气象报告还牵连在一起。大寒流从那块土地上弥天卷来，这种酷冷吾与古大陆分担。不能扑进她怀里，被她的裙边扫一扫吧也算是安慰孺慕之情。

　　这样想时，严寒里竟有一点温暖的感觉了。这样想时，他希望这些狭长的巷子永远延伸下去，他的思路也可以延伸下去，不是金门街到厦门街，而是金门到厦门。他是厦门人，至少是广义的厦门人，二十年来，不住在厦门，住在厦门街，算是嘲弄吧，也算是安慰。不过说到广义，他同样也是广义的江南人，常州人，南京人，川娃儿，五陵少年。杏花春雨江南，那是他的少年时代了。再过半个月就是清明。安东尼奥尼的镜头摇过去，摇过去又摇过来。残山剩水犹如是。皇天后土犹如是。纭纭黔首、纷纷黎民从北到南犹如是。那里面是中国吗？那里面当然还是中国，永远是中国。只是杏花春雨已不再，牧童遥指已不再，剑门细雨渭城轻尘也都已不再。然则他日思夜梦的那片土地，究竟在哪里呢?

在报纸的头条标题里吗? 还是香港的谣言里? 还是傅聪的黑键白键马思聪的跳弓拨弦? 还是安东尼奥尼的镜底勒马洲的望中? 还是呢, 故宫博物院的壁头和玻璃橱内, 京戏的锣鼓声中太白和东坡的韵里?

杏花, 春雨, 江南。 六个方块字, 或许那片土就在那里面。 而无论赤县也好神州也好中国也好, 变来变去, 只要仓颉的灵感不灭, 美丽的中文不老, 那形象, 那磁石一般的向心力当必然长在。 因为一个方块字是一个天地。 太初有字, 于是汉族的心灵, 祖先的回忆和希望便有了寄托。 譬如凭空写一个"雨"字, 点点滴滴, 滂滂沱沱, 淅淅沥沥, 一切云情雨意, 就宛然其中了。 视觉上的这种美感, 岂是什么rain也好pluie也好所能满足? 翻开一部《辞源》或《辞海》, 金木水火土, 各成世界, 而一入"雨"部, 古神州的天颜千变万化, 便悉在望中, 美丽的霜雪云霞, 骇人的雷电霹雹, 展露的无非是神的好脾气与坏脾气, 气象台百读不厌门外汉百思不解的百科全书。

听听, 那冷雨。 看看, 那冷雨。 嗅嗅闻闻, 那冷雨。 舔舔吧, 那冷雨。 雨在他的伞上, 这城市百万人的伞上, 雨衣上, 屋上, 天线上。 雨下在基隆港, 在防波堤, 在海峡的船上, 清明这季雨。 雨是女性, 应该最富于感性。 雨气空蒙而迷幻, 细细嗅嗅, 清清爽爽新新, 有一点点薄荷的香味。 浓的时候, 竟发出草和树林沐浴之后特有的淡淡土腥气, 也许那竟是蚯蚓和蜗牛的腥气吧, 毕竟是惊蛰了啊。 也许地上的地下的生命, 也许古中国层层叠叠的记忆皆蠢蠢而蠕, 也许是植物的潜意识和梦吧, 那腥气。

第三次去美国, 在高高的丹佛山居住了两年。 美国的西部, 多山多沙漠, 千里干旱。 天, 蓝似安格罗萨克逊人的眼睛; 地, 红如印第安人的肌肤; 云, 却是罕见的白鸟。 落基山簇簇耀目的雪峰上, 很少飘云牵雾。 一来高, 二来干, 三来森林线以上, 杉柏也止步, 中国诗词里"荡胸生层云", 或是"商略黄昏雨"的意趣, 是落基山上难睹的景象。 落基山岭之胜, 在石, 在雪。 那些奇岩怪石, 相叠互倚, 砌一场惊心动魄的雕塑展览, 给太阳和千里的风看。 那雪, 白得虚虚幻幻, 冷得清清醒醒, 那股皑皑不绝一仰难尽的气势, 压得人呼吸困难, 心寒眸酸。 不过要领略"白云回望合, 青霭入看无"的境界, 仍须回中国。 台湾湿度很高, 最富云气氤氲雨意迷离的情调。 两度夜宿溪头, 树香沁鼻, 宵寒袭肘，枕着润碧湿翠苍苍交叠的山影和万籁都歇的岑寂，仙人一样睡去。山中一夜饱雨，次晨醒来，在旭日未升的原始幽静中，冲着隔夜的寒气，踏着满地的断柯折枝和仍在流泻的细股雨水，一径探入森林的秘密，曲曲弯弯，步上山去。溪头的山，树密雾浓，蓊郁的水气从谷底冉冉升起，时稠时稀，蒸腾多姿，幻化无定，只能从雾破云开的空处，窥见乍现即隐的一峰半壑，要纵览全貌，几乎是不可能的。至少入山两次，只能在白茫茫里和溪头诸峰玩捉迷藏的游戏。回到台北，世人问起，除了笑而不答心自闲，故作神秘之外，实际的印象，也无非山在虚无之间罢了。云缭烟绕，山隐水迢的中国风景，由来予人宋画的韵味。那天下也许是赵家的天下，那山水却是米家的山水。而究竟，是米氏父子下笔像中国的山水，还是中国的山水上纸像宋画，恐怕是谁也说不清楚了吧？

雨不但可嗅，可观，更可听。听听那冷雨。听雨，只要不是石破天惊的台风暴雨，在听觉上总是一种美感。大陆上的秋天，无论是疏雨滴梧桐，或是骤雨打荷叶，听去总有一点凄凉，凄清，凄楚。于今在岛上回味，则在凄楚之外，再笼上一层凄迷了，饶你多少豪情侠气，怕也经不起三番五次的风吹雨打。一打少年听雨，红烛昏沉。二打中年听雨，客舟中，江阔云低。三打白头听雨在僧庐下。这便是亡宋之痛，一颗敏感心灵的一生：楼上，江上，庙里，用冷冷的雨珠子串成。十年前，他曾在一场摧心折骨的鬼雨中迷失了自己。雨，该是一滴湿漓漓的灵魂，在窗外喊谁。

雨打在树上和瓦上，韵律都清脆可听。尤其是铿铿敲在屋瓦上，那古老的音乐，属于中国。王禹偁在黄冈，破如椽的大竹为屋瓦。据说住在竹楼上面，急雨声如瀑布，密雪声比碎玉。而无论鼓琴，咏诗，下棋，投壶，共鸣的效果都特别好。这样岂不像住在竹和筒里面，任何细脆的声响，怕都会加倍夸大，反而令人耳朵过敏吧。

雨天的屋瓦，浮漾湿湿的流光，灰而温柔，迎光则微明，背光则幽黯，对于视觉，是一种低沉的安慰。至于雨敲在鳞鳞千瓣的瓦上，由远而近，轻轻重重轻轻，夹着一股股的细流沿瓦槽与屋檐潺潺泻下，各种敲击音与滑音密织成网，谁的千指百指在按摩耳轮。"下雨了"，温柔的灰美人来了，她冰冰的纤手在屋顶拂弄着无数的黑键啊灰键，把晌午一下子奏成了黄昏。

在古老的大陆上，千屋万户是如此。二十多年前，初来这岛上，日式的瓦屋亦是如此。先是天黯了下来，城市像罩在一块巨幅的毛玻璃里，阴影在户内延长复加深。然后凉凉的水意弥漫在空间，风自每一个角落里旋起，感觉得到，每一个屋顶上呼吸沉重都覆着灰云。雨来了，最轻的敲打乐敲打这城市。苍茫的屋顶，远远近近，一张张敲过去，古老的琴，那细细密密的节奏，单调里自有一种柔婉与亲切，滴滴点点滴滴，似幻似真，若孩时在摇篮里，一曲耳熟的童谣摇摇欲睡，母亲吟哦鼻音与喉音。或是在江南的泽国水乡，一大筐绿油油的桑叶被啮于千百头蚕，细细琐琐屑屑，口器与口器咀咀嚼嚼。雨来了，雨来的时候瓦这么说，一片瓦说，千亿片瓦说，说轻轻地奏吧沉沉地弹，徐徐地叩吧挞挞地打，间间歇歇敲一个雨季，即兴演奏从惊蛰到清明，在零落的坟上冷冷奏挽歌，一片瓦吟千亿片瓦吟。

在旧式的古屋里听雨，听四月霏霏不绝的黄梅雨，朝夕不断，旬月绵延，湿黏黏的苔藓从石阶下一直侵到舌底，心底。到七月，听台风台雨在古屋顶上一夜盲奏，千层海底的热浪沸沸被狂风挟来，掀翻整个太平洋只为向他的矮屋檐重重压下，整个海在他的蜗壳上哗哗泻过。不然便是雷雨夜，白烟一般的纱帐里听羯鼓一通又一通，滔天的暴雨滂滂沛沛扑来，强劲的电琵琶忐忑忐忑忐忑，弹动屋瓦的惊悸腾腾欲掀起。不然便是斜斜的西北雨斜斜刷在窗玻璃上，鞭在墙上打在阔大的芭蕉叶上，一阵寒潮泻过，秋意便弥漫日式的庭院了。

在日式的古屋里听雨，春雨绵绵听到秋雨潇潇，从少年听到中年，听听那冷雨。雨是一种单调而耐听的音乐是室内乐是室外乐，户内听听，户外听听，冷冷，那音乐。雨是一种回忆的音乐，听听那冷雨，回忆江南的雨下得满地是江湖下在桥上和船上，也下在四川的秧田和蛙塘，下肥了嘉陵江下湿布谷咕咕的啼声。雨是潮潮润润的音乐下在渴望的唇上，舐舐那冷雨。

因为雨是最最原始的敲打乐从记忆的彼端敲起。瓦是最最低沉的乐器灰蒙蒙的温柔覆盖着听雨的人，瓦是音乐的雨伞撑起。但不久公寓的时代来临，台北你怎么一下子长高了。瓦的音乐竟成了绝响。千片万片的瓦翻翻，美丽的灰蝴蝶纷纷飞走，飞入历史的记忆。现在雨下下来，下在水泥的屋顶和墙上，没有音韵的雨季。树也砍光了，那月桂，那枫树，柳树和擎天的巨椰，雨来的时候不再有丛叶嘈嘈切切，闪动湿湿的绿光迎接。鸟声减了啾啾，蛙声沉了咯咯，秋天的虫吟也减了唧唧。七十年代的台北不需要这些，一个乐队接一个乐队便遣散尽了。要听鸡叫，只有去《诗经》的韵里寻找。现在只剩下一张黑白片，黑白的默片。

正如马车的时代去后，三轮车的时代也去了。曾经在雨夜，三轮车的油布篷挂起，送她回家的途中，篷里的世界小得多可爱，而且躲在警察的辖区以外。雨衣的口袋越大越好，盛得下他的一只手里握一只纤纤的手。台湾的雨季这么长，该有人发明一种宽宽的双人雨衣，一人分穿一只袖子，此外的部分就不必分得太苛。而无论工业如何发达，一时似乎还废不了雨伞。只要雨不倾盆，风不横吹，撑一把伞在雨中仍不失古典的韵味。任雨点敲在黑布伞或是透明的塑胶伞上，将骨柄一旋，雨珠向四方喷溅，伞缘便旋成了一圈飞檐。跟女友共一把雨伞，该是一种美丽的合作吧。最好是初恋，有点兴奋，更有点不好意思，若即若离之间，雨不妨下大一点。真正初恋，恐怕是兴奋得不需要伞的，手牵手在雨中狂奔而去，把年轻的长发和肌肤交给漫天的淋淋漓漓，然后向对方的唇上颊上尝凉凉甜甜的雨水。不过那要非常年轻且激情，同时，也只能发生在法国的新潮片里吧。

大多数的雨伞想不会为约会张开。上班下班，上学放学，菜市来回的途中。现实的伞，灰色的星期三。握着雨伞，他听那冷雨打在伞上。索性更冷一些就好了，他想。索性把湿湿的灰雨冻成干干爽爽的白雨，六角形的结晶体在无风的空中回回旋旋地降下来，等须眉和肩头白尽时，伸手一拂就落了。二十五年，没有受故乡白雨的祝福，或许头发上下一点白霜是一种变相的自我补偿吧。一位英雄，经得起多少次雨季？他的额头是水成岩削成还是火成岩？他的心底究竟有多厚的苔藓？厦门街的雨巷走了二十年与记忆等长，一座无瓦的公寓在巷底等他，一盏灯在楼上的雨窗子里，等他回去，向晚餐后的沉思冥想去整理青苔深深的记忆。

前尘隔海，古屋不再。听听那冷雨。

我的四个假想敌

二女幼姗在港参加侨生联考，以第一志愿分发台大外文系。听到这消息，我松了一口气，从此不必担心四个女儿统统嫁给广东男孩了。

我对广东男孩当然并无偏见，在港六年，我班上也有好些可爱的广东少年，颇讨老师的欢心，但是要我把四个女儿全都让那些"靓仔"、"叻仔"掳掠了去，却舍不得。不过，女儿要嫁谁，说得洒脱些，是她们的自由意志，说得玄妙些呢，是因缘，做父亲的又何必患得患失呢？何况在这些事上，做母亲的往往位居要冲，自然而然成了女儿的亲密顾问，甚至亲密战友，作战的对象不是男友，却是父亲。等到做父亲的惊醒过来，早已腹背受敌，难挽大势了。

在父亲的眼里，女儿最可爱的时候是在十岁以前，因为那时她完全属于自己。在男友的眼里，她最可爱的时候却在十七岁以后，因为这时她正像毕业班的学生，已经一心向外了。父亲和男友，先天上就有矛盾。对父亲来说，世界上没有东西比稚龄的女儿更完美的了，唯一的缺点就是会长大，除非你用急冻术把她久藏，不过这恐怕是违法的，而且她的男友迟早会骑了骏马或摩托车来，把她吻醒。

我未用太空舱的冻眠术，一任时光催迫，日月轮转，再揉眼时，怎么四个女儿都已依次长大，昔日的童话之门砰地一关，再也回不去了。四个女儿，依次是珊珊、幼珊、佩珊、季珊。简直可以排成一条珊瑚礁。珊珊十二岁的那年，有一次，未满九岁的佩珊忽然对来访的客人说："喂，告诉你，我姐姐是一个少女了！"在座的大人全笑了起来。

曾几何时，惹笑的佩珊自己，甚至最幼稚的季珊，也都在时光的魔杖下，点化成"少女"了，冥冥之中，有四个"少男"正偷偷袭来，虽然蹑手蹑足，屏声止息，我却感到背后有四双眼睛，像所有的坏男孩那样，目光灼灼，心存不轨，只等时机一到，便会站到亮处，装出伪善的笑容，叫我岳父。我当然不会应他。哪有这么容易的事！我像一棵果树，天长地久在这里立了多年，风霜雨露，样样有份，换来果实累累，不胜负荷。而你，偶尔过路的小子，竟然一伸手就来摘果子，活该蟠地的树根绊你一跤！

而最可恼的，却是树上的果子，竟有自动落入行人手中的样子。树怪行人不该擅自来摘果子，行人却说是果子刚好掉下来，给他接着罢了。这种事，总是里应外合才成功的。当初我自己结婚，不也是有一位少女开门揖盗吗？"堡垒最容易从内部攻破"，说得真是不错。不过彼一时也，此一时也。同一个人，过街时讨厌汽车，开车时却讨厌行人。现在是轮到我来开车。

好多年来，我已经习惯于和五个女人为伍，浴室里弥漫着香皂和香水气味，沙发上散置皮包和发卷，餐桌上没有人和我争酒，都是天经地义的事。戏称吾庐为"女生宿舍"，也已经很久了。做了"女生宿舍"的舍监，自然不欢迎陌生的男客，尤其是别有用心的一类。但是自己辖下的女生，尤其是前面的三位，已经有"不稳"的现象，却令我想起叶慈的一句诗：

一切已崩溃，失去重心。

我的四个假想敌，不论是高是矮，是胖是瘦，是学医还是学文，迟早会从我疑惧的迷雾里显出原形，——走上前来，或迂回曲折，嗫嚅其词，或开门见山，大言不惭，总之要把他的情人，也就是我的女儿，对不起，从此领去。无形的敌人最可怕，何况我在亮处，他在暗里，又有我家的"内奸"接应，真是防不胜防。只怪当初没有把四个女儿及时冷藏，使时间不能拐骗，社会也无由污染。现在她们都已大了，回不了头，我那四个假想敌，那四个鬼鬼祟祟的地下工作者，也都已羽毛丰满，什么力量都阻止不了他们了。先下手为强，这件事，该乘那四个假想敌还在襁褓的时候，就予以解决的。至少美国诗人纳许（Ogden Nash，1902—1971）劝我们如此。他在一首妙诗《由女婴之父来唱的歌》（Song to Be Sung by the Father of Infant Female Children）之中，说他生了女儿吉尔之后，惴惴不安，感到不知什么地方正有个男婴也在长大，现在虽然还浑浑噩噩，口吐白沫，却注定将来会抢走他的吉尔。于是做父亲的每次在公园里看见婴儿车中的男婴，都不由神色一变，暗暗想："会不会是这家伙？"想着想着，他"杀机陡萌"，便要解开那男婴身上的别针，朝他的爽身粉里撒胡椒粉，把盐撒进他的奶瓶，把沙撒进他的菠菜汁，再扔头优游的鳄鱼到他的婴儿车里陪他游戏，逼他在水深火热之中挣扎而去，去娶别人的女儿。足见诗人以未来的女婿为假想敌，早已有了前例。

不过一切都太迟了，当初没有当机立断，采取非常措施，像纳许诗中所说的那样，真是一大失策。如今的局面，套一句史书上常见的话，已经是"寇入深矣！"女儿的墙上和书桌的玻璃垫下，以前的海报和剪报之类，还是披头，拜丝，大卫·凯西弟的形象，现在纷纷都换上男友了。至少，滩头阵地已经被入侵的军队占领了去，这一仗是必败的了。记得我们小时，这一类的照片仍被列为机密要件，不是藏在枕头套里，贴着梦境，便是夹在书堆深处，偶尔翻出来神往一番，哪有这么二十四小时眼前供奉的？

这一批形迹可疑的假想敌，究竟是哪年哪月开始入侵厦门街余宅的，已经不可考了。只记得六年前迁港之后，攻城的军事便换了一批口操粤语的少年来接手。至于交战的细节，就得问名义上是守城的那几个女将，我这位"昏君"是再也搞不清的了。只知道敌方的炮火，起先是描准我家的信箱，那些歪歪斜斜的笔迹，久了也能猜个七分；继而是集中在我家的电话，"落弹点"就在我书桌的背后，我的文苑就是他们的沙场，一夜之间，总有十几次脑震荡。那些粤音平上去入，有九声之多，也令我难以研判敌情。现在我带幼珊回了厦门街，那头的广东部队轮到我太太去抵挡，我在这头，只要留意台湾健儿，任务就轻松多了。

信箱被袭，只如战争的默片，还不打紧。其实我宁可多情的少年勤写情书，那样至少可以练习作文，不致在视听教育的时代荒废了中文。可怕的还是电话中弹，那一串串警告的铃声，把战场从门外的信箱扩至书房的腹地，默片变成了身历声，假想敌在实弹射击了。更可怕的，却是假想敌真的闯进了城来，成了有血有肉的真敌人，不再是假想了好玩的了，就像军事演习到中途，忽然真的打起来了一样。真敌人是看得出来的。在某一女儿的接应之下，他占领了沙发的一角，从此两人呢喃细语，嗫嚅密谈，即使脉脉相对的时候，那气氛也浓得化不开，窒得全家人都透不过气来。这时几个姐妹早已回避得远远的了，任谁都看得出情况有异。万一敌人留下来吃饭，那空气就更为紧张，好像摆好姿势，面对照相机一般。平时鸭塘一般的餐桌，四姐妹这时像在演哑剧，连筷子和调羹都似乎得到了消息，忽然小心翼翼起来。明知这僭越的小子未必就是真命女婿，（谁晓得宝贝女儿现在是十八变中的第几变呢？）心里却不由自主升起一股淡淡的敌意。也明知女儿正如将熟之瓜，终有一天会蒂落而去，却希望不是随眼前这自负的小子。

当然，四个女儿也自有不乖的时候，在恼怒的心情下，我就恨不得四个假想敌赶快出现，把她们统统带走。但是那一天真要来到时，我一定又会懊悔不已。我能够想象，人生的两大寂寞，一是退休之日，一是最小的孩子终于也结婚之后。宋淇有一天对我说："真羡慕你的女儿全在身边！"真的吗？至少目前我并不觉得，自己有什么可羡之处。也许真要等到最小的季珊也跟着假想敌度蜜月去了，才会和我存并坐在空空的长沙发上，翻阅她们小时的相簿，追忆从前，六人一车长途壮游的盛况，或是晚餐桌上，热气蒸腾，大家共享的灿烂灯光。人生有许多事情，正如船后的波纹，总要过后才觉得美的。这么一想，又希望那四个假想敌，那四个生手笨脚的小伙子，还是多吃几口闭门羹，慢一点出现吧。

袁枚写诗，把女儿说成"情疑中副车"，这书袋掉得很有意思，却也留露了重男轻女的封建意识。照袁枚的说法，我是连中了四次副车，命中率够高的了。余宅的四个小女孩现在变成了四个小妇人，在假想敌环伺之下，若问我择婿有何条件，一时倒恐怕答不上来。沉吟半晌，我也许会说："这件事情，上有月下老人的婚姻谱，谁也不能篡改，包括韦固。下有两个海誓山盟的情人，'二人同心，其利断金'，我凭什么要逆天拂人，梗在中间？何况终身大事，神秘莫测，事先无法推理，事后不能悔棋，就算交给二十一世纪的电脑，恐怕也算不出什么或然率来。倒不如故示慷慨，伪作轻松，博一个开明父亲的美名，到时候带颗私章，去做主婚人就是了。"

问的人笑了起来，指着我说："什么叫做'伪作轻松'？可见你心里并不轻松。"

我当然不很轻松，否则就不是她们的父亲了。例如人种的问题，就很令人烦恼。万一女儿发痴，爱上一个耸肩摊手口香糖嚼个不停的小怪人，该怎么办呢？在理性上，我愿意"有婿无类"，做一个大大方方的世界公民。但是在感情上，还没有大方到让一个臂毛如猿的小伙子把我的女儿抱过门槛。现在当然不再是"严夷夏之防"的时代，但是一任单纯的家庭扩充成一个小型的联合国，也大可不必。问的人又笑了，问我可曾听说混血儿的聪明超乎常人。我说："听过，但是我不稀罕抱一个天才的'混血孙'。我不要一个天才儿童叫我Grandpa，我要他叫我外公。"问的人不肯罢休："那么省籍呢？"

"省籍无所谓，"我说，"我就是苏闽联姻的结果，还不坏吧？当初我母亲从福建写信回武进，说当地有人向她求婚。娘家大惊小怪，说'那么远！怎么就嫁给南蛮！'后来娘家发现，除了言语不通之外，这位闽南姑爷并无可疑之处。这几年，广东男孩锲而不舍，对我家的压力很大，有一天闽粤结成了秦晋，我也不会感到意外。如果有个台湾少年特别巴结我，其志又不在跟我谈文论诗，我也不会怎么为难他的。至于其他各省，从黑龙江直到云南，口操各种方言的少年，只要我女儿不嫌他，我自然也欢迎。"

"那么学识呢？"

"学什么都可以。也不一定要是学者，学者往往不是好女婿，更不是好丈夫。只有一点：中文必须精通。中文不通，将祸延我孙！"

客又笑了。"相貌重不重要？"他再问。

"你真是迂阔之至！"这次轮到我发笑了，"这种事，我女儿自己会注意，怎么会要我来操心？"

笨客还想问下去，忽然门铃响起。我起身去开大门，发现长发乱处，又一个假想敌来掠余宅。

苏 晨

苏晨（1930—），辽宁本溪人。1945 年开始发表作品。1982 年加入中国作家协会。著有散文集《拥党运动在七连》、《美帝侵华史话》、《野芳集》、《常砺集》、《小荷集》、《夹竹桃集》、《天南地北》、《串门纪事》、《访韩纪事》、《汩汩的流水》、《行行复行行》等 25 部。作品曾获全国性奖项特等奖、一等奖、金奖。

老 伴

　　年近古稀又几乎可以称作"半残废"的老作家端木蕻良，为了把他的长篇小说《曹雪芹》中卷写得更好，最近在老伴钟耀群的护持下，又艰难地专程到扬州、南京、苏州，杭州一带走了一趟。我知道他此行大有收获，这次来北京前就先给他写了封信，约他给《花城》写一篇散文。到京后第四天，我一早去看他。聊了一会儿闲篇儿，他就走进他那个"六米斋"（总共六平方米大，我给他瞎取的名）小书房，双手捧出个彩釉大陶钵来。他望望养在钵子里的几点青萍，笑着对我说："你可别小瞧这点玩意儿，还是这一次老两口下江南从徐霞客故居的水池子里捞来的。一路上可难为了钟耀群，走路要顾着它，住旅馆也得再三叮嘱服务员千万别当废物给倒掉。我要给《花城》写的散文，题目就准备叫《青萍》，从这钵子青萍写起……"和端木交谈，稍一留意就会发现，他常以一种掩饰不住的感激口气，提到他的老伴钟耀群。这倒不是因为端木越活越老来少，实在是那位贤内助在他晚年的事业中对他帮助太大了。

　　人生一世，青年时代否定了童年时代，成年时代否定了青年时代，老年时代接着又否定了成年时代，过去是"一切"的东西，在发展中终不免要转化为"无"。到了称作"古稀"的"风烛残年"，这就更是要由某个年龄阶段的"无"，向着整个生命的"无"，作最后的转化了。一个平常的人，谁若想在这个年岁使生命里仍然涌起点儿波涛，有个好老伴别提该有多重要。

　　首先得别让这支烧剩不长的蜡烛头在风雨飘摇中很快熄灭掉吧？用端木的话来说，他那老伴对他已有三次"再造之恩"。端木和钟耀群认识很早。抗日战争期间在桂林，前者是后者的热心观众，后者是前者的热心读者。那时候风华正茂的钟耀群，在《大雷雨》中演卡婕琳娜，在《陈圆圆》中演陈圆圆，在《红楼梦》中演林黛玉，端木经常是台下前排热心非常的观众。台上的钟耀群，则是不但相当热心于端木的小说，还热心演唱过端木作词的《嘉陵江上》。不过，他们的结合可是一九六〇年的事了。此时的钟耀群，已经是中国人民解放军昆明部队的陆军大尉。她在挺好记的五月五日这天在北京和端木结婚。婚后在著名的话剧《胆剑篇》里演西施。一个月的工夫倏然而过，钟耀群别下端木回了昆明。直到他们的女儿阿洪来到这个世界好长时间，端木才远道去昆明探亲。这时已是一九六二年。来到云南，端木为滇中大好河山所激越，游兴大发。游龙门也是不攀上绝顶不罢休的。可是他这时已经病了，不过自己并不知道。那天他攀上龙门就感到头昏，但是他还不大在意，又踏上征途去边疆考察。从丽江回来，他还想去西双版纳和个旧等地。谁知住进保山宾馆过了个夜，第二天一踏上汽车就半边身子不听指挥了。经驻军医院诊断，是脑血栓。钟耀群把他接到昆明军区医院，床头挂了红卡。这一次，钟耀群紧密配合着医生的治疗，足用了一年多时间，可谓费尽心机，才把端木从半瘫子"再造"成正常人，高高兴兴回到了北京。

最可怕的是"文化大革命"初期那一次。端木经过一段相当长时间的"审查"，待到被"解放"，冠心病也越来越重了，心肌梗塞，成了半死人。濒死的端木一连十天下不了床，大小便不能自理，孤零零躺在一间小屋子里。正是三伏天，从早到晚浸在淋淋汗水中，头发乱糟糟，胡子长长，嘴巴周围黏乎乎厚厚一层。十天后钟耀群带着女儿阿洪从云南赶到，端木已经浑身发出臭味。家里，生活好艰难呵！钟耀群这时已被降级作复员处理，送到昆明一家工厂当了工人。请事假到北京照顾端木，不能报销路费，也没有工资。可是钟耀群咬紧牙关，到底又把端木从阎王爷手里抢回来了。端木长期需要天天打针，她就学会了打针。需要经常监查端木的血压和心脏活动情况，她就学会了量血压、听脉音这一套。经过钟耀群的长时间顽强努力，端木终于再次被拉回到正常人或"准正常人"的堆儿里来。只是不争气的端木后来又有了第三次大发作，一天三次挂急诊。第三次"再造"端木获成功，已是"四人帮"垮台以后的事。由于端木实际上已经失去独自生活的能力，钟耀群也已经平反恢复了原来的待遇，组织上就把钟耀群调到北京市文联，分配她做了端木写《曹雪芹》的助手。从此钟耀群更百倍警惕，端木散步她必陪在一旁。端木走着走着感到不行，她便赶快在地上铺一块手绢，扶端木坐下来，等他恢复正常再继续散步。就连端木一个人在"六米斋"里坐久了没有动静，钟耀群也必间隔一定时间就会近乎本能地喊一声："端木！"听到端木的回答，她才放心……

呵，老伴呵，老伴，人在晚年生活里相依相伴的老伴！照上面说的情况看来，钟耀群可谓十分对得起老伴端木了。可是，难道光这样就够了？不。生活积累的亮光在端木的脑子里闪耀着，创作欲望的火焰在端木的胸膛里燃烧着，共产党员作家端木蕻良，相信"一个人的死，不等于他生存的结束"。他一定还要在入土前把三卷集的长篇小说《曹雪芹》写出来，留给自己的祖国和人民；接着，他还要重新续写曹雪芹的《红楼梦》后四十回呢，钟耀群这位老女兵，勇敢非常地捍卫着老伴端木，坚决不许阎王爷把他带走，也正是为的这些。

这次在端木家闲聊，我曾请端木具体讲讲老伴钟耀群在他的创作活动中都给了他怎样一些直接的帮助。端木思索了一会儿，总共谈到了六条。端木说，写《曹雪芹》，钟耀群首先是从两方面给了他信心。一方面是物质上，包括生活上的和工作上的；另一方面是精神上，即有了钟耀群在，疾病和猝死的实际威胁，在他心理上罩下的暗影便被冲淡了。钟耀群又是一位经受几十年革命锻炼的、有相当艺术修养的老演员，她自己也写过戏。演戏要说话，要用动作来体现。写小说同样应该注意这些，要使构思的人物形象动作合理，足以准确地和人物在小说中讲的话扣在一起。这样一来，钟耀群就常常从演戏的角度，从在舞台上塑造形象的角度，对端木的描写进行评论，当他的参谋，帮助他把小说中的人物动作、表情写得更准确、生动，富有立体感。

再就是端木在写作上有个习惯，他写了一定数量之后，尽管自己以为还很得意，也总要放一放，等过一些时间再拿来重读，如果能觉得像读别人的文章那样吸引人、有新鲜感，这才算定稿。现在有钟耀群在，就可以由她来做严格的第一读者，毫不容情地逐章逐节进行肯定或否定，以便端木能参照修改得更合理一些，更形象一些，更美一些。

此外，端木久病以后气不够，脑子也越来越不如从前灵敏。他在构思中有时候想不完全，表达上有时候也会词不达意，常有脑子里想到的嘴里却说不出来的情况。这时，钟耀群因为具体参加了创作的全过程，很容易理解端木的意图，往往都能及时提醒端木，或帮助他把某个词儿改得更恰当一些，这就免得端木一个人在那里越想越着急，影响写作了。

端木和钟耀群在写作上发生的分歧，有时也对端木有好处。如钟耀群是演员，演戏比较强调外露，习惯什么东西都把它摆出来。端木写小说喜欢含蓄。就像写一个字吧，钟耀群往往喜欢写成有棱有角，端木则往往喜欢写得圆润一些。于是老两口一矛盾起来，端木就常喜欢开钟耀群的玩笑："你怎么又'坦白从宽'了，干吗什么都要摆出来呢……"不过，正是相反相成，每到这时候，钟耀群主张外露的一面，常可以给端木以某些启发，使得他能写得更合理也更含蓄一些。

由于钟耀群自始至终参与了《曹雪芹》创作的全过程，她对小说里出现的庞大人群一一作了登记，也都牢牢地记住了。她在整理端木的书稿时，常会对端木提起："你怎么把这个人物写丢了？这个人前一章还有……"这时候如果真是写丢了，端木自然会把写丢了的人物请回来。如果不是那样，他就又要开钟耀群的玩笑了："那好办，你先贴一个招人启示，到时候就出来了。"于是让钟耀群先记下来，写到某处时好提醒他别忘了把这个人物请出来。

再说最后一条吧，端木在写作中经常要查阅很多资料，有的资料图书馆规定不得外借，就得把其中的一部分抄录或复印回来。端木行动不便，这得由钟耀群代劳。她对整个创作过程很了解，往往能比较准确地掌握哪些对端木是有用的，哪些抄录要点就行，哪些必须给端木复印下来。

因为终究碍着是自己的老伴，上面这些情况，端木都说得很简单。不过我从这些简单的介绍中，已看到了钟耀群美好的心灵，她是要携手帮助端木掀起他那生命最后阶段的波涛。还记得莱蒙托夫的诗歌《姆采里》的诗句么：

> 假如我能够，
> 情愿以这样的两个生命，
> 去换取一个
> 只要它充满波涛！

呵，老伴呵，老伴，在晚年生活中相依相伴的老伴们！谁也别光顾了抱怨人生的短暂，剩下来的时间确实可能不多了，可是时间的缺乏，有时也会召唤我们更加倍努力，使我们更专心致志于那些必须的东西，重大的东西，教导我们更沉着，机智，果决。这也是一种时间的辩证法呢。端木蕻良选择在老伴钟耀群五十五岁生日那天起手写《曹雪芹》，上卷出版，版权页上郑重标明了"书稿整理：钟耀群"，这也是天公地道的。无须讳言，端木正在艰难地走着他生命的最后一段路程，早晚要离开这个人世。但是他为之奋斗的事业，他的《曹雪芹》以及众多的创作将永生。老伴钟耀群在事业上坚贞赤诚地伴着端木终老，她也就在不死的事业中真正永远伴着老伴了。

（选自《野芳集》，百花文艺出版社一九八二年版）

林文月

林文月（1933—），台湾彰化人。作家、学者、翻译家。重要著作有：
散文集《京都一年》、《读中文系的人》、《遥远》、《拟古》等，传记
《谢灵运传》、《连雅堂传》以及论文集《澄辉集》、《谢灵运及其诗》、
《中古文学论丛》等，并译注日本古典文学名著《源氏物语》、《枕草
子》等。

生日礼物

——为蔚儿十六岁生日而写

　　孩子：再过几天就是你十六岁的生日了。每年你的生日，我总不忘送你一张生日贺卡和一些你喜欢的小礼物，使你在预期之中得到一份惊喜，也让我自己满足于见到你惊喜的模样。

　　可是，今年你的生日，我却觉得很难选择一样最合宜的礼物送你。回想过去十五年来，送给你的礼物有糖果、玩具、文具、运动器具等等。每年的礼物不同，正代表着你生长的过程。四年前，进入初中那一年的生日，你自动要求我不要再送玩具和文具了，因为对于玩具，你已不再好奇，而该有的文具，你已经都有，你要求我订一份《读者文摘》作为生日礼物。这是一个好主意。此后，那一份杂志便每月按时寄到。几年来，它不仅丰富了你课本以外的知识，也引发了你许多生活的情趣。去年，你顺利考入理想的高中。放榜后，你怯怯地问我可不可以增订一份《国家地理杂志》，这也是你阅读《读者文摘》得来的消息。在三年的中学生活里，你认得了一些英文，似乎又同时培养了更多的兴趣。你对于广大的世界有强烈的好奇心，对于花卉禽兽昆虫的世界也有一份关怀。这是很好的倾向，所以虽然那份杂志并不便宜，我还是欣然为你去邮局办妥了订阅的汇款手续。生日那天早晨，你在贺卡里面发现有一张邮局的收款单，那就是去年给你的生日礼物。从此，每隔两三个月，你会收到直接由美国寄来的那本印刷精美的杂志。你说："我现在的英文程度，虽然还看不懂全书的内容，但总有一天，我会看懂的。"我看见你将书柜清理出一排，小心翼翼地把那些书按期排列好。我相信你的话。

　　可是今年呢？眼看着生日快到，我还想不起该送你什么，而你也没有再暗示或要求什么。现在夜深人静，我独坐书房里，却不想继续自己的写作。我想写一封信给你，作为你十六岁的生日礼物。我想你不会认为妈妈可笑或吝啬吧？你是一个心智相当成熟的男孩子，我相信你明白这份"礼物"是我思虑再三后所决定的，虽然只是一些文字而已，却代表着妈妈满心的关怀和爱。

记得几个星期前的一个晚上，我睡不着觉，看到你房间的灯也还亮着，便敲门进去。你胸前抱着吉他，书桌上摊着许多书，蒋梦麟的《西潮》压在最上面。可是你没有弹吉他，也没有在看《西潮》打开的那一章《知识分子的觉醒》，你望着天花板在发呆。我说："睡不着，我们谈谈好吗？"你把床上的琴谱和衣物推向两边，空出一个地方让我坐。就这样子，我穿着睡衣盘腿坐在你床上，你光着膀子坐在椅上，我们母子谈了起来。话题好像是这样开始的："哪儿来的这本《西潮》？""从你书房里最高一层架子上取来的。""读了多少呢？"你举起书给我看。大约看了一半的样子。

沉默一会儿后，你突然问："妈妈，你觉得进入理工的世界再兼修人文，跟从事人文研究再兼修理工，哪一种可能性比较大？"暑假后就要升入高二，我猜你可能正面临抉择，在思考这个问题。身为研读文学的我，只得凭自己的经验据实以告。说来有些遗憾。不过，研究理工而兼及人文的可能性是比较大。因为语文的训练，在高中毕业后，应该已经有一般的基础，余下来思想和感情方面的事情，是可以自修体验得来，而表达的技巧等问题，也可以从多读勤写培养出来，至于实验演算等事情，却需要点滴的学习累积才行。

你又问我："假如我也'拒绝联考'，或考不取理想的大学，你会失望吗？"从小，你都是温顺的孩子，思想的时间多于说话的时间。可是自从去年考上高中后，你的个性有了显著的改变。你变得比较活跃，也比较喜欢发表意见，想必是受到你现在就读的高中校风影响所致吧？这个改变并不坏。说实在的，我并不喜欢"少年老成"这个词儿，我喜欢少年人像个少年人，有梦，有理想，精力旺盛，而又充满好奇，有一些些多愁善感，甚至也不妨有些狂妄或荒唐的想法。所以你这个问题没有吓倒我。我告诉你，读书不是人生唯一的目标，虽然读书的好处很多。我从来没有把你看成是我的私产，或以你的光荣为我的光荣。而所谓"理想的大学"，也很难有一个客观的说法。不过，话虽如此，我也并不喜欢你为拒考而拒考。如果你不想再读书，应该有一个很好的理由，或更好的目标才是。我所期望于你的，毋宁是愿意看到你能借这个事实来证明：你可以认真而尽力地面对一件事，成败是另一回事。因为在人的一生之中，有许多大大小小的考验，是我们无法，或不宜逃避的，是需要我们全力以赴的。在我看来，考大学，和其他许多事情，都只是在考验和证明一个人能不能无所畏惧而负责地面对一件事而已。

许是我这一番诚恳的答复得到你的信服吧，你的话匣子一经打开，竟不可收拾。你滔滔不绝地谈论你的感想。

时间已是午夜以后，家人都沉睡，屋里屋外十分安静。静静听你的话，偶尔参加一些意见。在灯光下，我看到你不脱稚气的脸上长了不少青春痘。孩子，你竟在不知不觉之间，真的成长了好多啊。

后来，我们两个人都渴了，甚至也有些饿了，便下楼去翻找食物。你倒了两杯蜂蜜加冰水，又找到了一些菠萝面包。我们的话题也就无所不包，而且变得更为细腻。我们谈到爱的问题。你问："别人都说爱是给予，不是接受。这话对吗？"不是我要故意唱反调，只是我越来越不同意从前认为理所当然人云亦云的说法。大人也还是在不停成长的。你相信吗？譬如说，对于这个问题，我现在觉得，一个人要能坦然接受别人的关爱，也不是很容易的事情；给予和接受，同样都是需要宽大的胸襟的。"如果你爱我，难道你不希望我平静而坦然地接受你的爱吗？"对于我的反问，你点头表示同意。我为你勾勒出"母亲"的另一幅肖像。不是白发辛劳的母亲，不是倚门望子的母亲，却是与子女说笑满足而快乐的母亲。而这个道理，应该也可以用来解释我们生活周遭的其他人际关系。例如朋友、情侣或夫妻。这个世界，因为你能关爱别人，也能接受别人的关爱而变得更温馨美丽且丰富。不是吗？

我们谈话的兴致仍然浓厚，但夜已深沉，而彼此也都有些疲倦和睡意了，就上楼睡觉。

跟我道过晚安后，你又探头问："这个暑假，我想读《唐诗三百首》好不好？"我打着哈欠说："当然好啊，但是千万别存心读完。""哦？""因为那样子会把兴致变成了负担。"我们如此结束那晚的谈话。

也许你会奇怪，我为什么要追叙那一晚的谈话呢？

因为我珍惜这个记忆。在这个社会里，人们都太忙碌，以至于往往没有时间好好坐下来谈话，即使母子有时也不例外。而且，有时候要一本正经坐下来谈话，也未必会有很好的话题不断地涌现。那一晚，真是很自然，又很奇妙，使我了解你不少，恐怕你也听到了平时我难以对你说的一些话语吧。所以我要把它记下来送给你。

孩子：是怎么样的缘分使我做了你的母亲，使你成为我的儿子啊！其实，过去的日子里，我们并不全都充满爱与欢笑，也曾经有过忧愁与眼泪的时候。可是，我一直试图做一个好母亲，我知道你也一直想做一个好孩子。虽然我们都有过做错事的经验。我坦白承认我也犯过错（譬如我曾经不给你解释的机会便责备你）。然而，终究我们还算是很不错的母子，不是吗？就像前不久你在一封道歉的信末对我说的："我们仍然是天底下最好的母子。"

是的，虽然我们都不是圣贤，而只是最平凡的人，但我们都希望永远是天底下最好的母子。我要帮助你做一个天底下最好的儿子，但我也需要你的帮助，让我做天底下最好的母亲。在你十六岁的生日，今天，我许下这个诺言。祝你生日快乐。

王　蒙

王蒙（1934—），河北南皮人。当代作家、学者。1953 年开始创作并发表作品，其代表作有长篇小说《青春万岁》、《青狐》等，中短篇小说集《深的湖》、《王蒙中篇小说选》、《春堤六桥》等，散文随笔集《德美两国纪行》、《行板如歌》等，诗集《旋转的秋千》。作品被译成英、法、德、意、日、俄等二十多种文字，在国外出版发行。

故乡行

——重访巴彦岱

我又来到了这块土地上。这块我生活过、用汗水浇灌过六七年的土地上。这块在我孤独的时候给我以温暖，迷茫的时候给我以依靠，苦恼的时候给我以希望，急躁的时候给我以慰安，并且给我以新的经验、新的乐趣、新的知识、新的更加朴素与更加健康的态度与观念的土地上。

高高的青杨树啊，你就是我们在一九六八年的时候栽下的小树苗吗？那时候你幼小、歪斜，长着孤零零的几片叶子，牛羊驴马、大车高轮，时时在威胁着你的生存。你今天已经是参天的了，你们一个紧靠着一个，从高处俯瞰着道路和田地，俯瞰着保护过你们、哺育过你们、至今仍在辛勤地管理着你们的矮小的人们。你知道谁是当年那年老的护林员？你知道谁将是你们的精明强悍的新主人？你可知道今天夜晚，有一个戴眼镜的巴彦岱——北京人万里迢迢回到你的身边，向你问好，与你谈心？

赫里其汗老妈妈，今夜您可飘然来到这里，在这高高的青杨树边逶巡？您是一九七九年十月六日去世的，那时候我正住在北京的一个嘈杂的小招待所里奋笔疾书，倾吐我重新拿起笔来的欢欣，我不知道您病故的凶讯。原谅我，阿帕，我没有能送您，没有能参加您的葬礼，您的乃孜尔。那六年里，我差不多每天都喝着您亲手做的奶茶。茶水在搪瓷壶里沸腾，您坐在灶前与我笑语。茶水兑在搪瓷锅里，您抓起一把盐放在一个整葫芦所做的瓢里，把瓢伸在锅里一转悠，然后把一碗加工过的浓缩的牛奶和奶皮子倒到锅里，然后用葫芦瓢舀出一点茶水把牛奶碗一涮，最后再在锅里一搅。您的奶茶做好了，第一碗总是端在我的面前，有时候，您还会用生硬的汉语说："老王，泡！"我便兴致勃勃地把大馕或者小馕，把带着金黄的南瓜丝的包谷馕掰成小小的碎块，泡在奶茶里。最初，我不太习惯这种我以为是幼儿园里所采用的掰碎食物泡着吃的方法，是您慢慢把我教会。看到我吃得很地道，而且从来不浪费一粒馕渣儿的时候，您是多么满意地笑起来了啊！如今，这一切还都历历在目呢。可您在哪里，您在哪里呢？青杨树叶的喧哗声啊，让我细细地听一听，那里边就没有阿帕呼唤她的"老王"的声音吗？

笔直的道路和水渠，整齐的成块的新居民点，有条有理，方便漂亮。六十年代中期自治区党委提出的好条田、好林带、好道路、好渠道、好居民点的"五好"的要求，关于建设社会主义新农村的号召，如今在巴彦岱不是已经实现了吗？根据规划建设的要求，我和阿卜都热合曼老爹、赫里其汗老妈妈住过的小小的土房子已经拆掉了，现在是居民区的一条通道。当年，我曾住在他们的一间放东西的不到六平方米大的小库房里，墙上挂着一个面箩，九把扫帚和一张没有鞣过的小牛皮。最初我来到这个语言不通的地方，陪伴我的只有梁上的两只燕子。我亲眼看见燕子做窝，孵卵，和后来它们怎样勤劳地哺喂着那些唧唧喳喳的小燕子。在小燕子学会飞翔的时候，我也已经向维吾尔农民的男女老少（包括四五岁的孩子）学了不少的维吾尔语了。我们愈来愈熟悉、亲热了，同时，按照您们的古老而优美的说法，你们从燕子在我住下的小屋里筑巢这一点上，判定我是一个心地善良的人。于是，您们建议我搬到正屋里，和你们住在一起。我欣然接受了。从此，我们一起相聚许多年，我们的情感胜过了亲生父子。亲爱的燕子们哪，你们的后代可都平安？你们的子孙可仍在伊犁河谷的心地善良的农民家里筑巢繁育？当曙色怡人的时候，你们可到这青杨树上款款飞翔？

阿卜都热合曼老爹啊，我们又重逢了。在那些年，我把我的遭遇告诉了您。您那天沉默了许久，您思索着，思索着，然后，您断然说："老王，不会老是这样子的，请想一想，一个国家，怎么能够没有诗人呢？没有诗人，一个国家还能算是一个国家吗？元首、官员、诗人，这是任何一个国家都不能或缺的。老王，放心吧，政策不会老是这个样子的。"您没有文化，您不会写自己的名字，您不懂汉语，没有看过任何书，然而，您是坚定的。您用您自己的语言，表达了您的信心，对于常识，对于真理，对于客观规律总比任何人的个人意志为强的信心。如今，您的信心应验了：诗人、作家在我们的国家，受到了应有的关心和爱护。排斥诗人，废黜诗人的年代终于一去不复返，而您，也已经老迈了……

还有二大队的支部书记阿西穆·玉素甫。一九七一年，我离开巴彦岱前去乌鲁木齐"听候安排"的前夕，阿西穆同志对我说："不要有什么顾虑，放心大胆地去吧！如果他们（指当时乌鲁木齐的有关部门）不需要你，我们需要你。如果他们不了解你，我们了解你。你随时可以带着全家回来，你需要户口准迁证，我这里时刻为你准备着。你需要房屋，我们可以立刻划出九分地，打好墙基。一切困难，我们解决。"这真是披肝沥胆，推心置腹！巴彦岱的父老兄弟呀，在我最困难的时候，你们给过我怎样巨大的支持和鼓励！古人说，"人生得一知己足矣"，而在巴彦岱，成百上千的贫下中农都是我的知己！在最困难的时候，最混乱的时候，我的心仍然是踏实的，我仍然比较乐观，我没有丧失生活的热情和勇气。至今有人称道我四十七八岁了还基本上没有白发，说我身体好。其实，我的青少年时期身体状况很糟糕的，为什么经过了那么多动乱和考验以后，我反倒更结实也更精神了呢？那是因为你，你们——阿卜都热合曼、依斯哈克、阿西穆·玉素甫、阿卜都克里木、金国柱、艾姆杜拉、满素艾山……你们支持我，帮助我，知己知心，亲如兄弟，你们给了我多少温暖和勇气！不是吗？当我来到四队庄子上，看望依斯哈克老爹的时候，他激动得哭个不停。心连心，心换心啊！此意此情，夫复何求？

慢慢地在青杨掩映的乡村大路上前行吧，每一株树，每一个院落，每一扇木门，每一缕从馕坑里冒出来的柴烟，每一声狗叫和鸡鸣都会唤起我无限的怀念。清清的小渠啊，多少次我到你这里挑水？阿帕是贫寒的，她的水桶一个大一个小，她的扁担歪歪扭扭，严格说来那根本不能叫扁担，因为它一点也不扁，而是一根拧了麻花的细棍子。那东西压在肩膀上，才叫闹鬼呢，它好像随时要翻滚，要摆脱你的手心……就是这样，我用它挑了多少水啊。而当枯水季节，或者当小渠被不讲道德的个别户污染了的时候，我就要沿着田埂向北走上三百多米，从另一处渠头挑水了。给房东大娘把水挑满，这也是党的传统，党的教育，党的胜利的源泉啊，我能够忘记吗？即使我住在冷热水龙头就在手边的地方，我能忘记这用麻花扁担挑着大小水桶走在巴彦岱的田野上的日子吗？

继续往前走，就是原来的大队部了。我不由得想起一九六五年、一九六六年，我们每天早晨天不亮就聚集在这里"天天读"的情景。我把"天天读"变成了学习维吾尔语的好机会，我认真地背诵着"老三篇"的维吾尔译文，并且背下了上百条"语录"译文。一方面做学生，一方面又担任教维吾尔新文字的"先生"，有许多个早上我在这里给大队干部教授拉丁化的维吾尔新文字。那A、B、C、D的齐声朗诵的声音，还在这里回响着吗？

当然，原来的大队部也使我想起那阴暗的日子，一阵"炮轰"以后的半瘫痪状态，"一打三反"时候的恐怖气氛……这些，已经成为往日的陈迹了。我会见了艾姆杜拉和司迪克，艾姆杜拉已经被落实了政策，担任巴彦岱中学的教员，一家十一口，也转为吃商品粮的了。"你现在和队上没有什么关系了吗？"我问。"呵，如果我给队上缴一车肥料，队上就给我一车麦草。"他笑着说。而曾被捆绑和殴打过的司迪克呢，他骄傲地把他新盖的高台阶、宽前廊的房屋指给我看，端来了自己栽植收获的葡萄、梨……劳动者的心地是最宽阔也最厚道的，我们共同引用着维吾尔族的谚语：男子汉大丈夫总要经受各式各样的磨难的。沉重的回忆就这样被欢畅的笑声冲刷过去了。

巴彦岱的农民弟兄们，你们终于安定了，轻松了，明显地富裕起来了。曾是穷苦的光棍儿，孤儿出身的阿卜都克里木啊，你现在也有三间正房，上千元的存款、自行车、手表、驴车，并且饲养着牛、鹿、驴了。你包了十一亩菜地，和你的精明的妻子一起种植管理。当年多少次我曾经睡在你的独间土房里，睡在你那个只有架子，没有床板，用向日葵秆支持着我的身躯的歪歪扭扭的床上，共同诉说着生活的艰辛和期望啊！今天，我又睡到你这间房子里来了，你用伊犁大曲、爆牛肉、炒鸡蛋和煮饺子来招待我。曾经教会我扬场，自称是我的师傅的金国柱也来了，他拿着酒杯向我祝酒说："如果不替我们说话，我们就把你拉下来！"善于经营理财的穆成昌也来了，问我："农村的政策不会变吧？"为什么要变呢？符合人民心愿的，有利于生产发展的政策，要靠我们自己来贯彻啊！巴彦岱的各个大队，正在进一步落实责任制，把责任包到每户、每个劳动力身上，大家都说，真能这样搞下去，就会搞好了。难道可以不搞好吗？我们已经付出了那么大代价，那么多时间！

中秋刚过，明月出天山，天山上的月亮才是最亮、最无尘埃的啊！但愿我们的生活，我们每个人的心像天山上的明月一样光亮饱满。月光下的新居民点，房屋和庭园，属于社员个人的房前屋后树木，堆积着饲草饲料，不时还有发出哞哞声的牛吼马嘶，显示出多少希望！过去大队干部为购买一辆货运卡车绞尽了脑汁，现在，大队已经拥有两辆这样的汽车了。过去收割的时候靠马拉机具和人工，现在主要靠康拜因了。过去轧场的时候靠马拉石磙子，现在主要靠手扶拖拉机了。过去粮食加工靠水磨，现在在拥有更大的水磨的同时，电磨已经占据重要的位置了。过去送信时骑马，现在邮递员都备有崭新的挎斗摩托车了。过去谁家里有个半导体收音机就会引起轰动，现在，一些社员的家里已经有了收录两用机，有了沙发、大衣柜、五斗橱和捷克式写字台，还有的社员已经提前买下了电视机（伊犁的电视台正在建设中）。不管有多少挫折和失望，我们生活的洪流正像伊犁河水一样地滚滚向前！

我又来了。我又来到了这块美好的、边远的、亲切的和热气腾腾的土地上。愿已经与世长辞的赫里其汗妈妈、斯拉穆老爹、阿古老爹、穆萨子大哥们安息！愿年老的阿卜都热合曼老爹、马穆提和泰外阔老爹们在公社的照料下安度晚年。愿还在工作岗位上的阿西德、金国柱同志实现自己的抱负，做出成绩！愿当年的小孩子，现在的青年人能过上远胜于上一代的更加富裕更加文明的生活！巴彦岱的一切，永远装在我的心里。

是的，我没有忘记巴彦岱，而巴彦岱的乡亲们也没有忘记我，当依斯麻尔见到我的时候，他不是立刻提醒我，当年，是我给他写的结婚请帖，我帮他上的房泥，而我也立刻回忆起，那时他的夏日茶棚不是在南面而是在北面，他曾经有过一头硕大的黄毛奶牛吗？当那时的小姑娘，现在的三个孩子的母亲塔西姑丽见到我的时候，不是立刻问候我的妻子和我的孩子们吗？当吐尔迪、穆成昌……许多人见到我的时候，不是还询问我的那辆因破烂而在巴彦岱有名的自行车和黄棉衣的下落吗？他们不是绘声绘影地回忆起我在哪块地上锄草，在哪块地上收割，怎样撒粪，怎样装车吗？无怪乎曾经担任大队会计、现在担任公社财会辅导员的小阿卜都热合曼库尔班对我说："我不知道王蒙哥是不是一位作家，我只知道你是巴彦岱的一个农民。"没有比这更好的褒奖了！好好地回忆一下那青春的年华，沉重的考验，农民的情谊，父老的教诲，辛勤的汗水和养育着我的天山脚下伊犁河谷的土地吧！有生之日，一息尚存，我不能辜负你们，我不能背叛你们，不管前面还有什么样的胜利或者失败的考验，我的心是踏实的。我将带着长逝者的坟墓上的青草的气息，杨树林的挺拔的身影与多情的絮语，汽车喇叭、马脖上的铜铃、拖拉机的发动机的混合音响，带着对于维吾尔老者的银须、姑娘的耳环、葡萄架下的红毡与剖开的西瓜的鲜丽的美好的记忆，带着相逢时候欣喜与慨叹交织的泪花，分手时的真诚的祝愿与"下次再来"的保证，带着巴彦岱的盛情、慰勉和告诫，带着这知我爱我的巴彦岱的一切影形声气，这巴彦岱的心离去，不论走到天涯海角……

一九八二年一月十一日

舒 乙

舒乙（1935—），满族，北京人。我国著名文学家舒庆春（老舍）之子。毕业于苏联列宁格勒基洛夫林业技术大学。著有《老舍》、《现代文坛瑰宝》、《走进现代文学馆》、《老舍的平民生活》、《大爱无边》、《疼爱与思考———个政协委员的四次大运河考察亲历记》、《发现北京》等19部专著。

大爱无边

父亲母亲都写日记，但风格迥然不同，这和他们的性格、主张以及记述的年代都有关系。

父亲的日记越写越简单，简单到居然一日下来就剩下"理发"二字。这当然和他的情绪，和他记述的那个越来越"左"的年代有关。想想，他也真聪明，是无奈中的一点智慧吧。

母亲开始记日记很晚，现在查到的，最早也不过始自1982年。

为什么是1982年？

细细一想，颇有道理。从1978年起，她开始逐渐忙起来。这时她已经七十三岁了。找她来写字画画的人与日俱增。她好客，待人热情，而且心地善良，是个慈祥老人，招来一大帮朋友，谈天扯地，办这做那，每天都高朋满座。她有求必应，来者不拒。一来二去，便滋生了记日记的念头。头绪太多啊，必须一一记下来。

她去世之后，姐妹们在她抽屉里找到了不少她的日记，居然装了整整一手提袋，沉得很。

我断断续续地翻着看看。

母亲的日记，头一个功能是充当她的工作日志：一天画了多少画，画的是什么，给谁画的，写了多少匾，题了多少字，是中堂，是题签，是贺寿词，是挽词，写了多少诗，是七言，是五言，是词，写了多少信，写给谁，见了多少客人，都是谁，出席了多少会议，看了什么画展等等等等，非常的详尽，真忙啊。

她常常一日之内把诸多事情列成一、二、三、四、五，分头叙述，有时竟列到十以上。她可是个七十多、八十多、九十多的老妇人！

从她写到的人名看，几乎文艺界各方名流都能在日记中找到，许多人是到家里来看她，也有很多时候是向她求字求画的。难怪许多朋友手中至今还收藏着她的字画。

她的日记的另一大价值，是将她的诗作记录下来了一部分，其中不乏写得很有感情，而且颇有功底的。有一本日记中居然记录了二百零六首她的诗。

有一年，旅居台湾的老友台静农先生寄条幅赠诗给她，她有感而发，特书《怀老友》诗一首作答：

> 匆匆别去忽经年，
> 有喜重逢海角边。
> 尔我遭时同做客，
> 弟兄把臂各随缘。
> 遥瞻两岸家何远，
> 近忆陪都梦自牵。
> 世处人情各不同，
> 半窗风雨泪烛前。

母亲八十六岁那年，逢父亲九十二岁生日，她有一首诗，记在日记中，也感人泪下：

> 识苦含辛八六年，
> 此身难得一日闲，
> 齐鲁年年惊鼙鼓，
> 巴蜀夜夜对愁眠。
> 几度团圆聚又散，
> 首都重逢艳阳天，
> 伤心阴霾永隔世，
> 湖底竭时泪涟涟。

由这些诗中可以看出母亲是个感情丰富而细腻的人，她恋家，重亲情，重友情，挺过了一生的坎坷，到了晚年，追忆一生，常常感慨不已，诗句便"流"了出来，随时随地。

母亲的日记，记着记着，突然蹦出我的名字，着实让我吓一跳。我平常白天在家的时候很少，自己忙自己的，每天晚上陪她吃吃晚饭而已，交流机会实际并不多，和她接触的时间比起姐妹和妻子来要少得许多。怎么在她的日记中会有我的事呢？

当我们全家离开旧居平房，分别搬入各自的楼房宿舍时，我征求母亲的意见："您愿意和哪位儿女过呢？"她轻轻说了一句："就跟你吧。"这样，直至去世，我这一家和她又一起生活了十二年。

在这十二年的日记中，她多次记录了我的行踪，譬如："乙已去密云开会"（1990）、"早乙六时许回京，先开四天冰心学术会，带来水仙一筐，大号的头，并有大柚子一个，桂圆一大包，鱿鱼一大包，大蜜柑十个"（1990）、"小雨，乙参观潭柘寺、戒台寺等处"（1992）、"乙在国子监讲演"（1992）、"乙照了许多四川、山东照片，但旧房全拆，抗战痕迹皆无，留大人物故居不多，北碚故居匾仍挂着，但没有前门"（1993），等等。

儿子每次远游，老人总是牵挂着。儿子回来了，老人放心了，跟着记述一些见闻。

这是我没有想到的。

平平常常的事，但此时此刻，翻阅着她的记录，心里便不再平静。

小时候，在重庆北碚，看见过一大群小雏鸡，当天上有老鹰飞来的时候，怎样钻到母鸡的翅膀底下躲起来，当时便觉得鸡妈妈真好，它的翼下毛茸茸的，肯定又软又暖，非常安全，完全可以无忧无虑。

同样是小时候，时常看见猫妈妈怎样叼着刚生下不久的小猫到处转移。猫妈妈担心小孩子们看了它的小宝宝，无密可保了，危险了，便精心地寻找一个隐蔽的地方，换一个窝，让小孩子们再也看不见摸不着。猫妈妈需要保证小宝宝的绝对安全，虽然叼着小猫走来走去的样子令人看着揪心和可怕。

不知怎么搞的，看了母亲的日记，突然想起了鸡妈妈和猫妈妈，仿佛自己成了那些小雏鸡和睁不开眼的小猫咪。

或许，在母亲的眼里，孩子永远是孩子，长不大，别管事实上他已经是五十多岁还是六十多岁。孩子自己倒不察觉，可是母亲老偷偷地惦记着你，不管你走到哪儿，她的心便跟你走到哪儿。不信，有她的日记为证。

天下的母爱就是这么一点一点积攒起来的。

我终于明白：所谓一点一滴的母爱，实际上就是一次次的揪心，一次次的惦记，或者一次次的不安。无数次的揪心、惦记和不安便汇成了两个伟大的字眼——母爱。

母爱永远是无声的，没有任何宣言，默默的，心甘情愿的，甚至让人不能察觉的，悄悄的，因为母爱根本不要回报，永远是单向的。

我在母亲日记里就读到一些微小而细碎的事，是她主动为我做的，或者是她特意记下来的，譬如1992年9月24日她写道："为乙去浇花。"在此之前，8月16日，我过生日，她找出一张"文革"时她画的画，写道："乙生日找出《猪圈多产丰收》祝寿"（我属猪）。在这之后，同年12月13日日记里有这么一段："中午乙做头天剩的青菜，做面条，泡羊肉。"

这样的记载，令我不光感动，简直有些吃惊了。

我发现她还有这样的记载，如1993年1月17日："舒乙越来越主观。"1993年5月1日："得知乙心脏忽然不适，劝其戒酒少紧张。"

在家里，我说话常常也不把门，有话直说，不会拐弯，对老人也间或有顶撞，无意中伤了她的心，她宁肯默默地写在日记中，少少的七个字，却也并不渲染。

这就是母亲的涵养和作风，对她来说，也许是最自然不过的事了，孩子永远是孩子。

回想刚到四川的时候，我只有八岁，上小学三年级，因水土不服，得了一身叫"天疱疮"的水疱，流脓不止，好了这处，又长那处，身上几乎没一处好地方，十分痛苦。母亲天天带我去转移至北碚的江苏医学院附属医院里换药，那里有一位叫刘燕公的外科大夫，医术很高明，给父亲割过盲肠。久治不愈，最后，刘大夫建议，说刚由国外传来一种疗法，由亲人身上抽血，再注射给患病者，增加病人身体的免疫力，或许能有救。母亲自告奋勇，说就抽她的血吧。可是，等往我身上注射的时候，因我的小胳膊太细，找血管困难，弄了半天也打不进去。我大哭不止。母亲自己竟难过得落下泪来。

她落泪的样子，我至今还记得。

我仿佛找到了母亲日记的源头：大爱无边。

白先勇

白先勇（1937—），生于广西桂林。台湾当代著名作家。出版有短篇小说集《寂寞的十七岁》、《台北人》、《纽约客》，散文集《蓦然回首》、《明星咖啡馆》、《第六只手指》，长篇小说《孽子》等。并有多部作品改编为电影及舞台剧，已出版的剧本和电影脚本有：《游园惊梦二十年》、《玉卿嫂》、《金大班的最后一夜》等。

少小离家老大回
——我的寻根记

去年一月间，我又重返故乡桂林一次，香港电视台要拍摄一部有关于我的纪录片，要我"从头说起"。如要追根究底，就得一直追到我们桂林会仙镇山尾村的老家去了。我们白家的祖坟安葬在山尾村，从桂林开车去，有一个钟头的行程。一月那几天，桂林天气冷得反常，降到摄氏二度。在一个天寒地冻的下午，我与香港电视台人员，坐了一辆中型巴士，由两位本家的堂兄弟领路，寻寻觅觅开到了山尾村。山尾村有不少回民，我们的祖坟便在山尾村的回民墓园中。走过一大段泥泞路，再爬上一片黄土坡，终于来到了我们太高祖榕华公的祖墓前。

按照我们族谱记载，原来我们这一族的始祖是伯笃鲁丁公，光看这个姓名就知道我们的祖先不是汉人了。伯笃鲁丁公是元朝的进士，在南京做官。元朝的统治者歧视汉人，朝廷上任用了不少外国人，我们的祖先大概是从中亚细亚迁来的回族，到了伯笃鲁丁公已在中国好几代了，落籍在江南江宁府。有些地方把我的籍贯写成江苏南京，也未免扯得太远，这要追溯到元朝的原籍去呢。

从前中国人重视族谱，讲究慎终追远，最怕别人批评数典忘祖，所以祖宗十八代盘根错节的传承关系记得清清楚楚，尤其喜欢记载列祖的功名。大概中国人从前真的很相信"龙生龙，凤生凤"那一套"血统论"吧。但现在看来，中国人重视家族世代相传，还真有点道理。近年来遗传基因的研究在生物学界刮起狂飙，最近连"人类基因图谱"都解构出来，据说这部"生命之书"日后将解答许多人类来源的秘密，遗传学又将大行其道，家族基因的研究大概也会随之变得热门。其实我们每个人的身体里，好的坏的，不知负载了多少我们祖先代代相传下来的基因。据我观察，我们家族，不论男女，都隐伏着一脉桀骜不驯、自由不羁的性格，与揖让进退、循规蹈矩的中原汉族，总有点格格不入，大概我们的始祖伯笃鲁丁公的确遗传给我们不少西域游牧民族的强悍基因吧，不过我们这一族，在广西住久了，熏染上当地一些"蛮风"，也是有的。我还是相信遗传与环境分庭抗礼，是决定一个人的性格与命运的两大因素。

十五世纪传到了榕华公，而我们这一族人也早改了汉姓姓白了。榕华公是本族的中兴之祖，所以他的事迹也特别为我们族人津津乐道，甚至还加上些许神话色彩。据说榕华公的母亲一日在一棵老榕树下面打盹，有神仙托梦给她，说她命中应得贵子，醒后便怀了孕，这就是榕华公命名的由来。后来榕华公果然中了乾隆甲午科的进士，当年桂林人考科举中进士大概是件天大的事，长期以来，桂林郡都被中原朝廷视为"遐荒化外"之地，是流放谪吏的去处。不过桂林也曾出过一个"三元及第"的陈继昌，他是清廷重臣陈宏谋的孙子，总算替桂林人争回些面子。

我们这一族到了榕华公大概已经破落得不像样了，所以榕华公少年时才会上桂林城，到一位本家开的商店里去当学徒，店主看见这个后生有志向肯上进，便资助他读书应考，一举而中。榕华公曾到四川出任开县的知县，调署茂州，任内颇有政绩。榕华公看来很有科学头脑，当时茂州农田害虫甚多，尤以蚂蝗为最，人畜农作物都被啮伤，耕地因而荒芜，人民生活困苦。榕华公教当地人民掘土造窑烧石灰，以石灰撒播田中，因发高热，蚂蝗蔓草统统烧死，草灰作为肥料，农产才渐丰收，州民感激，这件事载入了地方志。榕华公告老还乡后，定居在桂林山尾村，从此山尾村便成了我们这一族人的发祥地。

榕华公的墓是一座长方形的石棺，建得相当端庄厚重，在列祖墓中，自有一番领袖群伦的恢弘气势。这座墓是父亲于民国十四年重建的，墓碑上刻有父亲的名字及修建日期。山尾村四周环山，举目望去，无一处不是奇峰秀岭。当初榕华公选择山尾村作为终老之乡是有眼光的，这个地方的风水一定有其特别吉祥之处，"文革"期间破四旧，许多人家的祖坟都被铲除一空，而榕华公的墓却好端端的，似有天佑，丝毫无损，躲过了"文革"这一浩劫。

从小父亲便常常讲榕华公的中兴事迹给我们听。我想榕华公苦读出头的榜样，很可能就是父亲心中励志的模范。我们白家到了父亲时，因为祖父早殁，家道又中落了，跟榕华公一样，小时进学都有困难。有一则关于父亲求学的故事，我想对父亲最是刻骨铭心，恐怕影响了他的一生。父亲五岁在家乡山尾村就读私塾，后来邻村六塘圩成立了一间新式小学，师资较佳，父亲的满叔志业公便带领父亲到六塘父亲的八舅公马小甫家，希望八舅公能帮助父亲进六塘小学。八舅公家开当铺，是个嫌贫爱富的人，他指着父亲对满叔公说道："还读什么书？去当学徒算了！"这句话对小小年纪的父亲，恐怕已造成"心灵创伤"（trauma）。父亲本来天资聪敏过人，从小就心比天高，这口气大概是难以下咽的。后来得满叔公之助，父亲入学后，便拼命念书，发愤图强，虽然他日后成为军事家，但他一生总把教育放在第一位。在家里，逼我们读书，绝不松手，在前线打仗，打电话回来给母亲，第一件事问起的，就是我们在校的成绩。大概父亲生怕我们会变成"纨袴子弟"，这是他最憎恶的一类人，所以我们的学业，他抓得紧紧的。到今天，我的哥哥姊姊谈起父亲在饭桌上考问他们的算术"九九"表还心有余悸，大家的结论是，父亲自己小时读书吃足苦头，所以有"补偿心理"。

　　父亲最爱惜的是一些像他一样家境清寒而有志向学的青年。他曾帮助过大批广西子弟及回教学生到外国去留学深造。我记得我大姊有一位在桂林中山中学的同学，叫李崇桂，就是因为她在校成绩特优，是天才型的学生，而且家里贫寒，父亲竟一直送她到北京去念大学，后来当了清华的物理教授。李崇桂现在应该还在北京。

　　会仙镇上有一座东山小学，是父亲一九四〇年捐款兴建的，迄今仍在。我们的巴士经过小学门口，刚好放学，成百的孩子，一阵喧哗，此呼彼应，往田野中奔去。父亲当年兴学，大概也就是希望看到这幅景象吧——他家乡每一个儿童都有受教育的机会。如果当年不是辛亥革命，父亲很有可能留在家乡当一名小学教师呢。他十八岁那年还在师范学校念书，辛亥革命爆发，父亲与从前陆军小学同学多人，加入了"广西北伐学生敢死队"，北上武昌去参加革命。家里长辈一致反对，派了人到桂林北门把守，要把父亲拦回去。父亲将步枪托交给同队同学，自己却从西门溜出去了，翻过几座山，老人山、溜马山，才赶上队伍。这支学生敢死队，就这样轰轰烈烈地开往武昌，加入了历史的洪流。父亲那一步跨出桂林城门，也就改变了他一生的命运。

从前在桂林，父亲难得从前线回来。每次回来，便会带我们下乡到山尾村去探望祖母，当然也会去祭拜榕华公的陵墓。那时候年纪小，五六岁，但有些事却记得清清楚楚。比如说，到山尾村的路上，在车中父亲一路教我们兄弟姊妹合唱岳飞作词的那首《满江红》。那恐怕是他唯一会唱的歌吧，他唱起来，带着些广西土腔，但唱得慷慨激昂，唱到最后"待从头收拾旧山河，朝天阙"时，他的声音高亢，颇为悲壮。很多年后，我才体会过来，那时正值抗战，烽火连城，日本人侵占了中国大片土地，岳武穆兴复宋室，还我河山的壮志，亦正是父亲当年抵御外侮，捍卫国土的强烈抱负。日后我每逢听到《满江红》这首歌，心中总有一种说不出的感动。

到桂林之前，我先去了台北，到台北近郊六张犁的回教公墓替父母亲上过坟。我们在那里建了一座白家墓园，取名"榕荫堂"，是父亲自己取的，大概就是向榕华公遥遥致敬吧。我的大哥先道、三姊先明也葬在"榕荫堂"内。榕华公的一支"余荫"就这样安息在十万八千里外的海岛上了。墓园内起了座回教礼拜的邦克楼模型，石基上刻下父亲的遗墨，一副挽吊延平郡王郑成功的对联：

孤臣秉孤忠五马奔江留取汗青垂宇宙
正人扶正义七鲲拓土莫将成败论英雄

一九四七年父亲因"二·二八事件"到台湾宣抚，到台南时，在延平郡王祠写下这副挽联，是他对失败英雄郑成功一心恢复明祚的孤忠大义的一番敬悼。恐怕那时，他万没有料到，有一天自己竟也星沉海外，瀛岛归真。

我于一九四四年湘桂大撤退时离开桂林，就再没有回过山尾村，算一算，五十六年。"四明狂客"贺知章罢官返乡写下他那首动人的名诗《回乡偶书》：

少小离家老大回，乡音无改鬓毛衰。
儿童相见不相识，笑问客从何处来。

我的乡音也没有改，还能说得一口桂林话。在外面说普通话、说英文，见了上海人说上海话，见了广东人说广东话，因为从小逃难，到处跑，学得南腔北调。在美国住了三十多年，又得常常说外国话。但奇怪的是，我写文章，心中默诵，用的竟都是乡音，看书也如此。语言的力量不可思议，而且先入为主，最先学会的语言，一旦占据了脑中的记忆之库，后学的其他语言真还不容易完全替代呢。我回到山尾村，村里儿童将我团团围住，指指点点，大概很少有外客到那里去。当我一开腔，却是满口乡音，那些孩子首先是面面相觑，不敢置信，随即爆笑起来，原来是个桂林老乡！因为没有料到，所以觉得好笑，而且笑得很开心。

村里通到祖母旧居的那条石板路，我依稀记得，迎面扑来呛鼻的牛粪味，还是五十多年前那般浓烈，而且熟悉。那时父亲带我们下乡探望祖母，一进村子，首先闻到的，就是这股气味。村里的宗亲知道我要回乡，都过来打招呼，有几位，还是"先"字辈的，看来是一群老人，探问之下，原来跟我年纪不相上下，我心中不禁暗吃一惊。从前踏过这条石径，自己还是"少小"，再回头重走这一条路，竟已"老大"。如此匆匆岁月，心理上还来不及准备，五十六年，惊风飘过。

我明明记得最后那次下乡，是为了庆祝祖母寿辰。父亲领着我们走到这条石径上，村里许多乡亲也出来迎接。老一辈的叫父亲的小名"桂五"，与父亲同辈的就叫他"桂五哥"。那次替祖母做寿，搭台唱戏，唱桂戏的几位名角都上了台。那天唱的是《打金枝》，是出郭子仪上寿的应景戏。桂剧皇后小金凤饰公主金枝女，露凝香反串驸马郭暧。戏台搭在露天，那天风很大，吹得戏台上的布幔都飘了起来，金枝女身上粉红色的戏装颤抖抖的。驸马郭暧举起拳头气呼呼要打金枝女，金枝女一撒娇便嘤嘤地哭了起来，于是台下村里的观众都乐得笑了。晚上大伯妈给我们讲戏，她说金枝女自恃是公主拿架子，不肯去跟公公郭子仪拜寿，所以她老公要打她。我们大伯妈是个大戏迷，小金凤、露凝香，还有好几个桂戏的角儿都拜她做干妈。大伯妈是典型的桂林人，出口成章，妙语如珠，她是个彻头彻尾的享乐主义者，她有几句口头禅：

酒是糯米汤，不吃心里慌。
烟枪当拐杖，拄起上天堂。

她既不喝酒当然也不抽大烟，那只是她一个潇洒的姿势罢了。后来去了台湾，环境大不如前，她仍乐观，自嘲是"戏子流落赶小场"。她坐在院中，会突然无缘无故拍起大腿进出几句桂戏来，大概她又想起她从前在桂林的风光日子以及她的那些干女儿们来了。大伯妈痛痛快快地一直活到九十五岁。

祖母的老屋还在那里，只剩下前屋，后屋不见了。六叔的房子、二姑妈的都还在。当然，都破旧得摇摇欲坠了。祖母一直住在山尾村老家，到湘桂大撤退前夕才搬进城跟我们住。祖母那时已有九十高龄，不习惯城里生活。父亲便在山尾村特别为她建了一幢楼房，四周是骑楼，围着中间一个天井。房子剥落了，可是骑楼的雕栏仍在，隐约可以印证当年的风貌。父亲侍奉祖母特别孝顺，为了报答祖母当年持家的艰辛。而且祖母对父亲又分外器重，排除万难，供他念书。有时父亲深夜苦读，祖母就在一旁针线相伴，慰勉他。冬天，父亲脚上生冻疮，祖母就从灶里掏出热草灰来替父亲渥脚取暖，让父亲安心把四书五经背熟。这些事父亲到了老年提起来，脸上还有孺慕之情。祖母必定智慧过人，她的四个媳妇竟没说过她半句坏话，这是项了不起的成就。老太太深明大义，以德服人，颇有点贾母的派头。后来她搬到我们桂林家中，就住在我的隔壁房。每日她另外开伙，我到她房间，她便招我过去，分半碗鸡汤给我喝，她对小孩子这分善意，却产生了没有料到的后果。原来祖母患有肺病，一直没有发觉。我就是那样被染上了，一病五年，病掉了我大半个童年。

我临离开山尾村，到一位"先"字辈的宗亲家里去小坐了片刻。"先"字辈的老人从米缸里掏出了两只瓷碗来，双手颤巍巍地捧给我看，那是景德镇制造的釉里红，碗底印着"白母马太夫人九秩荣寿"。那是祖母的寿碗！半个多世纪，历过多少劫难，这一对寿碗居然幸存无恙，在幽幽地发着温润的光彩。老人激动地向我倾诉，他们家如何冒了风险收藏这两只碗。他记得，他全都记得，祖母那次做寿的盛况。我跟他两人抢着讲当年追往事，我们讲了许多其他人听不懂的老话，老人笑得满面粲然。他跟我一样，都是从一棵榕树的根生长出来的树苗。我们有着共同的记忆，那是整族人的集体记忆。那种原型的家族记忆，一代一代往上延伸，一直延伸到我们的始祖伯笃鲁丁公的基因里去。

香港电视台另一个拍摄重点是桂林市东七星公园小东江上的花桥，原因是我写过《花桥荣记》那篇小说，讲从前花桥桥头一家米粉店的故事。其实花桥来头不小，宋朝时候就建于此，因为漓江两岸山花遍野，这座桥簇拥在花丛中，故名花桥。现在这座青石桥是明清两朝几度重修过的，一共十一孔，水桥有四孔，桥面盖有长廊，绿瓦红柱，颇具架式。花桥四周有几座名山，月牙山、七星山，从月牙山麓的伴月亭望过去，花桥桥孔倒影在澄清的江面上，通圆明亮，好像四轮浸水的明月，煞是好看，是桂林一景。

　　花桥桥头，从前有好几家米粉店，我小时候在那里吃过花桥米粉，从此一辈子也没有忘记过。吃的东西，桂林别的倒也罢了，米粉可是一绝。因为桂林水质好，榨洗出来的米粉，又细滑又柔韧，很有嚼头。桂林米粉花样多：元汤米粉、冒热米粉，还有独家的马肉米粉，各有风味，一把炸黄豆撒在热腾腾莹白的粉条上，色香味俱全。我回到桂林，三餐都到处去找米粉吃，一吃三四碗，那是乡愁引起原始性的饥渴，填不饱的。我在《花桥荣记》里写了不少有关桂林米粉的掌故，大概也是"画饼充饥"吧。外面的人都称赞云南的"过桥米线"，那是说外行话，大概他们都没尝过正宗桂林米粉。

　　"桂林山水甲天下"这句自古以来赞美桂林的名言，到现在恐怕还是难以驳倒的，因为桂林山水太过奇特，有山清、水秀、洞奇、石美之称，是人间仙境，别的地方都找不到。这只有叹服造化的鬼斧神工，在人间世竟开辟出这样一片奇妙景观来。桂林环城皆山，环城皆水，到处山水纵横，三步五步，一座高峰迎面拔地而起，千姿百态，每座殊异，光看看这些山名：鹦鹉山、斗鸡山、雉山、骆驼山、马鞍山，就知道山的形状有多么戏剧性了。城南的象鼻山就真像一只庞然大象临江伸鼻饮水。小时候，母亲率领我们全家夏天坐了船，在象鼻山下的漓江中徜徉游泳，从象鼻口中穿来穿去，母亲鼓励我们游泳，而且带头游。母亲勇敢，北伐时候她便跟随父亲北上，经过枪林弹雨，在当时，她也算是一位摩登女性了。漓江上来来往往有许多小艇子卖各种小吃，我记得唐小义那只艇子上的田鸡粥最是鲜美。

　　自唐宋以来，吟咏桂林山水的诗文不知凡几，很多留传下来都刻在各处名山的石壁上，这便是桂林著名的摩崖石刻，仅宋人留下的就有四百八十多件，是一笔丰富的文化遗产。在象鼻山水月洞里，我看到南宋诗人范成大的名篇：《复水月洞铭》，范成大曾经到广西做过安抚使，桂林到处都刻有他的墨迹。洞里还有张孝祥的《朝阳亭诗并序》。来过桂林的宋朝大诗人真不少：黄庭坚、秦少游，他们是被贬到岭南来的。其实唐朝时就有一大批逐臣迁客被下放到广西，鼎鼎大名的当然是柳宗元，还有宋之问、张九龄，以及书法家褚遂良。这些唐宋谪吏到了桂林，大概都被这里的一片奇景慑住了，一时间倒也忘却了宦海浮沉的凶险悲苦，都兴高采烈地为文作诗歌颂起桂林山水的绝顶秀丽。贬谪到桂林，到底要比流放到辽东塞北幸运多了。白居易说"吴山点点愁"，桂林的山看了只会叫人惊喜，绝不会引发愁思。从桂林坐船到阳朔，那四个钟头的漓江舟行，就如同观赏南宋大画家夏珪的山水手卷一般，横幅缓缓展开，人的精神面貌便跟着逐步提升，四个多钟头下来，人的心灵也就被两岸的山光水色洗涤得干干净净。香港电视台的摄影师在船上擎着摄影机随便晃两下，照出来的风景，一幅幅"画中有诗"。漓江风光，无论从哪个角度来拍，都是美的。

晚上我们下榻市中心的榕湖宾馆，这个榕湖也是有来历的，宋朝时候已经有了。北岸榕树楼前有千年古榕一棵，树围数人合抱，至今华盖亭亭，生机盎然，榕湖因此树得名。黄庭坚谪宜州过桂林曾系舟古榕树下，后人便建榕溪阁纪念他。南宋诗人刘克庄曾撰《榕溪阁诗》述及此事：

> 榕声竹影一溪风，迁客曾来系短篷。
>
> 我与竹君俱晚出，两榕犹及识涪翁。

榕湖的文采风流还不止于此。光绪年间，做过几日"台湾大总统"的唐景崧便隐居榕湖，他本来就是广西桂林人，回到故乡兴办学堂。康有为到桂林讲学，唐景崧在榕湖看棋亭上，招待康有为观赏桂剧名旦一枝花演出的《芙蓉诔》。康有为即席赋诗："万玉哀鸣闻宝瑟，一枝浓艳识花卿。"传诵一时。想不到"百日维新"的正人君子也会作艳诗。

榕湖遍栽青菱荷花，夏季满湖清香。小时候我在榕湖看过一种水禽，鸡嘴鸭脚，叫水鸡，荷花丛中，突然会冲出一群这种黑压压的水鸟来，翩翩飞去，比野鸭子灵巧得多。

榕湖宾馆建于六十年代，是当时桂林最高档的宾馆，现在前面又盖了一座新楼。榕湖宾馆是我指定要住的，住进去有回家的感觉，因为这座宾馆就建在我们西湖庄故居的花园里。抗战时我们在桂林有两处居所，一处在风洞山下，另一处就在榕湖，那时候也叫西湖庄。因为榕湖附近没有天然防空洞，日机常来轰炸，我们住在风洞山的时候居多。但偶尔母亲也会带我们到西湖庄来，每次大家都欢天喜地的，因为西湖庄的花园大，种满了果树花树，橘柑桃李，还有多株累累的金橘。我们小孩子一进花园便七手八脚到处去采摘果子。橘柑吃多了，手掌会发黄，大人都这么说。一九四四年，湘桂大撤退，整座桂林城烧成了一片劫灰，我们西湖庄这个家，也同时毁于一炬。战后我们在西湖庄旧址重建了一幢房子，这所房子现在还在，就在榕湖宾馆的旁边。

那天晚上，睡在榕湖宾馆里，半醒半睡之间，蒙蒙眬眬我好像又看到了西湖庄花园里，那一丛丛绿油油的橘子树，一只只金球垂挂在树枝上，迎风招摇，还有那几棵老玉兰，吐出成千上百夜来香的花朵，遍地的栀子花，遍地的映山红，满园馥郁浓香引来成群结队的蜜蜂蝴蝶翩跹起舞——那是另一个世纪、另一个世界里的一番承平景象，那是一幅永远印在我儿时记忆中的欢乐童画。

二〇〇一年五月二十一至二十三日 《世界日报》

上海童年

我是一九四六年春天，抗战胜利后第二年初次到达上海的，那时候我才九岁，在上海住了两年半，直到一九四八年的深秋离开。可是那一段童年，对我一生，都意义非凡。记得第一次去游"大世界"，站在"哈哈镜"面前，看到镜子里反映出扭曲变形后自己胖胖瘦瘦高高矮矮的奇形怪状，笑不可止。童年看世界，大概就像"哈哈镜"折射出来的印象，夸大了许多倍。上海本来就大，小孩子看上海，更加大。战后的上海是个花花世界，像只巨大无比的万花筒，随便转一下，花样百出。

国际饭店当时号称远东第一高楼，其实也不过二十四层，可是那时真的觉得饭店顶楼快要摩到天了，仰头一望，帽子都会掉落尘埃。我从来没有见过那么多的高楼大厦聚集在一个城市里，南京路上的四大公司——永安、先施、新新、大新，像是四座高峰隔街对峙，高楼大厦密集的地方会提升人的情绪，逛四大公司，是我在上海童年时代的一段兴奋经验。永安公司里一层又一层的百货商场，琳琅满目，彩色缤纷，好像都在闪闪发亮，那是个魔术般变化多端层出不穷的童话世界，就好像永安公司的"七重天"，连天都有七重。我踏着自动扶梯，冉冉往空中升去，那样的电动扶梯，那时全国只有大新公司那一架，那是一道天梯，载着我童年的梦幻伸向大新游乐场的"天台十六景"。

当年上海的电影院也是全国第一流的，"大光明"的红绒地毯有两寸厚，一直蜿蜒铺到楼上，走在上面软绵绵，一点声音都没有。当时上海的首轮戏院"美琪"、"国泰"、"卡尔登"专门放映好莱坞的西片，《乱世佳人》在"大光明"上演，静安寺路挤得车子都走不通，上海人的洋派头大概是从好莱坞的电影里学来的。"卡尔登"有个英文名字叫Carlton，是间装饰典雅、小巧玲珑的戏院，我在那里只看过一次电影，是"玉腿美人"蓓蒂葛兰宝主演的《甜姐儿》。"卡尔登"就是现在南京西路上的长江剧院，没想到几十年后，一九八八年，我自己写的舞台剧《游园惊梦》也在长江剧院上演了，一连演十八场，由上海"青话"胡伟民导演执导。

那时上海滩头到处都在播放周璇的歌。家家《月圆花好》，户户《凤凰于飞》，小时候听的歌，有些歌词永远也不会记忆：

上海没有花，大家到龙华，龙华的桃花都回不了家！

大概是受了周璇这首《龙华的桃花》的影响，一直以为龙华盛产桃花，一九八七年重返上海，游龙华时，特别注意一下，也没有看见什么桃花，周璇时代的桃花早就无影无踪了。

夜上海、夜上海，你是个不夜城。
华灯起，车声响，歌舞升平。

这首周璇最有名的《夜上海》，大概也相当真实地反映了战后上海的情调吧。当时霞飞路上的霓虹灯的确通宵不灭，上海城开不夜。

其实头一年我住在上海西郊，关在虹桥路上一幢德国式的小洋房里养病，很少到上海市区，第二年搬到法租界毕勋路，开始复学，在徐家汇的南洋模范小学念书，才真正看到上海，但童稚的眼睛像照相机，只要看到，咔嚓一下就拍了下来，存档在记忆里。虽然短短的一段时间，脑海里恐怕也印下了千千百百幅"上海印象"，把一个即将结束的旧时代，最后的一抹繁华，匆匆拍摄下来。后来到了台湾上大学后，开始写我的第一篇小说《金大奶奶》，写的就是上海故事。后来到了美国，开始写我小说集《台北人》的头一篇《永远的尹雪艳》，写的又是上海的人与事，而且还把"国际饭店"写了进去。我另外一系列题名为"纽约客"的小说，开头的一篇《谪仙记》也是写一群上海小姐到美国留学的点点滴滴，这篇小说由导演谢晋改拍成电影《最后的贵族》，开始有个镜头拍的便是上海的外滩。这些恐怕并非偶然，而是我的"上海童年"逐渐酝酿发酵，那些存在记忆档案里的旧照片拼拼凑凑，开始排列出一幅幅悲欢离合的人生百相来，而照片的背景总还是当年的上海。

尧山壁

尧山壁（1939—），原名秦桃彬。河北隆尧人。历任河北省文联专业作家，《河北文学》编辑，河北省作协常务副主席、主席，兼任河北大学中文系教授。著有诗集《山水新歌》、《渡江曲》、《金翅歌》等，散文集《江苏手记》、《逍遥游》、《父母天地心》等，剧本《掏鸡》、《小白集》，评论集《带露赏花》等36部。

母亲的河

　　无论走到哪里，我身后总跟着一条河，它像一条带子结结实实系在游子身上。

　　这就是老家门前那条小河，在县地图上只是条断断续续的蓝线，乡亲们都叫它泥洋河。

　　我记事时，泥洋河已经变成了一条干河，可乡亲们都说，它曾经是一条水源丰富、四季长流的。它西出太行山，东入大陆泽，虽然全程不足百里，也不能行船，可它乳汁般的河水浇灌了一方土地，养育了一方百姓。乡亲们还说，这条河与我家最有缘分，西来之后特意拐了个弯儿，贴近我家门口。抗日战争开始，父亲在上游打仗，常常顺水漂来一些酸枣叶子、柿树叶子。细心的母亲在河边看到了，就猜出是他鞋脚破了，烟叶断了，打点停当，托交通员拐弯抹角送去。父亲在下游打仗，偶尔在河边看到顺水漂来的麻秸秆儿，蔓菁缨儿，就理解奶奶结实，孩子平安，从而放心去参加战斗。

　　后来，父亲一次回村执行任务，被敌人包围了。敌人捆绑了十几名乡亲，要他们交出父亲，否则杀头在即。父亲为了解救乡亲，引开敌人，毅然冲出村来，跳进小河，快游到对岸时，突然中弹沉下去了，鲜血染红了河水。那一年泥洋河发了特大洪水，大水涌进村子，涌进院落，涌上乡亲们心头。天连阴不晴，雨绵绵不停，乡亲们说那是母亲的泪水，悲恸的思潮。

　　说也奇怪，第二年泥洋河奇迹般地水断了，河干了，河床露出冷漠的白沙。实际上是自然气候变化，冀南三年无雨，赤地千里。可乡亲们都说那是母亲泪水流尽了，一个正值芳龄的妻子失去了雨露滋润，一个嗷嗷待哺的婴儿失去了阳光恩泽，母亲心灰意冷了，曾经是芳草如茵的心田与河床一起变成了沙漠。乡亲们盼望英雄归来，在河上搭了一座石桥。妻子渴望丈夫归来，常常站在河边凝望。可是逝去的人回不来了，逝去的水回不来了，干干的河床，冷漠的河道是母亲也是故乡土地上永远弥合不了的一道伤痕啊！

敌人扬言要斩草除根，到处追捕我们母子，好心的亲友，劝母亲跳出火坑，往前迈一步，那就是改嫁。狠心的族人，为了甩掉包袱，多得一份家产，变卖了属于我们名下的二亩水地，那是绝人后路。母亲抱着我东躲西藏，夜行晓宿，沿路乞讨，多少人看母亲怀抱瘦不成形的我，摇头叹息："这孩子好难成人啊。"有一天，飘着雪花，母亲迷了路，摸进一个村子，一打听是金提店，二十四孝中郭巨埋儿的地方。母亲犯了忌讳，紧紧抱着我一口气跑出十八里，来到了泥洋河边，扑倒在地恸哭起来："我的人啊，不管千辛万苦，刀山火海，我也要把孩子养大成人，交给你呀。"

在那人吃人的年月，孤儿寡母生存下去谈何容易！剩下的二亩碱地成为我们母子的命根子。寡妇门前是非多，母亲难死也不求人，耕耩锄耢全是自己来，比别人多下三倍的辛苦，而只得别人三分之一收成。三五斗粮食哪里够糊口，逢秋过麦，背起我到东泊里拾庄稼，有一年沿河到十里外的东泊拾麦子，母亲把我安放在树荫凉里，自己去拾麦子，母亲只顾拾呀拾呀，拾了很多，忘记了树荫下的我。等想起跑回来，树荫早转过去几尺远，我被晒在太阳地里，六月的太阳很毒，把我晒成了一根红萝卜。不知哭了多久，哭累睡着了，泪水都蒸发干了，剩下满脸横七竖八的盐霜道道。回家路上，母亲后边背着麦子，前边抱着孩子，沿着泥洋河走，越走越重，哪个也舍不得扔。一步一步挪呀，十里路足足挪了两个时辰，泥洋河滩留下她深深的脚印，到家鸡都叫头遍了。

好不容易把我养大成人，母亲送我去尧山上中学，去邢台上高中，去天津上大学，每次我都是沿着泥洋河走的，每次母亲都是站在村边那座石桥上，望着我越走越远了。

大学毕业了，本来确定我留在天津工作。天津是九河下潮，有宽阔的海河，还靠近渤海。但是我心里只有一条泥洋河，三次申请回乡工作，批不准就要求"拥军优属"。我终于回来了，可以经常回到泥洋河边，可以经常安慰母亲了。

可是好景不长，三年之后，省里又要调我回天津，又是搞专业创作，在别人是求之不得，可我千方百计推辞，理由是照顾母亲。组织部门真下工夫，专门去找了我母亲。母亲一听大为生气，第一次见她对我那样发火，狠狠地教训了我一顿："养鸟为飞，娘好不容易把你养大，可不是为了关在笼子里，娘需要你，国家更需要你，为了我耽误了前程，你死去的爹会埋怨我鼠目寸光。"

我又依依惜别泥洋河，回到了省城。二十五六岁了，我还没有谈过对象，除了想搞一番事业外，我太感激母亲了，不愿意把心里的爱作第二次分配。"文革"开始，我被当作修正主义苗子批判，事业无望了，架不住母亲再三相劝，我草草地结了婚，生了个男孩。不久，我和爱人又都进了学习班、干校，母亲又把我的第二代抱回老家抚养。这孩子又是在泥洋河边长大的，他很乖，天天跟着奶奶在河边玩耍，端着小木枪在桥上走来走去，保卫爷爷。老年人喜欢隔辈人，比当年疼我还疼她的孙子。孩子到了上学的年龄，我不忍心把他领回来，怕伤了奶奶的心。可是村里教育确实糟糕，会耽误孩子的一生，无异又是一次郭巨埋儿的愚孝。我反复考虑了好多天，终于想出了个好主意，用三岁的女儿把她哥哥换回来。妻子是个明白人，掉了两次泪终于答应了。可是转眼间，女儿上学的年龄又到了，我无计可施了，终日愁眉不展。又是妻子亲自跑回去，左说右劝，把母亲接到省城，还把父亲的烈士证书带来挂在墙上，让她天天看着。

一辈子孤苦伶仃、受尽人间苦难的母亲终于享受到天伦之乐。看着进进出出的儿子、媳妇，戏戏闹闹的孙子孙女，她确实高兴。妻子悄悄地说："看他奶奶发福了，脸上的皱纹都舒展了，还哼两句歌什么的。"我知道，那不是歌，是一种叫做秧歌的地方戏，我从小听惯了的。母亲是苦命人，也只会哼几句苦戏，什么《秦雪梅吊孝》、《三娘教子》、《卷席筒》之类。过去是伤心时以歌当哭的，现在心情不同了，常常哼走了调儿。

住满了一个月，母亲的情绪发生了变化，常常一个人望着窗外的杨树出神，有时还拣回几片杨树叶子来。妻子说她奶奶饭量小了，皱纹又多起来，琢磨是哪儿惹老人家不痛快。一家三代人生活习惯不同，难免勺子碰锅沿。比如母亲常常埋怨，炒一顿菜放的油够她在家吃一个月的。扔掉的菜帮儿她捡回来包了团子，孩子们嫌没味儿。花四五百元买那电视干啥？还不如帮你舅舅盖房子，人家过去周济过咱……我知道都不是的。

母亲是个开通人，过去的事不放在心上，她的心又回到家乡，回到泥洋河边了，那石桥才是父亲实实在在的烈士证书。她老人家住在四楼，上学上班的都走了，没有婶子大娘串门说话，怕要憋闷坏了。一天我下班回来，见母亲一个人坐在马路边上，不管车水马龙，自己在那儿打盹儿，我的心颤动了，终于同意放她回去，回她的泥洋河去了。

母亲走了以后，我放心不下，那条泥洋河整天魂牵梦绕地往回拽我。一天，我终于回到了阔别多年的故乡。

一下汽车，我愣住了，生我养我的村庄，生我养我的泥洋河呢？眼前一片树林挡住了视线。我紧走几步，绿树丛中一座石桥，正是父亲的桥呵。树的两边该是泥洋河了。现在绿荫遮天。白沙变成了沃土，一棵棵白杨都有大碗口粗，横竖成行，整整齐齐，挤满了河道，形成了一条防风护村的林带。多年没回来，村里出了能人，有如此高明的心计，真要感谢他呵。正赞叹间，迎面走来一位老人，是我远房伯伯。笑眯眯地说："愣什么，你猜这树都谁栽的？是你娘呵，再没有比她对这条河琢磨得透了。那几年县里发给她的抚恤金全都买成了树秧，一棵棵亲手栽，横平竖直，用绳子拉，像纳鞋底一样认真。树苗发芽，一天天守在河边，提防猪啃，哄不懂事的孩子，真比小时候带你们还操心呐。"

我眼睛发热，血往上涌，三步两步跑进家里，大喊一声："娘！"母亲没有像往常那样急忙跑过来，接过背包问寒问暖，忙吃忙喝。她正戴着花镜给一个婴儿扎针，只是停下来深情地看了我一眼，笑笑，又扎起来。被扎的孩子哇哇哭叫，吸引了大家的注意力。给孩子扎针治病，是姥姥家祖传，用妇女做活的针，按穴位挑盘放血，配以不同药面。我小时候头疼脑热，没少领略过母亲的针法。我凑上跟前，嗫嗫地说："都啥时候了，还扎这土针，当心感染了。"母亲拿针在我眼前晃了晃，是中医针灸用的银针，一手还捏着酒精棉球。不等母亲开口，候诊的女人们，认识不认识的，朝我说开了。这个说："你娘的手艺可神了，看孩子老经验，大病小灾都能扎好。不收钱不收礼，积福行好哩。"那个说："可不能叫你娘走了，咱这一方人离不开她。上次走了一个月，村里好像塌了天，天天有人砸你家的门。你是公家人可不能只顾自呀。二婶子不光是你家孩子的奶奶，还是全村孩子的奶奶哩。"我说出了自己的担心，她们更七嘴八舌地说开了。说人心都是肉长的，有一次母亲感冒，全村家家都来看望，供销社的罐头、点心都脱销了。可母亲又舍不得吃，和药面一起分发给看病的孩子们。

饭后，母亲的义务诊所还是门庭若市，顾不上跟我说话，我一个人溜出门来，钻进林带。

树下三五成群的娃正在嬉闹，我贪婪地欣赏着这自己不曾有过的幸福童年，枝头鸟儿们叽叽喳喳唱着悦耳的歌，呼唤我心灵深处对人生的种种感受。我真的觉得自己像一只鸟儿飞回到诞生的树上，飞翔在熟悉的林中，禁不住要唧唧喳喳地唱呵。

母亲看来不会再走了，也好，人各有志，让她永远生活在泥洋河边，生活在石桥边，生活在父亲身边吧。她的根在这里，她的土壤在这里，她的苦乐在这里，她的天地在这里。我了解母亲，支撑她艰难一生的力量决不能用"贞节"两字概括，而是一种生活的信仰，人格的力量，不是么，她养育了我和我的孩子，如今又把爱作了第三次分配，把爱撒向了人间。

几天后我走了，带走了一条河，一条绿色的河，一条母亲的河。它的波涛时时注入我的体内，冲动心的轮机，我的眼睛比过去亮了。

蒋子龙

蒋子龙（1941—），河北沧县人。小说家。著有长篇小说《蛇神》、《子午流注》、《人气》、《空洞》，中篇小说《锅碗瓢盆交响曲》，短篇小说《三个起重工》，《蒋子龙选集》（三卷），《蒋子龙文集》（八卷）等。短篇小说《乔厂长上任记》、《一个工厂秘书的日记》及《拜年》分获1979年、1980年、1982年全国优秀短篇小说奖，中篇小说《开拓者》、《赤橙黄绿青蓝紫》及《燕赵悲歌》分获1980年、1982年、1984年全国优秀中篇小说奖。

享受高考

　　一九九四年夏天漫长而奇热，我想跟社会爆炒高考有关。离高考还有一个多月哪，社会就已经把高考的气氛造得十足了。学校召开家长会，报纸、电视、广播等各种传媒，天天是高考、高考，开讲座，设专栏，讲学生该怎样复习、怎样应考、怎样调节自己的心理。对考生家长讲的就更多了，大家都出于好心，人人都可以出主意，要照顾好考生，给他们做好吃的，增加营养，又不要让孩子感到是专为他们做的，以免增加他们的心理负担。千万不要给考生施加压力，家长不得老谈高考的事，要劝孩子多休息，多陪他们外出散步，缓解紧张情绪。社会把高考锣鼓敲得惊地动天，家长却要装得跟没事人一样，岂不让孩子觉得反常，心理压力反而会更大？

　　今年我们家是"高考户"。对种种"高考指南"虽心存疑虑，还是照办为妙，多加一份小心总没有坏处。谁料我的女儿颇有点大将风度，原本心理负担就不重，见我不问她的功课只督促她休息，一下子彻底轻松了。中午要午睡两个小时，晚上不到十点钟就上床，一直睡到第二天早晨八点钟，剩下的时间是看电视、听音乐、跟我聊天，好像高考与她无关，把功课扔在了九霄云外。我也装出一副大将风度，像没事人一样看着她享受青春的轻松和快乐，她找我聊时我也尽力克制着情绪陪她说笑。这样过了几天，我就坚持不住了，推翻了所有"高考指南"上的教导，还是按自己的主意办吧。严肃地跟女儿谈了一次话，对心理素质较差的孩子，家长要尽力减轻孩子的心理压力，对你这种心理素质不错的孩子，家长施加点压力也没有关系。我给她制定了作息时间表，晚上十一时前不得上床，早上六时必须起床，中午只能睡一个小时。我自知风度全失，恢复了一个地道的火烧火燎的考生家长的面目。女儿听完我的要求笑了。我问她笑什么？她说早知道我让她休息是言不由衷的，不过轻松了这几天也休息过来了。

这真是，高考不只考学生，还考家长，考学校，考社会。人们说高考、怕高考、盼高考、吃高考、发高考财，连商品广告也不放过高考。太阳神口服液的广告是几个学生喝了这种液体考上了北大、清华。我立刻叫妻去买，如果女儿喝了这种东西又未考上北大、清华，就可以起诉太阳神公司。还有一种叫"清脑助学器"的玩意儿，广告上说得很神，能提高记忆力多少倍，能提高效率多少倍，我赶紧花一五八元买了一个，即使它一点效率没有，将来也可免得后悔。别的家长都给孩子买了这种玩意儿，如果我们不给女儿买，万一她在高考中有什么闪失，我们就会自责，就会后悔没有给孩子买个"清脑助学器"。如今学生的竞争，不仅靠自身，还要借助现代科技的力量。那玩意买来后我先戴上试试，是一条铁片上焊着五个金属疙瘩，勒在眉心眉骨上，骨头对铁，硬碰硬，极不舒服，戴了二十分钟我就受不了啦，如戴紧箍咒，脑子没有清，反而又痛又沉。我嘴上却极力夸赞这玩意儿，不然任性的女儿怎肯戴它。即便是看在我们一片苦心的分儿上，我想女儿也没有戴几次。买不买在我，戴不戴由她了。只要有人说家长该买什么，该让考生吃什么好，我们就买，就让女儿吃。无论如何不能让高考生把我们考倒。有一天从报纸上看到消息，药店的生意火爆起来了，家长们为考生大量购买防暑降温和驱蚊防蚊的药品。我后悔怎么就没想到这一点，老是跟着别人学，我的傻闺女也不知道要……

很快就到了七月七日，真正意义上的高考开始了，考生们必须自己上阵，别人无法替代。老天可怜，从前一天晚上开始变阴，稍微凉快一些了。学校嘱咐过，不能让考生吃得太饱，喝水太多，以免考试中途去厕所。早饭要精致，营养丰富，水分还要少，这并不难做到。在临去考场之前，我又让女儿喝了两口加奶的浓咖啡，这是提神的。喝了一袋西洋参冲剂，吞下两粒西洋参胶囊，临走时嘴里再含上几片西洋参片。有这么多西洋参保驾，营养和精力当不成问题了。女儿不愿意含，提出或者咽下，或者吐掉，是我去考试还是西洋参去考试？如果这西洋参是假的呢？我给她讲了一个故事，一年近七十岁的老干部，几个月前刚做完切除癌瘤的大手术，嘴里含着四片西洋参，作了四个小时的大报告，气力充沛。可想而知你十几岁的年轻人含上几片西洋参会有怎样的效力！即便西洋参不是真的，至少也是萝卜，萝卜通气，无毒无害。女儿不再争辩，至于参片放到嘴里是含着还是咽下，我也没有再多问。

考场离我的家甚远，骑自行车大约要半小时。我提出要送女儿去考场，在家长会上她的老师也是这样要求家长的，怕自行车万一出点问题，耽误考试。女儿起初不同意，我平时上学比去考场更远，您为什么不送？为什么不担心我的自行车出问题？这就不怕增加我的心理负担？我说，你心里无负担，我给增加一点也无妨。她笑了，笑得很甜，很可爱。我检查了她的准考证，文具盒。没有准考证是不准入考场的，几年前儿子参加高考，他不让我管得太多，为了维护他的自尊心，我也就真的没有多管多问，谁知第二天他把准考证弄丢了，在考场外站了四十分钟，结果没有达到本科录取分数线。儿子可能会后悔一辈子，我也为此自责，很觉没有尽到一个做父亲的责任。在女儿身上决不能再发生这样的事了。

我和女儿穿好雨衣，用塑料袋把她的准考证和文具盒裹好，刚出家门天上就开始掉雨点。好像我们的脚蹬子连接着播雨机，越往前蹬，雨点越大，越蹬得快，雨点越密。行至中途，已是倾盆一般，雨水从头顶直浇下来，幸好没有风，没有雷电，蹬车虽然有点费劲，仍然能够前进。路面上是积水，前后左右都是雨帘，许多骑自行车的人都下车躲到商店廊下去避雨。我和女儿仍旧骑在车上，且有点兴致勃勃。我问她感觉怎么样？她说棒极了！对，的确棒极了，你属龙，我也属龙，两条龙一起出动奔考场，就该有大雨相随。这叫雨从龙。好兆头，预示着你的高考必定顺利，旗开得胜。你敢不敢大声说三句：我一定能够考好！女儿说这有什么不敢，果然大喊三声。我哈哈大笑，周围一片哗哗的雨声。我觉得心里轻松多了，我想女儿也是如此。

这大雨还真有点专门护送我们爷俩的意思，到了考场雨就变得小些了。我原以为我们来得够早的，想不到考场外已经站满了家长，我估计里面有多少学生，外面就有多少家长。虽然有的学生没有让家长送，但有的学生却是由一家人送来的，七姑八姨，哥哥姐姐，所以送学生的人的总数，不会低于考生的总数。学生进了考场，大部分家长并不离去，还站在雨里等着，他们担心自己的孩子在考试中出问题，比如：晕场了、生病了、忘记带什么东西了。我对女儿有信心，就说，我先回家，两个小时以后再来接你。放心大胆地考，考砸了也没有关系！

话虽这么说，我并未马上离开，想观察一下这些可怜可敬的家长们。一对五十岁左右的夫妻，焦急地在检查考场外的每一辆自行车。原来他们是在寻找儿子的自行车，儿子不让他们护送来考场，急匆匆自己先出来了，他们不知儿子到底来没来？一官员带着十几个随员和记者来到考场，被监考老师挡在了门外。我非常赞赏这位敢于挡驾的老师。这一大群人冲进考场，名为关心考生、慰问考生，报纸上可以发一篇消息，配一幅照片，××领导到考场看望考生，实际是搅扰考试，分散考生的注意力，浪费宝贵的考试时间。家长们也都愤愤不平，但官员坚持要进考场，最后只好让他一人进去，随员们留在门外，记者隔着门上的玻璃为他拍了几张照片。

上午的考试快结束的时候，我从冰箱里拿了一瓶矿泉水，又回到考场外面等候女儿。在考场的大门外面家长们排成两行长长的厚厚的人墙，等待着自己的孩子从考场内出来。家长们此时的心情格外敏感，看到最前面出来的考生脸色沉重，有位家长禁不住说，看来题够难的，孩子们没有考好。其实每个人心里都在紧张地根据考生的脸色猜测试题的难易程度，猜测自己的孩子能考得怎么样。有个女孩阴沉着脸，来接她的可能是她姐姐，一出考场她就对姐姐说，你安慰安慰我吧……不等另一个姑娘说出安慰的话，她竟呜呜地哭起来了。

我的女儿出来了，她也看见了我，远远地向我招了招手，笑了。女儿的笑清纯而灿烂，令我们夫妻百看不厌，她平时的一笑都能解我的心头百愁，此时这一笑，不管她实际考得怎么样，我的心里立刻也阳光灿烂起来。竞争是激烈而残酷的，哭和闹都没有用，就应该咬牙，坚持下去。我的女儿在考后能有这样美丽的笑容，即便她考不上大学，我也是满意的，我拧开矿泉水的瓶塞，让她喝个够，她此时需要补充水分。看着她喝水的样子，我有一种幸福感。在回家的路上她向我讲了作文是怎么写的，还问了几个她拿不准的问题，比如《唐璜》是不是拜伦的代表作？我告诉她，她答对了，作文写得也可以。但不论上午考好了，还是考得不太理想，都忘记它，不能浸沉在上午考试的兴奋里，赶紧让脑子进入下一门要考的功课。

就这样我每天往返考场四次，把女儿送进考场，她出考场后把她接回家。她不再拒绝，反而觉得这样很方便，我成了她的同伴，她的管家，她的保镖。平时我们各忙各的，虽然父女关系也算亲密，但不像这样同甘苦共患难，有一种父女加战友的情谊。加上口试三天半的时间很快就过去了，一切又恢复了正常，女儿在家里不再享受特殊照顾，每天开始由她洗锅刷碗，西洋参制品之类的东西当然也没有了。女儿故意大喊大叫，你们怎么可以这样，高考刚结束一切优惠政策就都撤销了，还不如继续考下去哪。她把满是尘土的清脑器和只喝了一小瓶的太阳神口服液都扔还给我。

　　我也有同感，很怀恋女儿高考的这段时间，大家目标一致，团结紧张，互相体贴，每个人的脾气都格外好，说话轻声细语。我也不用写作，只扮演老勤务员的角色，忠心耿耿，心细周到就行，享受了平时享受不到的许多快乐。

（选自《城市纵览》，中国城市出版社一九九五年版）

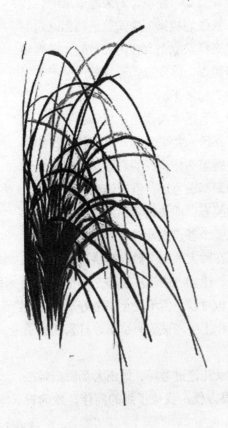

刘心武

刘心武（1942—），生于四川成都，1950年后定居北京。当代著名作家、红学家。著有短篇小说《班主任》、《我爱每一片绿叶》、《黑墙》、《白牙》等，中篇小说《如意》、《小墩子》等，长篇小说《钟鼓楼》、《四牌楼》、《栖凤楼》、《风过耳》等，纪实作品《5·19长镜头》、《公共汽车咏叹调》等。1993年开始发表研究《红楼梦》的论文，出版多部专著。

父亲脊背上的痱子

　　我五岁时，本已同父母分床而睡，可是那时我不仅已能做梦，而且还常做噩梦，梦的内容，往往醒时还记得，所以惊醒以后，便跳下床，光脚跑到父母的床上，硬挤在他们身边一起睡。开头几次，被我搅醒的父母不仅像赶小猫似的发出呵斥我的声响，父亲还叹着气把我抱回到我那张小床上。后来屡屡如此，父母实在疲乏得连呵斥的力气也没有了，便只好在半醒状态下很不高兴地翻个身，把我容纳下来。而我，虽挤到了父母的床上，却依然心中充满恐怖，于是我便常常把我的身子，尤其是我的小脸，紧贴到父亲的脊背上，在终于获得一种扎实的安全感以后，我才能昏沉入睡。

　　我做的是些什么样的噩梦？现在仍残留在我记忆里的，大体是被"拍花子"拐走的一些场景。那时，母亲和来我家借东西兼拉家常的邻家妇人，她们所摆谈的内容，绝大部分对我来说毫无意义，也不可能留下什么印象，但是她们所讲到的"拍花子"拐小孩的种种传闻，却总是仿佛忽然令我的耳朵打开了接收的闸门——尽管我本来可能是在玩胶泥，并在倾听院子里几只大鹅的叫声。她们讲到，"拍花子"会在像我这样的小孩不听大人的话，偷跑到院子外面去看热闹时，忽然走到小孩身边，用巴掌一拍小孩脑袋，小孩就别的什么都听不见看不见了，单只能听见"拍花子"说："走，走，跟我走啊跟我走……"也单只能看见"拍花子"身后的窄窄一条路，于是便傻呆呆地跟着那"拍花子"走了，当然就再也看不到爸爸妈妈，再也回不到家了……这些话语嵌进我的小脑袋瓜，使我害怕得要命。特别是，每当这时我往妈妈她们那边一望，便会发现妈妈她们也正在望我，妈妈的眼光倒没什么，可那女邻居的一双眼睛，却让我觉得仿佛她已经看见"拍花子"在拍我了，我就往往歪嘴哭起来，用泥手去抹眼泪，便急得妈妈赶快来抓我的手……

我在关于"拍花子"拍我的种种梦境——一个比一个更离奇恐怖——中惊醒后，直奔父母那里，并习惯性地将脸和身子紧贴父亲的脊背，蜷成一团，很快使父亲的脊背上焐出一大片痱子，并无望消失。开始，父亲只是在起床后烦躁地伸手去挠痒，但挠不到，于是便用"老头乐"使劲地抓挠。但那时父亲不过四十多岁，还不老，更不以此为乐，他当然很快就发现了那片痱子的来源。不过，在我的记忆里，父亲并没有因此而愤怒，更没有打我，只记得他对我有一个颇为滑稽的表情，说："嘿嘿嘿，原来是你兴的怪！"母亲对此好像也并不怎么在意，记得还一边往爸爸脊背上扑痱子粉，一边忍俊不禁地说："你看你看，他这么个细娃儿，他就发起梦魇来啦！""发梦魇"，就是因做梦而呈现古怪的表现，但母亲似乎从未问过我，究竟都做过些什么梦。

弗洛伊德，当然很了不起，但他那关于儿子多有"恋母情结"和"弑父情结"的潜意识等论述，于我的个人经验，实在是对不上号，尤其是对父亲的感情记忆，最深刻的，是我在极端恐怖时，得到了他脊背的庇护，且给他长期造成了一片难息的痱子，他又并未因此给我以责罚，我感激还来不及，怎会生"弑父"之心？父亲的脊背，并不怎样宽阔雄厚，我现在回忆起来，也并无更丰富的联想，比如后来他又如何以"无形的脊背"给我以呵护和力量等等，而且，情形还恰恰相反，他年过半百之后，对我的亲子之情虽依旧，对我的学业、前程、着落等大事，竟懒得过问，甚至撒手不管。记得我上中学以后，班主任来找家长，他招呼一下，便自己看报，母亲跟班主任谈完后，跟他说，老师要走了，他便站起来点头送客，这时老师话语中提及了我们学校名字，他竟脱口而出地说："怎么，心武是在二十一中上学吗？"我上到高中，换了学校，他还是闹不清，递给他成绩单，他草草拿眼一溜，好坏都不感兴趣。据说我大哥小的时候，常因成绩不佳挨他打屁股，打得很是认真。母亲后来对我说，父亲是因为管孩子"管伤了"（腻烦了），所以到我这老五，便听之由之，全权交由母亲来管教。1960年，父亲由贸易部调到一所部队院校任教，他和母亲去了张家口。当时哥哥都在外地，姐姐已出嫁，我还在上学，父亲却把北京的宿舍全部交出，让我去住校，不给我留房——那时贸易部是完全可以给家属留房的，另外同时调去的就给家里人留了房，但父亲觉得我应该过住校的生活，并完全独立。那时，我还未满十八周岁。

父亲在七十三岁那年过世（母亲则是在八十四岁那年），他那曾被我焐出痱子的脊背，自然连同他身体的其他部分一样，都化作了骨灰。父亲不是名人，一生不曾真正发达过，他的坎坷比起很多知识分子的遭遇来，也远不足以令人长叹息。他的同辈友人，几乎也都谢世，现在能忆念他的，也就是我们四个子女（大哥先他而逝），而我对他的忆念，竟越来越只集中在他那脊背因我而焐出的一片痱子上。在人类漫漫的历史中，在无数轰轰烈烈、惊心动魄的世事中，这对我父亲脊背上那片赤红鼓凸的痱子的忆念，是否极卑微、极琐屑，而且过分的私密了？

不，我不这样看。在这静静的秋夜里，我回忆起父亲脊背上的那片痱子，我想到了一个伟大的话题，这个话题常常被我们所忽略，那就是父爱；我们对母爱倾泻的话语实在已经太多太多，甚至于把话说绝："世上只有妈妈好！"其实，仅有妈妈的爱，人子的心性是绝不能健全的，世界、人类，一定要同时存在着与母爱同样浓酽的父爱，我指的是那种最本原的父爱，还暂不论及养和教，不论及熏陶和人格影响。

所谓"阴盛阳衰"，是时下人们对我们中国体育竞赛状况常有的叹息，其实，就母爱和父爱的外化状况、宣谕程度、研究探讨，特别是内在的自觉性和力度上，我们似乎也是"阴盛阳衰"。中国男人要提升阳刚度，浓酽其父爱，也应是必修课之一！

我自己现在已年过半百，比背上焐出一片痱子的父亲那时，还老许多，我的儿子，也已经很大，扪心自问，我对儿子，是有那最本原的父爱的，我常常意识到，不管怎么说，他和我，有一种永远无法摆脱的、宿命的链环关系——他是我同他母亲的共同作品，他的基因里，有我的遗传，我不能不给予他一种特别的感情，并企盼这种感情能够穿越我们的生命、穿越世事，并穿越我们的代沟冲突（那是一定会有的），而熔铸于使整个人类得以延续下去的因果之中。

直到这个静静的秋夜，我还没有把父亲脊背上的痱子，讲给儿子听。不讲了，既然写下了这篇文章。儿子现在不读我的文章，虽然他以我写文章而谋生暗暗自豪；儿子说过，不着急，我的书就在书架上，总有那么一天，他会坐下来，专门读我的书。我希望他会在一个集子里发现这篇文章，那时，也许他已经有自己的儿子或女儿了，他心里会涌出一股柔情，想到：你看，父亲从爷爷那里得到过，我从父亲那里得到过，我还要给予我的孩子，那是很朴素很本原的东西，一种天然的情感磁场，而这链环般的连续"磁化"，也便是永恒。

陈忠实

陈忠实（1942—），陕西西安人。著有短篇小说集《乡村》、《到老白杨树背后去》，中篇小说集《初夏》、《四妹子》、《天折》，《陈忠实小说自选集》3卷、《陈忠实文集》7卷，散文集《生命之雨》、《家之脉》等。《信任》获全国优秀短篇小说奖，《渭北高原，关于一个人的记忆》获全国报告文学奖，长篇小说《白鹿原》获第四届茅盾文学奖，并在日本、韩国和越南翻译出版。

旦旦记趣

外孙取名旦旦，已经长到两岁半，常有"惊人"之语出口。每每听到，先是猝不及防，随之便捧腹，或忍不住而喷饭，且不能忘。

他很贪玩，几乎没有片刻的闲静，即使吃饭，仍然是手不闲脚亦不停。这时候，我便哄他说："你不好好吃饭，屁股上都没肉啦！"顺手便捏一捏他的小屁股；再鼓励一番，"好好吃肉，屁股上就长肉啦。"他便真听了话，张口接住他妈妈递到嘴边的一块肉，刚嚼了两下，估计还未嚼碎，便急忙咽下，跑过来，背过身，撅起小屁股："爷爷你再摸一下，看看长肉了没有？"在一家人的哄笑声中，我只好将错就错："长了长了！再吃再长！"我亦忍不住笑，这才叫立竿见影！林彪要中国人学习"语录"要"立竿见影"，肯定没有想到这样的效果和这样幼稚的荒诞和荒谬！

旦旦吃了一块豆腐，蹦过来，转过身，又一次撅起小屁股，认真地说："爷爷你再摸一下，看看屁股上长豆腐了没？"哇！一家人全部放下碗，停住筷子，笑得前仰后合。

然后就没完没了，一次连一次地重复如前的动作和姿势，一次比一次更加认真地问：

"爷爷你再摸一下，屁股上长蘑菇了没？"

"爷爷你再摸一下，屁股上长木耳了没？"

我已经再没劲儿笑了，无可奈何地对他说："旦旦的屁股成了副食超市了。"

有一天，我要上班了，照例先和旦旦说再见，然后就走到门口。旦旦却急了，从沙发上跳下来，鞋也顾不得穿，光着脚跑过来，边跑边喊："爷爷别走，爷爷别走。"我就站住安慰他。他却盯着我喊："爷爷，我送你。"我也就释然，还以为他缠住我不让出门呢。我拉开门，他先蹦了出去，站在楼梯口，伸出一只小手来。我尚弄不明白他要做什么，就牵住他的手引他进门回屋。小家伙抽回手去，甩了几下，又伸到我面前。我女儿终于明白了，提示我说，他要跟你握手送别呢。我恍然醒悟，随即弯下腰伸出手去，攥住他的小手。他却当即跳着蹦着，另一只手像翅膀一样上下扇着，嘴里连续丢出一串话来："再见！拜拜！巴尼哈！那就这！"

我对于这突如其来的发挥毫无心理准备。旦旦表演完毕，向我摇摇手，又跑回屋里沙发上去了。我走下楼梯走过楼院走出住宅区的大门，心里还一直在想着。"再见"和再见的英语口语"拜拜"他早都会说了，自然是他爸爸妈妈教的。"巴尼哈"是维吾尔语"再见"的意思，肯定是他奶奶教给他的。我和老伴今年夏天去了一趟新疆，就学会了这么一句维吾尔语的"再见"。这些当然都不足为奇，奇就奇在"那就这"从何而来，谁教给他的？

想想也不难破译。家里来了人，说完了事，送客人出门，握手告别时我常习惯说"那就这"。意思是我们说过的事就这样了。不仅如此，打完电话时，我也习惯说一句："那就这，再见"。这娃娃不知观察了多少次我的举动和说话，终于和我要来表演一回了。

从这天开始，这样的握手告别仪式就成为必不可缺的铁定的程序，我一天出几次门，就有几次这样的表演仪式，地点也必须是门外的楼梯口。有一次因事急我匆匆开门出去，走到楼下，从窗户里传出旦旦的哭声，哭声不仅大而强烈，且很悲伤。我感到了一种他被轻视了的伤心，我犹豫一下，还是返身回家，弥补了那个握手告别的仪式。他的脸蛋上挂着泪珠，仍然把小手递到我手里，蹦着跳着，左胳膊还是小鸟翅膀一样上下扇动着，哽咽着却一字不漏地说完"再见……拜拜……巴尼哈……那就这"。

旦旦学骑小三轮车几乎无师自通，哪怕是车子可以擦轴而过的狭窄过道，他都可以骑过去。旦旦对我说，爷爷我到北京去了，说罢便踩动车轮钻进另一间房子去了。不一会儿，旦旦又转回来：爷爷我到上海去了。说罢又钻入第三间屋子。我的三室住房加上厨房，不时变幻着中国十几个城市的名字，大都是我或家人出差去过的城市。因为去某个城市的时间和回来之后的一段日子，家人总是说那些城市的见闻和观感。且旦便在谁也不留意他的时候记住了这些城市的名字，而且被他骑车一日几次地往返了。

旦旦睡觉了，家里便恢复了安静。他的一双小鞋却丢在我的房间的床边，我总是在看见那一双小鞋时忍不住怦然心动。我说不清什么原因，似乎也没有什么关于鞋的往事的参照或触发，反正看见那双脱下的小鞋时心里就怦然一动，甚至比看见他穿着鞋跑来跑去更加富于诱惑。

回到家里，迎上前来打招呼的总是旦旦。这时候，无论什么不顺心的事和烦恼的事甚至令人窝火的事，全都在旦旦的无序的话语里化解了。说宠辱皆忘说心静如水似乎都不大恰切，只是觉得自己就是一个爷爷了。

秋收过后，我带着旦旦回到老家乡村。今年夏天雨水好，秋粮得到了近来少有的好收成，村巷里的椿树槐树皂荚树树杈上，架着一串串剥光了皮壳的玉米棒子，橙黄鲜亮的。这虽然是我自小就看惯了的家乡的最亮丽最惹眼的风景，依然抑制不住对于丰收果实的那种诗意的感受。旦旦也激动起来，扬起两条小胳膊，睁大惊异的眼睛欢呼起来："啊呀！这么多的香蕉呀……"

旦旦的惊人之举引来哄然大笑。他奶奶他妈妈和周围的乡亲都笑了。我笑过之后，便不由得感慨。这孩子生在城里，长在城里，两岁半了，第一次看见玉米棒子，把形状类似的香蕉就联想起来混淆一起了。我的三个儿女，包括旦旦的妈妈，都生长在这祖传的乡间老屋里，他们生在"文化大革命"的非常时期，也是我的生活最困窘的时期，香蕉无异于天国的神果，他们正好可能把香蕉当作玉米棒子。香蕉在现时的乡村，已经不是什么稀奇的水果，乡村小镇和马路边的小店散摊，都摆着一堆堆零售的香蕉，肯定不会有农村孩子再把它当作玉米棒子的笑话发生了。无论大人们怎样开心地调笑，旦旦却早跑到树下，仰起脸盯着树林上的玉米棒子，跳着叫着要摘下"香蕉"来。

两岁半的旦旦，大约正处于人生的混沌状态，什么都要问，却什么也懂不了；什么都感觉新鲜，过眼之后便兴味索然；什么人的什么话都可以不听，一味固执于自己当时的兴趣；什么行动和动作都想去模仿，结果是毫不在意地又丢弃了。我可以看到一个人成长过程中两岁半这个年龄区段里的全部可爱，混沌的可爱。不必做任何意义上的猜想和推测，两岁半的混沌形态容不得意义，因为它本身属于无意义的自然形态。

这个年龄区段的混沌可能很短暂。因为在两岁的时候，旦旦还不是这样的形态。半岁的变化有点急骤，两岁时说不出的浑话和做不出的行为动作，到两岁半时就都发生了。那么我就猜想，再过半岁呢？到了三岁时，该是从混沌状态走出来而踏入半混沌半清明的状态了吗？他在蜕去一半混沌的同时，还能保持那一份憨态的可爱吗？

猜测那混沌状态的可能消失，依恋着那混沌状态的全部可爱，我便打算用笔记下来。我的记性已经很差，无疑是老年的生理特征的显现。想到生命的衰落生命的勃兴从来都是这样的首尾接续着，我便泰然而乐。

家之脉

女儿和女婿在墙壁上贴着几张识字图画，不满三岁的小外孙按图索文，给我表演：白菜、茄子、汽车、火车、解放军、农民……

一九五〇年春节过后的一天晚上，在那盏祖传的清油灯下，父亲把一支毛笔和一沓黄色仿纸交到我手里："你明日早起去上学。"我拔掉竹筒笔帽儿，是一撮黑里透黄的动物毛做成的笔头。父亲又说："你跟你哥合用一只砚台。"

我的三个孩子的上学日，是我们家的庆典日。在我看来，孩子走进学校的第一步，认识的第一个字，用铅笔写成的汉字第一画，才是孩子生命中光明的开启。他们从这一刻开始告别黑暗，走向智慧人类的旅程。

我们家木楼上有一只破旧的大木箱，乱扔着一堆书。我看着那些发黄的纸页和一行行栗子大的字问父亲："是你读过的书吗？"父亲说是他读过的，随之加重语气解释说："那是你爷爷用毛笔抄写的。"我大为惊讶，原以为是石印的，毛笔字怎么会写到和我的课本上的字一样规矩呢？父亲说："你爷爷是先生，当先生先得写好字，字是人的门脸。"在我出生之前已谢世的爷爷会写一手好字，我最初的崇拜产生了。

父亲的毛笔字显然比不得爷爷，然而父亲会写字。大年三十的后晌，村人夹着一卷红纸走进院来，父亲磨墨、裁纸，为乡亲写好一副副新春对联，摊在明厅里的地上晾干。我瞅着那些大字不识一个的村人围观父亲舞笔弄墨的情景，隐隐感到了一种难以言说的自豪。

多年以后，我从城市躲回祖居的老屋，在准备和写作《白鹿原》的六年时间里，每到春节的前一天后晌，为村人继续写迎春对联。每当造房上大梁或办婚丧大事，村人就来找我写对联。这当儿我就想起父亲写春联的情景，也想到爷爷手抄给父亲的那一厚册课本。

我的儿女都读过大学，学历比我高了，更比我的父亲和爷爷高了（他们都没有任何文凭，我仅只有高中毕业）。然而儿女唯一不及父辈和爷辈的便是写字，他们一律提不起毛笔来。村人们再不会夹着红纸走进我家屋院了。

礼拜五晚上一场大雪，足足下了一尺厚。第二天上课心里都在发慌，怎么回家去背馍呢？五十余里路程，我十三岁。最后一节课上完，我走出教室门时就愣住了，父亲披一身一头的雪迎着我走过来，肩头扛着一口袋馍馍，笑吟吟地说："我给你把干粮送来了，这个星期你不要回家了，你走不动，雪太厚了……"

二女儿因为误读俄语，补习只好赶到高陵县一所开设俄语班的中学去。每到周日下午，我用自行车带着女儿走七八里土路赶到汽车站，一同乘公共汽车到西安东郊的纺织城，再换乘通高陵县的公共汽车，看着女儿坐好位子随车而去，我再原路返回蒋村的祖屋。我没有劳累的感觉，反而感觉到了时代的进步和生活的幸福，比我父亲冒雪步行五十里为我送干粮方便得多了。

我不止一次劝告女儿和女婿，别太着急了，孩子三岁还不到，你教他认什么字嘛！他现在就应该吃饭、玩耍甚至捣蛋，才符合天性。女儿和女婿便说现在人对孩子智商如何如何开发，及至胎儿。我便把我赌上去：你爸爸八岁才上学识字，现在不光写小说当作家，写毛笔字偶尔还赚点润笔费哩！

父亲是一位地道的农民，比村子里的农民多了会写字会打算盘的本事，在下雨天不能下地劳作的空闲里，躺在祖屋的炕上读古典小说和秦腔戏本。他注重孩子念书学文化，他卖粮卖树卖柴，供我和哥哥读中学，至今依然在家乡传为佳话。

我供三个孩子上学的过程虽然也颇不轻松，然而比父亲当年的艰难却相去甚远。从私塾先生爷爷到我的孙儿这五代人中，父亲是最艰难的。他已经没有了私塾先生爷爷的地位和经济，而且作为一个农民也失去了对土地和牲畜的创造权利，而且心强气盛地要拼死供两个儿子读书。他的耐劳他的勤俭他的耿直和左邻右舍的村人并无多大差别，他的文化意识才是我们家里最可称道的东西，却绝非书香门第之类。

这才是我们家几代人传承不断的脉。

父亲的树

又有两个多月没有回原下的老家了。离城不过五十华里的路程，不足一小时的行车时间，想回一趟家，往往要超过月里四十的时日，想来也为自己都记不清的烦乱事而丧气。终于有了回家的机会，也有了回家的轻松，更兼着昨夜一阵小雨，把燥热浮尘洗净，也把心头的腻洗去。

进门放下挎包，先蹲到院子拔草。这是我近年间每次回到原下老家必修的功课。或者说，每次回家事由里不可或缺的一条，春天夏天拔除院子里的杂草。给自栽的枣树柿树和花草浇水；秋末扫落叶，冬天铲除积雪，每一回都弄得满身汗水灰尘，手染满草的绿汁。温习少年时期割草以及后来从事农活儿的感受，常常获得一种单纯和坦然，甚至连肢体的困倦都是别有一番滋味的舒悦。

前院的草已铺盖了砖地，无疑都是从砖缝里冒出来的。两月前回家已拔得干干净净，现在又罩满了，有叶子宽大的草，有秆子颇高的草。有顺地扯蔓的草，吓得孙子旦旦不敢下脚，只怕有蛇。他生在城里，至今尚未见过在乡村土地上爬行的蛇，只是在电视上看过。他已经吓得这个样子，却不断问我打过蛇没有，被蛇咬过没有。乡村里比他小的孩子，恐怕没有谁没见过蛇的，更不会有这样可笑的问题。我的哥哥进门来，也顺势蹲下拔草，和我间间断断说着家里无关紧要的话。我们兄弟向来就是这样，见面没有夸张的语言行为，也没有亲热的动作，平平淡淡里甚至会让生人产生其他猜想，其实大半生里连一句伤害的话从来都没有说过，更谈不到脸红脖子粗的事了。世间兄弟姊妹有种种相处的方式，我们却是于不自觉里形成这种习惯性的状态。说话间不觉拔完了草，堆起偌大一堆。我用竹笼纳了五笼，倒在门前的场塄下，之后便坐在雨篷下说闲话，懒得烧水。幸好还有几瓶啤酒，当着茶饮，想到什么人什么事，有一搭没一搭地聊着。还有一位村子里的兄弟，也在一起喝着扯着闲话。从雨篷下透过围墙上方往外望去，大门外场塄上的椿树直撑到天空。记不清谁先说到这棵树，是说这椿树当属村子里现存的少数几棵最大的树，却引发了我的记忆，当即脱口而出，这是咱伯栽的树。这话既是对哥说的，也是对那位弟说的。按当地习俗，兄弟多的家族，同一辈分的老大，被下辈的儿女称伯，老二被称爸，老三老四等被称大。有的同一门族的人丁超常兴旺，竟有大伯二伯三伯大爸二爸三爸和大二大三大八大的排列。这里的乡俗很不一般，对长辈的称呼只有一个字，伯、爸、大、叔、妈、娘、姨、舅、爷等，绝对没有伯伯、爸爸、大大、妈妈、娘娘、姨姨、爷爷、舅舅等的重复啰唆……我至今也仍然按家乡习惯称父亲为伯。父亲在他那一辈本门三兄弟里为老大。我和同辈兄弟姐妹都叫一个字：伯。如此说来，这文章的标题该当是：伯的树。

我便说起这棵椿树的由来。大约是"三年困难"时期最困难的一九六〇或是一九六一年，我正上高中，周日回到家，父亲在生产队出早工回来。肩上扛着镢头，手里攥着一株小树苗。我在门口看见，搭眼就认出是一株椿树苗子。坡地里这种野生的椿树苗子到处都有，那是椿树结的荚角随风飘落，在有水分的土壤里萌芽生根，一年就可以长到半人高的树秧子。这种树秧如长在梯田塄坎的草丛中，又幸不被砍去当柴烧，就可能长成一棵大椿树；如若生长在坡地梯田里，肯定会被连根挖除晒干当作好柴火，怕其占地影响麦子生长。父亲手里攥着的这根椿树苗子是一个幸运者，它遇到父亲。不是被扔在门前的场地上晒干了当柴烧，而是要郑重地栽植，正经当作一棵望其成材的树了，进入郑重的保护禁区了，也自这一刻起，它虽是普通不过平凡不过的一种树，却已经有主了。就是父亲。父亲给我吩咐，你去担水。他说着就在我家门前的场塄边上挖坑。树只是个秧儿，无须大坑，三镢头两铁锨就已告成；我也就没有要替父亲动手，而是按他的指令去担水。那时候我们村里吃的是泉水，从村子背后的白鹿原北坡的东沟流下来，清凌凌的，干净无染。泉水在村子最东头，我家在村子顶西边。我挑一回水，最快也需半小时。待我挑水回来，父亲早已挖好坑儿，坐在场塄边儿上抽旱烟。他把树苗置入一个在我看来过大的土坑里。我用铁锨铲土填进坑里，他把虚土踩踏一遍，让我再填，他再踩踏。他教我在土坑外沿围一圈高出地面的土梁，再倒进水去。我遵嘱一一做好，看着土坑里的水一层一层低下去，渗入新填的新鲜土坑里，成活肯定是毫无一丝疑义。父亲又指示我，用酸枣刺棵子顺着那个小坑围顾一圈栽起来，再用铁丝围拢固定，恰如篱笆，保护小椿树秧子，防止猪拱牛牴羊啃娃娃掐折。我从场边的柴堆上挑选出一根一根较高的业已晒干的酸枣棵子（这是父亲平时挖坡顺手捡回来的），做着这项防护措施。父亲坐在地上抽烟，看着我做。我却想到，现在属于父亲领地的，除了住房的庄基，就是这块附属于庄基地门前的这一小片场地了，充其量有二厘地。下了这个场塄，就是统归集体的土地了。父亲要在他可以自主掌控的二厘场地上，栽种一棵椿树。

我对父亲的一个尤为突出的记忆，就是他一生爱栽树。他是个农民，种玉米种麦子务弄棉花是他的本职主业，自不必说。而业余爱好就是栽树。我家在河川的几块水地，地头的水渠沿上都长着一排小叶杨树。水渠里大半年都流淌着从灞河里引来的自流水，杨树柳树得了沃土好水的滋养，迎着风如手提般长粗长高。随意从杨树或柳树上折一根枝条，插到渠沿的湿泥里。当年就长得冒过人头了，正如民间说的"三年一根椽、五年长成檩"的速度。二十世纪五十年代中期以前，我的父亲就指靠着他在地头渠沿培植的这些杨树，供给先后考上高小和初中的哥和我的学杂费用。那时的小学高年级，我都是住宿搭灶的学生。父亲把杨树齐根斫下来，卖了椽子，大约七八毛钱一根，再把树根刨出来，剁成小块，晒干，用两只大老笼装了，挑过灞河，到对岸的油坊镇上去卖，每百斤可卖一块至一块两毛钱。我至死都不会忘记五十年代中期的这两项货物——椽子和木柴的市场价格。无需解释原因，它关涉我能否在高小和初中的课堂上继续坐下去。父亲在斫了树干刨了树根的渠沿上，当即就会移栽或插下新的杨树秧或树枝，期待三年后斫下一根椽子卖钱。父亲卖椽卖柴供两个儿子念书的举动无意间传开，竟成为影响范围很宽的事。直到现在，我偶尔遇到一些同里乡党，见面还要感叹几句我父亲当年的这种劳动，甚至说"你伯总算没有白卖树卖柴"的话。不久，农村实行合作化以后，土地归集体，父亲也无树根可刨了。我就是在那一年休了学，初中刚念了一个学期。不过，我那时并不以为休学有多么严重，不过晚一年毕业而已，比起班上有些结婚和得了儿女的同

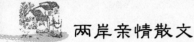

学，我是年龄最小的一个。这是解放后才获得念书机会的乡村学生的真实情况，结婚和生孩子做父母的初一学生每个班都有几个，不足为奇。

我在每个夏天的周日从学校回到家中，便要给父亲的那棵椿树秧子浇一桶水。这树秧长得很好，新发出的嫩枝竟然比原来的杆子还粗，肯定是水肥充足的缘由。某一个周六下午我回家走到门口，一眼望见椿树苗新冒出的嫩枝折断了头。不禁一惊，有一种心疼的惋惜。猜想是被谁撞折了，或被哪个孩子掐折了。晚上父亲收工回来吃晚饭时，说是一个七八岁的骚娃（调皮捣蛋的娃）用弹弓打断的。父亲说，娃嘛！就是个骚娃喀。用弹弓耍哩瞄准哩，也不好说他啥。后来就在断折处，从东西两边发出两枝新芽来，渐渐长起来。我曾建议父亲，小树不该过早分权，应该去掉一枝，留下一枝才能长高长直。父亲说，先不急，都让长着，万一哪个骚娃再折掉一枝，还有一枝。父亲给骚娃们留下了再破坏的余地，我就不仅仅是听从了，还有某点感动。再说这椿树秧子刚冒出来便遭拦头折断的打击，似乎憋了气，硬是非要长出一番模样来，从侧旁发出的两根新芽更见苗壮，眼见着拔高，竞相比赛一般生机勃勃。父亲怕那细杆负载不起茂盛的叶子，一旦刮风就可能折断，便给树干捆绑一根立杆，帮扶着它撑立不倒不折。这椿树便站立住了。无意间几年过去，我高考名落孙山回乡当了民办教师，为生活为前程多所波折，似乎也不太在意它了。这椿树已长得小碗粗了。小碗粗的椿树已经在天空展开枝权和伞状的树冠，却仍然是两根分枝，父亲竟没有除掉任何一根，他说越长越不忍心砍那多余的一根分枝了，就任其自由生长。这椿树得了父亲的宽容和心软，双枝分权的形态就保持下来。直到现在都合抱不拢的大树，依然是对称平衡的双枝撑立在天空，成为一道风景，甚至成为一种标志。有找我的人向村人问路，最明了的回答就是，门口场塄有一棵双权椿树。

到八十年代初始，生活已发生巨大转机，吃饱穿暖已不再成为一个问题的好光景到来时，我已筹备拆掉老朽不堪的旧房换盖新房了，不料父亲得了绝症。他似乎在交代后事，对我说，场塄上那棵椿树，可以伐倒做门窗料。我知道椿树性硬却也质脆，不宜做檩当梁，做门窗或桌椅却是上好木材。父亲感慨说，我栽了一辈子树，一根橼子都没给自家房子用过，都卖给旁人盖房子了，把这椿树伐下来，给咱的新房用上一回。我听了竟说不出话，喉头发哽。缓解一阵后，我对父亲说，门窗料我会想办法购买（那时木材属统购物资），让椿树长着。我说不出口的一句话是，父亲留给我的活物，就只剩下这一棵椿树了。不久，父亲去世了，椿树依然蓬勃在门外的场塄上。八十年代初，我随之获得专业写作的机会，索性回到原下老家图得清静，读书写作，还住在遇到阴雨便摆满盆盆罐罐接漏的老屋里，还继续筹备盖房。某一天，有两三个生人到村子里来寻买合适的树，一眼便瞅中了我父亲的这棵椿树，向村人打听树的主人。村人告诉说，那主家自己准备盖房都舍不得伐它，你恐怕也难买到手。买家说可以多掏一些钱，随之找到我，说椿树做家具是好材料，盖房未必好，可以多给一些钱，让我去选购椿木这些上好的盖房材料，并说明他们是做家具卖的生意人。我自然谢绝了。这是绝无商议余地的事。我即使再不济，也不能把父亲留给我的最后一棵树砍了。这椿树就一直长着，直到现在。每隔一段时日抽空回到老家，到门口第一眼看到的就是这棵椿树，父亲就站在我的眼前，树下或门口；我便没有任何孤独空虚，没有任何烦恼，没有任何腌臜的事能够把人腻死……

我和我哥坐在雨篷下聊着这棵椿树的由来。他那时候在青海工作，尚不清楚我帮父亲栽树的过程。他在"大跃进"的头一年应招到青海去了，高中只学了一年就等不得毕业了，想参加工作挣钱了。其实，还是父亲在这时候供给着两个中学生，可以想见其艰难。我是依靠着每月八元的助学金在读书，成为我一生铭记国家恩情的事。"大跃进"很快转变为灾难。青海兴建的厂矿和学校纷纷下马关门。哥和许多陕西青年一样无可选择又回到老家来，生产队新添一个社员。哥听了我的介绍，却纠正我说，这椿树还不是最老的树，父亲栽的最老的树要算上场里地角边的皂荚树。那是刚刚解放的五十年代初，我们家诸事不顺，我身后的两三个弟妹早夭，有一个刚生下六天得一种"四六风症"死去，有一个妹妹和一个弟弟都长到三四岁了，先后都夭亡了。家养一头黄牛，也在一场畜类流行瘟疫里死了。父亲惶恐里请来一位阴阳先生，看看哪儿出了毛病。那阴阳先生果然神奇，说你家上场祖坟那块地的西北角太空了，空了就聚不住"气"。邪气就乘虚而入了。父亲吓得不知如何是好，急问如何应对如何弥补。阴阳先生说，栽一棵皂荚树。并且解释，皂荚树的皂荚可以除污去垢，而且树身上长满一串串又粗又硬的尖刺，更可以当守护坟园的卫士。父亲满心诚服，到半坡的亲戚家挖来一株皂荚树秧子，栽到上场祖坟那块地的西北角上。成活了也长大了，每年都结着

213

迎风撞响的皂角儿。这皂荚树其实弥补得了多少空缺是很难说的，因为后来家里也还出过几次病灾，任谁都不会再和阴阳先生去验证较真了。这儿却留下一棵皂荚树，父亲的树，至今还长着，仍然是一年一树繁密的皂角儿，却无人摘折了，农民已经不用皂角洗涤衣服，早已用上肥皂洗衣粉之类。哥说了父亲的这棵皂荚树，我隐约有印象，不如他清楚，我那时不太在心，也太小。现在，在祖居的宅院里，两个年过花甲的兄弟，坐在雨篷下，不说官场商场，不议谁肥谁瘦，也不涉水涨潮落，却于无意中很自然地说起父亲的两棵树。父亲去世已经整整二十五年，他经手盖的厦屋和他承继的祖宗的老房都因朽木蚀瓦而难以为继，被我拆掉换盖成水泥楼板结构的新房了，只留下他亲手栽的两棵树还生机勃勃，一棵满枝尖锐硬刺儿的皂荚树，守护着祖宗的坟墓陵园；一棵期望成材作门窗的椿树，成为一种心灵感应的象征，撑立在家院门口，也撑立在儿子们心里。

　　每到农历六月，麦收之后的暑天酷热，这椿树便放出一种令人停留贪吸的清香花味，满枝上都绣集着一团团比米粒稍大的白花儿，招得半天蜜蜂，从清早直到天黑都嗡嗡嘤嘤的一片蜂鸣，把一片祥和轻柔的吟唱撒向村庄，也把清香的花味弥漫到整个村庄的街道和屋院。每年都在有机缘回老家时闻到椿树花开的清香，陶醉一番，回味一回，温习一回父亲。今年却因这事那事把花期错过了，便想，明年一定要赶在椿树花开的时日回到原下，弥补今年的亏空和缺欠。那是父亲留给这个世界也留给我的椿树，以及花的清香。

雷抒雁（1942—），陕西泾阳人。当代诗人、作家。著有诗集《小草在歌唱》、《云雀》、《春神》、《父母之河》、《掌上的心》、《雷抒雁抒情诗百首》、《踏尘而过》等，散文集《悬肠草》、《丝织的灵魂》、《分香散玉》、《秋思》等，诗论集《写意人生》，有作品被译为多种文字在国外发表。

生死之间

　　突然有一天，你发现那一个把你带到这个世界上来的人走了，没有了，就像水被蒸发了，永远地永远地从你的身边消失了，消失了。那叫你乳名时亲切柔软的声音；那抚摸你面颊时，一双枯瘦的手；那在你出门远行时，久久注视着你，充满关爱和嘱咐的目光，都消失了。

　　这是不能再生的消失。不像剃头，一刀子下去，你蓄了很久的秀发落地了。光头让你怅然，但是，只要有耐心，头发可以再生。一个人消失了，死了，不会再长出来，不会的。

　　一位墨西哥的作家还说："死亡不是截肢，而是彻底结束生命。"是的，即使人们的手脚因偶尔的不慎，失去了，残肢还会提醒你，手曾经的存在。死亡，是彻底的结束，如雪的融化，如雾的消散，如云的流失，永远地没有了，没有了。

　　可是，记忆没有随着死亡消失。每天，一进房门，你就寻找那张让你思念、惦记，或者让你习惯了的熟悉面孔出现。没有出现，你会不自禁地喊一声："妈妈！"然后，一个房间一个房间去找，看她是在休息还是在操劳：洗那些永远洗不完的衣物？为孩子们在做晚饭？或者专注地看一幕有趣的电视？可是，这一回，你的声音没有回应。每一间房子都是空的，她不在。看着墙上那一帧照片，你知道她已永远不在了，那让你一直以为充满着欢乐的母亲的照片，怎么会突然发现其中竟有一缕忧伤。难道，照片也会有灵性，将她对你无边无际的关怀，变幻在目光中。

　　我不能再走进母亲常年居住的房间，我不愿触动她老人家遗留下的衣物，就让它原样留存着，一任灰尘去封存。唉，那每一件遗物，都会是一把刀子，动一动就会割伤你的神经。

日子一天一天过去。我不再流泪。谁不知道死是人的归宿！生，让我们在生命上打上一个结；死，便是这个结的解脱。妻子这样安慰我，儿子这样安慰我。他们很快就从痛苦中跳出来，忙忙碌碌、快快乐乐地去干他们自己的事。好像那个死去的人，已是很久很久以前的事了，古老得不再提起。我的母亲的死，给他们留下过短暂的痛苦，但没有留下伤口。我的心里却留下很大的伤口，有很多血流出，我常常按着胸口，希望那伤口尽快愈合；可是很快我发现，愈合的只是皮肉，伤痕的深处，无法愈合，时时会有血流出。

生命怎么会如此奇异？只是因为血缘吗？像通常所说的，我是那个生命体上掉下的一块肉，便血脉相通，情感相连，有了一种切割不断的连结。有形的，以及无形的，可以解释的，以及神秘得难以解释的千丝万缕的连结。

我永远不会忘记2001年9月6日下午5时。在中国作协十楼会议室的学习讨论中，我以一种近乎失态的焦灼，希望结束会议，然后，迫不及待地"打的"回到母亲的住处。快到家时，我又打电话过去，想尽快和母亲说话。铃声空响，我希望她是到楼下散步去了。

推开门，像往常一样，我喊了一声"妈妈"，无人应声。我急忙走进后边一个房间。妈妈呻吟着躺在地上。我扑过去，是的，是扑过去，一把抱起她，想让她坐起来，问她怎么了。她只是含糊不清地说着："我费尽了力量，坐不起来了。"我看着床上被撕扯的被单，看着母亲揉皱了的衣服，知道她挣扎过。一切挣扎都无用。左边身子已经瘫了，无法坐住。她痛苦、无奈，无助得像个孩子。这个曾经十分刚强的生命，怎么突然会变得如此脆弱！

可是，无论如何，我明白了那个下午我焦灼、急切、不安的全部原因。一根无形的线，生命之线牵扯着我的心。我没有听见妈妈跌倒的声音，没有听见妈妈呻吟的声音，没有听见妈妈呼叫的声音，可我的心却如紊乱的钟摆，失去平衡，以从未有过的急切，想回到妈妈的身边去。也许，只要她的手触摸一下我，或者，她的眼神注视一下我，我心中失控的大火就会熄灭。

仅仅两天之后，当妈妈咽下最后一口气，永远地告别了她生活了八十一年的这个世界的时候，我觉得，我生命的很大一部分走了，随着她，被带走了。我猜想，一个人的理论生命也许会很长，但他就这样一部分一部分被失去的亲人，失去的情感所分割，生命终于变得短暂了。

没有医药可以医治心灵的伤痛。也许只有"忘记"。可是，对于亲人，要忘记又何其难！只好寻求书籍、寻求哲人，让理性的棉纱，一点一点吸干情感伤口上的血流。那些关于生与死的说教，曾经让我厌恶过，现在却像必不可少的药物，如阿司匹林之类，竟至有了新的疗效。

有一则关于死亡的宗教故事。说有一位母亲，抱着病逝的儿子去找佛陀，希望能拯救她的儿子。佛说，只有一种方法可以让你的儿子死而复生，解除你的痛苦：你到城里去，"向任何一户没有亲人死过的人家要回一粒芥菜子给我"。

那被痛苦折磨愚钝了的妇人去了。找遍了全城，竟然没有找回一粒芥菜子。因为，尘世上没有没失去过亲人的家庭。佛说，你要准备学习痛苦。

痛苦，需要学习吗？是的。

快乐，像是鲜花，任你怎么呵护，不经意间就凋零了。痛苦，却如野草，随你怎样刈割、铲除，终会顽强地滋生。你得准备，学习迎接痛苦、医治痛苦、化解痛苦。让痛苦"钙化"，成为你坚强生命的一部分。

不过，这将是困难和缓慢的学习，你得忍住泪水。

三 毛

三毛（1943—1991），本名陈平，祖籍浙江定海，生于四川重庆。台湾散文家。生平著作和译作十分丰富，著有散文、小说集《撒哈拉的故事》、《哭泣的骆驼》、《雨季不再来》、《温柔的夜》、《梦里花落知多少》、《背影》、《我的宝贝》等，译作有《刹那时光》、《兰屿之歌》等。

守望的天使

耶诞节前几日，邻居的孩子拿了一个硬纸做成的天使来送我。

"这是假的，世界上没有天使，只好用纸做。"汤米把手臂扳住我的短木门，在花园外跟我谈话。

"其实，天使这种东西是有的，我就有两个。"我对孩子眽眽眼睛认真地说。

"在哪里？"汤米疑惑好奇地仰起头来问我。

"现在是看不见了，如果你早认识我几年，我还跟他们住在一起呢！"我拉拉孩子的头发。

"在哪里？他们现在在哪里？"汤米急切地追问着。

"在那边，那颗星的下面住着他们。"

"真的，你没骗我？"

"真的。"

"如果是天使，你怎么会离开他们呢？我看还是骗人的。"

"那时候我不知道，不明白，不觉得这两个天使在守护着我，连夜间也不合眼地守护着呢！"

"哪有跟天使在一起过日子还不知不觉的人？"

"太多了，大部分都像我一样的不晓得哪！"

"都是小孩子吗？天使为什么要守着小孩呢？"

"因为上帝分小孩子给天使们之前，先悄悄地把天使的心装到孩子身上去了，孩子还没分到，天使们一听到他们孩子心跳的声音，都感动得哭了起来。"

"天使是悲伤的吗？你说他们哭着？"

"他们常常流泪的，因为太爱他们守护着的孩子，所以往往流了一生的眼泪。流着泪还不能擦啊，因为翅膀要护着孩子，即使是一秒钟也舍不得放下来找手帕，怕孩子吹了风淋了雨要生病。"

"你胡说的，哪有那么笨的天使！"汤米听得笑了起来，很开心地把自己挂在木栅上晃来晃去。

"有一天，被守护着的孩子总算长大了，孩子对天使说，要走了。又对天使们说，请你们不要跟着来，这是很讨人嫌的。"

"天使怎么说？"汤米问着。

"天使吗？彼此对望了一眼，什么都不说，他们把身边最好最珍贵的东西都给了要走的孩子，这孩子把包袱一背，头也不回地走了。"

"天使关上门哭着是吧？"

"天使们哪里来得及哭，他们连忙飞到高一点的地方去看孩子，孩子越走越快，越走越远，天使们都老了，还是挣扎着拼命向上飞，想再看孩子最后一眼。孩子变成了一个小黑点，渐渐地，小黑点也看不到了，这时候，两个天使才慢慢地飞回家去，关上门，熄了灯，在黑暗中静静地流下泪来。"

"小孩到哪里去了？"汤米问。

"去哪里都不要紧，可怜的是两个老天使，他们失去了孩子，也失去了心，翅膀下没有了要他们庇护的东西，终于可以休息了。可是撑了那么久的翅膀，已经僵了，硬了，再也放不下来了。"

"走掉的孩子呢？难道真不想念守护他的天使吗？"

"啊！刮风、下雨的时候，他自然会想到有翅膀的好处，也会想念得哭一阵呢！"

"你是说，那个孩子只想念翅膀的好处，并不真想念那两个天使本身啊？"

为着汤米的这句问话，我呆住了好久好久，捏着他做的纸天使，望着黄昏的海面说不出话来。

"后来也会真想天使的。"我慢慢地说。

"什么时候？"

"当孩子知道，他永远回不去了的那一天开始，他会日日夜夜地想念着老天使们了啊！"

"为什么回不去了？"

"因为离家的孩子，突然在一个早晨醒来，发现自己也长了翅膀，自己也正在变成天使了。"

"有了翅膀还不好，可以飞回去了！"

"这种守望的天使是不会飞的，他们的翅膀是用来遮风蔽雨的，不会飞了。"

"翅膀下面是什么？新天使的工作是不是不一样啊？"

"一样的，翅膀下面是一个小房子，是家，是新来的小孩。是爱，也是眼泪。"

"做这种天使很苦！"汤米严肃地下了结论。

"是很苦，可是他们以为这是最最幸福的工作。"

汤米动也不动地盯住我，又问："你说，你真的有两个这样的天使？"

"真的。"我对他肯定地点点头。

"你为什么不去跟他们在一起？"

"我以前说过，这种天使们，要回不去了，一个人的眼睛才亮了，发觉原来他们是天使，以前是不知道的啊！"

"不懂你在说什么！"汤米耸耸肩。

"你有一天大了就会懂，现在不可能让你知道的。有一天，你爸爸、妈妈——"

汤米突然打断了我的话，他大声地说："我爸爸白天在银行上班，晚上在学校教书，从来不在家，不跟我们玩。我妈妈一天到晚在洗衣煮饭扫地，又总是在骂我们这些小孩，我的爸爸妈妈一点意思也没有。"

说到这儿，汤米的母亲站在远远的家门，高呼着："汤米，回来吃晚饭，你在哪里？"

"你看，啰不啰唆，一天到晚找我吃饭，吃饭，讨厌透了。"

汤米从木栅门上跳下来，对我点点头，往家的方向跑去，嘴里说着："如果我也有你所说的那两个天使就好了，我是不会有这种好运气的。"

汤米，你现在不知道，你将来知道的时候，已经太晚了。

（选自《稻草人手记》，中国友谊出版公司一九八五年版）

痴心石

许多年前，当我还是一个十三岁的少年时，看见街上有人因为要盖房子而挖树，很心疼那棵树的死亡，就站在路边呆呆地看。树倒下的那一瞬间，同时在观望的人群发出了一阵欢呼，好似做了一件值得庆祝的事情一般。

树太大了，不好整棵运走，于是工地的人拿出了锯子，把树分解。就在那个时候，我鼓足勇气，向人开口，很不好意思地问，可不可以把那个剩下的树根送给我。那个主人笑看了我一眼，说："只要你拿得动，就拿去好了。"我说我拿不动，可是拖得动。

就在又拖又拉又扛又停的情形下，一个死爱面子又极羞涩的小女孩，当街穿过众人的注视，把那个树根弄到家里去。

父母看见当时发育不良的我，拖回来那么大一个树根，不但没有嘲笑和责备，反而帮忙清洗、晒干，然后将它搬到我的睡房中去。

以后的很多年，我捡过许多奇奇怪怪的东西回家，父母并不嫌烦，反而特别看重那批不值钱但是对我有意义的东西。他们自我小时候，就无可奈何地接纳了这样一个女儿，这样一个有时被亲戚叫成"怪人"的孩子。

我的父母并不明白也不欣赏我的怪癖，可是他们包涵。我也并不想父母能够了解我对于美这种主观事物的看法，只要他们不干涉，我就心安。

许多年过去了，父女分别了二十年的一九八六年，我和父母之间，仍然很少一同欣赏同样的事情，他们有他们的天地，我，埋首在中国书籍里。我以为，父母仍是不了解我的——那也算了，只要彼此有爱，就不必再去重评他们。

就在前一个星期，小弟跟我说第二天的日子是假期，问我是不是跟父母和他全家去海边。听见说的是海边而不是公园，就高兴地答应了。结果那天晚上又去看书，看到天亮才睡去。全家人在次日早晨等着我起床一直等到十一点，母亲不得已叫醒我，又怕我不跟去会失望，又怕叫醒了我要丧失睡眠，总之，她很为难。半醒了，只挥一下手，说："不去。"就不理人翻身再睡，醒来发觉，父亲留了条子，叮咛我一个人也得吃饭。

父母不在家，我中午起床，奔回不远处自己的小房子去打扫落花残叶，弄到下午五点多钟才再回父母家中去。

妈妈迎了上来，责怪我怎么不吃中饭，我问爸爸在哪里，妈妈说："嗳，在阳台水池里替你洗东西呢。"我拉开纱门跑出去喊爸爸，他应了一声，也不回头，用一个刷子在刷什么，刷得好用力的。过了一会儿，爸爸又在厨房里找毛巾，说要擦干什么，他要我去客厅等着，先不给看。一会儿，爸爸出来了，妈妈出来了，二老手中捧着的是两块石头。

爸爸说："你看，我给你的这一块，上面不但有纹路，石头顶上还有一抹淡红，你觉得怎么样？"妈妈说："弯着腰好几个钟头，丢丢拣拣，才得了一个石球，你看它有多圆！"

我注视着这两块石头，眼前立即看见年迈的父母弯着腰、佝着背，在海边的大风里辛苦翻石头的画面。

"你不是以前喜欢画石头吗？我们知道你没有时间去拣，就代你去了，你看看可不可以画？"妈妈说着。我只是看着比我还要瘦的爸爸发呆又发呆。一时里，我想骂他们太痴心，可是开不了口，只怕一讲话声音马上哽住。

这两块最最朴素的石头，没有任何颜色可以配得上它们，是父母在今生送给我的意义最深最广的礼物，我相信，父母的爱——一生一世的爱，都藏在这两块不说话的石头里给了我。父母和女儿之间，终于在这一瞬间，在性灵上，做了一次最完整的结合。

席慕容

席慕容（1943—），祖籍内蒙古察哈尔盟明安旗。台湾诗人、散文家、画家。著作有诗集、散文集、画册及选本等五十余种，读者遍及海内外。著有诗集《七里香》、《无怨的青春》、《时光九篇》、《边缘光影》、《我折叠着我的爱》等，散文集《有一首歌》、《江山有诗》等。

美丽的错误
——写给年轻母亲的信

张秀亚女士在她的一首诗里，写出了一个极美的境界，这首诗是这样的：

> 小白花，
> 像一个托着牛奶杯子的天真
> 孩童到处倾洒着。
> 风吹着，
> 小杯子一歪，
> 又洒出去一些。

刚看到这首诗时，觉得心里好像非常干净了，然后，才忽然省悟到：我怎么从来没有用这样的一颗心来对待过我的孩子呢？

不是吗？当幼小的孩子拿着杯子歪歪倒倒地走过来的时候，我不是都只会紧张地瞪着他，深怕他会把杯里的东西洒泼出来吗？而若他真的洒了，我不是每次都会很大声地斥责他吗？就算有时候能够控制情绪，不严厉地对待他，可是，每次不也是赶快地拿着抹布东擦西抹地，很强烈地暗示了他："你在做一件错事吗！"我为什么要这样对待他呢？

和我的沙发、我的地毯比较起来，我孩子的价值当然应该高出许多许多。可是每次孩子把牛奶洒在沙发上或者地上的时候，我不是都很快地把孩子赶在一边，然后，很心疼地去收拾残局吗？在那一刻，孩子眼中气急败坏的妈妈，不是好像爱沙发、地毯多过爱孩子吗？

不过，我并不是说，从今以后，在孩子打翻东西的时候我都会鼓掌叫好，并且很快乐地叫他再来一次，好让我能再欣赏一次。

我只是提醒自己，这是上天赋予幼儿的一个特殊的权利。当然，我仍然会急急忙忙地去收拾，我也许仍然会告诉他说：他犯了错了。可是，在我心里，我要感谢上苍，感谢它能让我享受做慈母的幸福。而在我眼里，我要温柔地安慰我的孩子，他是犯了错了，可是，他犯的是一项"美丽的错误"。

　　人生有好多不同的阶段，在每一个阶段都有不同的特色，我们既然可以欣赏老年的慈和、中年的成熟、青年的美丽、儿童的天真，那么我们为什么不能欣赏幼儿的失误呢？

　　他不会好好地拿杯子，他不会好好地拿汤匙，他若跑得快就常会跌倒，他若说得急就常会说错。可是，在那样幼小的年纪里，他所有的失误不都是为了惹你怜爱？不都是为了告诉你，他一刻也不能离开你吗？他有软软的双脚、软软的双手以及一颗软软的心，需要我们给他永远不嫌多的爱和安慰，需要我们所有的陪伴。

　　而当有一天，当他走路不再常跌跤了，当他把杯子拿得很稳了，当他口齿非常清晰了的时候，他就不再"那样地"需要我们了。

　　当然，他仍是你的儿女，可是他已经开始往自己的路上走去了。他需要的扶持越少，就表示他将离你越远。若他有了悲伤，已不是母亲的一个拥抱或者一次亲吻可以安慰得了的；若他有了恐惧，母亲的怀中也不再是最安全的地方，有些事情，已非慈母的力所能及了。当然，他仍然会不断地做错事，可是，那些错误就将是一些真正的错误，不再如幼儿时所犯的那样温柔和美丽了。

　　前一阵子，孩子还小的时候，我和所有年轻的母亲一样，觉得我在数着日子，我们常说："再熬两年，等孩子上幼稚园就好了。"或者："等孩子都上了学，我就苦出头了。"

　　今夜，我才发现，我们都在浪掷着上苍给我们的最好的一段时光。在这段时光里，我们原来可以好好地享受孩子给我们的每一刹那和我们给孩子的每一刹那，这原来该是整个世界的一个开始，最最单纯与无私的施与受，这样的爱，在以后的日子里将变得比较稀少了。

　　亲爱的朋友，让我们来做一个快乐的慈母吧。在这封信的最后，让我再引用张秀亚女士的一段文字来与您分享：有时，偶尔我为一些日常的琐事而抑郁时，墙外传来巷中孩童的不分明的语声，夹杂着纯真的欢笑，每使我莞尔，而想到了那句诗：上帝，孩子的眼中有你！

父亲教我的歌

从前，常听外婆说，五岁以前的我，是个标准的蒙族娃娃。虽然生长在中国南方，从来也没见过家乡，却会说很流利的蒙古话，还会唱好几首蒙古歌，只可惜一入小学之后，就什么都忘得干干净净的了。

隐约感觉到外婆语气里的惋惜与责备，可是，我能有什么办法呢？

对一个太早入学，智力体力都不如人的孩子来说，小学一二年级可真不好念哪！刚上学的那些日子里，真可以说是步步惊魂，几乎是把所有的力气，把整个的童年，都花在追赶别人的步伐，博取别人认同的功夫上了。

要班上同学愿意接受你并且和你做朋友，并不是一件容易的事，偏偏还要跟着父母四处迁徙。那几年间，从南京、上海、广州再辗转到了香港，每次都要重新开始，我一次又一次地更换着语言，等到连那些说广东话的同学也终于接纳了我的时候，已经是小学五六年级了。我国语标准、广东话标准，甚至连他们开玩笑时抛过来的俏皮话，我也能准确地接招还击。只是，在这样长时间的努力之后，我的蒙古话就只剩下一些问候寒暄的单句，而我的蒙古歌则是早已离我远去，走得连一点影子也找不回来了。

那以后外婆偶尔提起，我虽然也觉得有点可惜和惭愧，但是年轻的我，却不十分在意，也丝毫不觉得疼痛。

那强烈的疼痛来得很晚，很突然。

一九八九年夏末，初次见到了我的内蒙古故乡。这之后，一到暑假，我就像候鸟般地往北方飞去。有天晚上，和朋友们在鄂尔多斯高原上聚会，大家互相敬酒，在敬酒之前都会唱一首歌，每一首都不相同，都很好听。当地的朋友自豪地说：鄂尔多斯是"歌的海洋"，他一个人就可以连唱上七天七夜也不会重复。

那高亢明亮的歌声，和杯中的酒一样醉人，喝了几杯之后，我也活泼了起来，不肯只做个听众，于是举起杯子，向着众人，我也要来学着敬酒了。

可是，酒在杯中，而歌呢？歌在哪里？

在台湾，我当然也有好朋友，我们当然也一起喝过酒，一起尽兴地唱过歌。从儿歌、民谣一直唱到流行的歌曲，可以选择的曲子也真不算少，但是，在这一刻，好像都不能代表我的心，不能代表我心中渴望发出的声音。

此刻的我，站在故乡的土地上，喝着故乡的酒，面对着故乡的人，我忽然非常渴望也能够发出故乡的声音。

不会说蒙古话还可以找朋友翻译，无论如何也能把想表达的意思说出七八分来。但是，歌呢？用故乡的语言和曲调唱出来的声音，是从生命最深处直接迸发出来的婉转呼唤，是任何事物都无法替代也无法转换的啊！

在那个时候，我才感觉到了一种强烈的疼痛与欠缺，好像在心里最深处缠着撕扯着的忽然都浮现了出来，空虚而又无奈。

因此，从鄂尔多斯回来之后，我就下定决心，非要学会一首蒙古歌不可。真的，即使只能学会一首都好。

但是，事情好像不能尽如人意。我是有几位很会唱歌的朋友，我也有了几首曲谱，有了一些歌词，还有人帮我用英文字母把蒙文的发音逐字逐句地拼了出来。但是，好像都没什么效果。看图识字的当时，也许可以唱上一两段，只要稍微搁置下来，过后就一句也唱不完全了。

一九九三年夏天，和住在德国的父亲一起参加了比利时鲁汶大学举办的蒙古学学术会议。在回程的火车上，父亲为朋友们轻声唱了一首蒙古民谣，那曲调非常亲切。回到波昂，我就央求父亲教我。

父亲先给我解释歌词大意，那是个羞怯的青年对一位美丽女子的爱慕，他只敢远远观望：何等洁白清秀的脸庞！何等精致细嫩的手腕！何等殷红柔润的双唇！何等深沉明理的智慧！这生来就优雅高贵的少女，想必是一般平民的子弟只能在梦里深深爱慕着的人儿吧。

然后父亲开始一句一句地教我唱：

采热奈痕查干那!

查日布奈痕拿日英那!

……

在起初，我虽然有点手忙脚乱，又要记曲调又要记歌词，还不时要用字母或者注音符号来拼音。不过，学习的过程倒是出奇的顺利，在莱茵河畔父亲的公寓里，在那年夏天，我只用了一个晚上的时间，就学会了一首好听的蒙古歌。

回到台湾之后，好几次，在宴席上，我举起杯来，向着或是从北方前来做客的蒙族客人，或是在南方和我一起成长的汉人朋友，高高兴兴地唱出这首歌。令我自豪的是，好像从来也没有唱错过一个字，唱走过一个音。

一九九四年春天，和姊妹们约好了在夏威夷共聚一次。有天晚上，我忍不住给她们三个唱了这首歌。

是在妹妹的公寓里，南国春日的夜晚慵懒而又温暖，窗外送来淡淡的花香。她们斜倚在沙发上，微笑注视着我，仿佛有些什么记忆随着这首歌又回到了眼前。

我刚唱完，妹妹就说：这个曲调很熟，好像听谁唱过。

然后，姐姐就说：

"是姥姥！姥姥很爱唱这首歌。我记得那时候她都是在早上，一边梳着头发，一边轻轻地唱着这首歌的。"

原来，答案在这里！

姐姐的记忆，填补了我生命初期的那段空白。

我想，在我的幼年，在那些充满了阳光的清晨。当外婆对着镜子梳头的时候，当她轻轻哼唱着的时候，依偎在她身边的我，一定也曾经跟着她一句一句唱过的吧？不然的话，今天的我怎么可能学得这么容易这么快？

我忽然安静了下来，原来，答案藏在这里！转身慢慢走向窗前，窗外花香馥郁，大地无边静寂，我只觉得自己好像刚刚走过一条迢遥的长路，心中不知道是悲是喜。

一切终于都有了解答。原来，此刻在长路的这一端跟着父亲学会的这首歌，我在生命最初启程的时候曾经唱过。

周国平

周国平（1945—），上海人。1962—1968 年就读于北京大学哲学系，1978—1981 年就读于中国社科院研究生院。1968—1970 年在湖南沅江部队农场锻炼。历任广西资源县委宣传部干事，中国社科院哲学所助理研究员、副研究员、研究员。著有散文集《人与永恒》、《守望的距离》、《各自的朝圣路》、《安静》、《善良·丰富·高贵》、《偶尔远行》，诗集《忧伤的情欲》，纪实文学《妞妞：一个父亲的札记》、《岁月与性情》。

妞妞：一个父亲的札记 (节选)

新大陆 (札记之一)

初为人父的日子，全新的体验，全新的感情，人生航行中的一片新大陆。我怀着怎样虔诚的感激和新鲜的喜悦，守在妞妞的摇篮旁，写下了登陆第一个月的游记。我何尝想到，当时的妞妞已经身患绝症，我的新大陆注定将成为我的凄凉的流放地，我生命中的永恒的孤岛……

1 奇迹

四月的一个夜晚，那扇门打开了，你的出现把我突然变成了一个父亲。

在我迄今为止的生涯中，成为父亲是最接近于奇迹的经历，令我难以置信。以我凡庸之力，我怎么能从无中把你产生呢？不，必定有一种神奇的力量运作了无数世代，然后才借我产生了你。没有这种力量，任何人都不可能成为父亲或母亲。

所以，对于男人来说，唯有父亲的称号是神圣的。一切世俗的头衔都可以凭人力获取，而要成为父亲却必须仰仗神力。

你如同一朵春天的小花开放在我的秋天里。为了这样美丽的开放，你在世外神秘的草原上不知等待了多少个世纪？

由于你的到来，我这个不信神的人也对神充满了敬意。无论如何，一个亲自迎来天使的人是无法完全否认上帝的存在的。你的奇迹般的诞生使我相信，生命必定有着一个神圣的来源。

望着你，我禁不住像泰戈尔一样惊叹："你这属于一切人的，竟成了我的！"

2　摇篮与家园

今天你从你出生的医院回到家里，终于和爸爸妈妈团圆了。

说你"回"到家里，似不确切，因为你是第一次来到这个家。

不对，应该说，你来了，我们才第一次有了一个家。

孩子是使家成其为家的根据。没有孩子，家至多是一场有点儿过分认真的爱情游戏。有了孩子，家才有了自身的实质和事业。

男人是天地间的流浪汉，他寻找家园，找到了女人。可是，对于家园，女人有更正确的理解。她知道，接纳了一个流浪汉，还远远不等于建立了一个家园。于是她着手编筑一只摇篮，——摇篮才是家园的起点和核心。在摇篮四周和摇篮里的婴儿一起，真正的家园生长起来了。

屋子里有摇篮，摇篮里有孩子，心里多么踏实。

3　最得意的作品

你的摇篮放在爸爸的书房里，你成了这间大屋子的主人。从此爸爸不读书，只读你。

你是爸爸妈妈合写的一本奇妙的书。在你问世前，无论爸爸妈妈怎么想象，也想象不出你的模样。现在你展现在我们面前，那么完美，仿佛不能改动一字。

我整天坐在摇篮旁，怔怔地看你，百看不厌。你总是那样恬静，出奇地恬静，小脸蛋闪着洁净的光辉。最美的是你那双乌黑澄澈的眼睛，一会儿弯成妩媚的月牙，掠过若有若无的笑意，一会儿睁大着久久凝望空间中某处，目光执著而又超然。我相信你一定在倾听什么，但永远无法知道你听到了什么，真使我感到神秘。

看你这么可爱，我常常禁不住要抱起你来，和你说话。那时候，你会盯着我看，眼中闪现两朵仿佛会意的小火花，嘴角微微一动似乎在应答。

你是爸爸最得意的作品，我读你读得入迷。

4　你、我和世界

你改变了我看世界的角度。

我独来独往，超然物外。如果世界堕落了，我就唾弃它。如今，为了你有一个干净的住所，哪怕世界是奥吉亚斯的牛圈，我也甘愿坚守其中，承担起清扫它的苦役。

我旋生旋灭，看破红尘。我死后世界向何处去，与我何干？如今，你纵然也不能延续我死后的生存，却是我留在世上的一线扯不断的牵挂。有一根纽带比我的生命更久长，维系着我和我死后的世界，那就是我对你的祝福。

有了你，世界和我息息相关了。

5　弱小的力量

你的力量比不上一株小草，小草还足以支撑起自己的生命，你只能用啼哭寻求外界的援助。可是你的啼哭是天下最有权威的命令，一声令下，妈妈的乳头已经为你擦拭干净，爸爸也已经用臂弯为你架设一只温暖的小床。

此刻你闭眼安睡了。你的小身子信赖地倚偎在我的怀里，你的小手紧紧抓住我的衣襟。闻着你身上散发的乳香味，我不禁流泪了。你把你的小生命无保留地托付给我，相信在爸爸的怀里能得到绝对的安全。你怎么知道，爸爸并无这样的能力，我们的命运都在未定之中。

对于爸爸妈妈，你的弱小确有非凡之力。惟其因为你弱小，我们的爱更深，我们的责任更重，我们的服务更勤。你的弱小召唤我们迫不及待地为你献身。

余秋雨

余秋雨（1946—），浙江余姚人。艺术理论家、中国文化史学者、散文作家。1968年毕业于上海戏剧学院戏剧文学系。历任上海戏剧学院院长、教授，上海剧协副主席。著有系列散文集《文化苦旅》、《山居笔记》、《千年一叹》、《行者无疆》、《借我一生》等，专著《戏剧理论史稿》、《戏剧审美心理学》、《艺术创造工程》等。

借住何处 (节选)

一

爸爸此生，读的书没我多，走的路没我远，对中外文明的思考没我深。我原先以为，像我这样独行特立的人，对父母的实际依赖不大，因此家庭对我而言，更多地体现为一种情感审美价值和精神归憩意义。

爸爸去世才两天，我的这个想法变了，发现一切并不是那样超逸。

回想他的全部经历，从他回乡结婚、移家上海到写下那些借条，我看清了，他一直在向大地、向上天索借着全家——特别是儿子们，更特别是我的生命支点。

他的心愿很大，行为却很具体。他不善言辞，不会表达，因此连他的行为也被大家漠视了，包括被我们这些儿子漠视。

这是万千家庭中都会发生的代沟委屈。也许代沟的两边互有委屈，但委屈最重的一方，总是父辈。

直到爸爸去世才知道，天下儿女真正理解父辈委屈的深度，总是在父辈离开之后。

因此，这也总是儿女们追悔莫及的痛点。

我的痛点是，少了一次与爸爸的长谈。

长谈的内容，是关于爸爸一九五七年把全家搬到上海来借住的举动，究竟有多大意义。

这是他平生最大的举动，他希望获得合理的评价。

在灾难的岁月中，他曾对自己的这个举动产生过几次怀疑。开始是当他被关押后全家立即饥寒交迫的事实，使他想到如果仅他一人在上海，就不会这样。后来发现所有的子女都要到陌生的地方上山下乡，使他更加后悔当初把全家搬来的计划。祖母高龄返乡以求重新召唤子孙回家的悲怆壮举，更使他抱愧自责。

但是，自从灾难过去，他的自信已稍稍回来。

他大体知道我在上海的磨难，却也看到我在上海的成长。他一直想问我一个最简单的问题：当初上海来对了吗？

他又觉得这个问题过于着眼过去，过于着眼功过，可能不合时宜。

然而他一直在暗暗等待着，等待着一次长谈。

这些年，爸爸很少接触媒体，却从看病的医院里知道了我的一点点社会知名度。他并不为这种知名度感到高兴，但由此推断出上海这座城市对我的重要性，心里略感踏实。

我给过他一本《文化苦旅》，他因眼睛不好，读读放放，并不怎么在意。平日就塞在手提包里，有时去公园闲坐时拿出来翻翻。有一次他去医院检查身体，完事后穿衣理包，准备离开，看到几案上有这本书，就自言自语说：“真是糊涂了，刚才怎么把这本书掏出来了。”正要伸手去拿，医生笑着说：“老先生，你搞错了吧，这是我的书。”

爸爸一时没回过神来，说：“没搞错，这是我儿子写的书嘛，你看这署名……”

这事的结果，当然是他受到了格外的尊重，而且这位医生请他带着那本书回来要我签名。以后他每次去看病，都有医生、护士事先准备好一叠叠我的书要我签名。这实在有点把他闹晕了。

他想，在那些书上，我签名时还写着请那些医生、护士“雅正”，那就应该由我赠送才对，否则很失礼。于是，他到书店去了。

“有一本叫《文化苦旅》的书有没有？”他问。边问，边递上一张他事先写好的纸条，上面就写着这个书名。他觉得这个书名用上海话一念别人一定听不明白。

书店职员没看纸条，随口答道：“卖完了。但余秋雨新出的书还有，要哪一本？”

爸爸怯生生地问：“新出的？书名叫什么？”

书店职员从书架上各拿一本放在他面前，他也不看内容，只要看清楚署名确实是我，就把那一堆都买回来了。我下次回家探望，他很不好意思似的推在我面前，要我签名，然后送给医生、护士。

可以想象，真正不好意思的是我。我问清了这些书的来历，便说：

"爸爸，要送书，问我要，何劳您自己去买？"顿了顿，我又尴尬地解释道，"这些书，怕您和妈妈看着累，我没拿过来，也没告诉你们。"

我心里在自责：真不像话。

但从此，爸爸关照几个弟弟，报刊上有关我的消息，拿一点给他看看。

那天回家，爸爸拿出一本杂志，不知是哪个弟弟送去的，上面有我的一篇答记者问。爸爸指了指他做了记号的一段，问我："这话，记者记错了吧？"

我从来不在意报刊上有关我的文字，拿过来一看，是这样一段对话——

问：请问余教授，对你写作影响最大的，是什么书？

答：小学语文课本。它让我认识了毕生阅读和写作中的绝大多数汉字。

问：再请问，对你思维影响最大的，是什么书？

答：小学数学课本。它让我知道了一系列最基本的逻辑常识，至今我们还常常为这些逻辑常识而奋斗。

我记得说过这样的话，记者没有记错。

"都是小学？"爸爸问。

我当时没感到爸爸这个问题里包含着什么，只随意地答了一句："那是一种极而言之的说法，比较好玩。"

过后不久，我小学的同班同学沈如玉先生来上海，爸爸、妈妈都认识他。他现在担任家乡的教委主任，专程赶来，问我能不能在母校留下更多的印记，例如，把我的名字嵌入校名。

我立即推拒，认为在母校，任何人都只是编排在原来学号里的那个普通学生。

如玉说："你想岔了。家乡那么偏僻的小地方，能让你在名声上增添什么？乡亲们只是想借着你的例子，鼓励乡间孩子读书罢了。"

这就很难推托了。我想了想，对如玉说："这样吧，找一块砖石，嵌在不起眼的内墙一角，上面可以刻一排与我有关的小字。"

"你拟一句吧！"如玉说。

我拟定的句子是：

在这道矮墙里边，有一位教授完成了他的全部早期教育。

如玉把它记在纸上了。

爸爸在边上不解地问："全部？"

我说："是的，全部。"

但这时，我看到了爸爸沮丧的眼神。

他一定在奇怪，他只是让我在乡下借住了九年，后来我已经在上海生活了几十年，即便也算是"借住"吧，为什么总是对上海那么吝啬？

在这一点上我丝毫没有要与爸爸憋气，只是因为这个问题关及一个人文化心理结构中的某种基元性沉淀，我一时无法向他说明白。

上海在我的中学时代有教育之恩，因此，不管后来我在这座城市受多少罪，挨多少整，也总是默默忍受，只顾以更多的劳作来为它增添一点文化重量，作为报答。十多年前在全国各地考察时深知上海名声太差，还写了一篇《上海人》力排众议，肯定上海文明是中国近代以来最有容量，也最有潜力的地域文明，并为精明而畏怯的上海市民鼓劲打气。但后来几经折腾我已明白，在文化人格上自己与这座城市有很大隔阂。我怎么也成不了那种假兮兮、湿腻腻的所谓"海派文人"。因此这些年来除了探望爸爸、妈妈，已基本不去。

现在，连爸爸也离开了，只剩下不断用家乡方言叹息着"寂寞"的妈妈，留在那些街道间。

直到爸爸临终，我都没有与他进行这次长谈，没有讨论他当初把我带到上海来这件事，包含着多少生命的悖论。

这种悖论并不艰深，叔叔在年轻时已经领悟。

其实爸爸也有所领悟，最新的证据我们已经看到，他不想让这座城市里的任何一个"朋友"来参加自己的追悼会，他没有留下一份与这座城市的街道、里弄相关的通讯录。

二

那么，就开一个家庭式的追悼会吧。

家里人、亲眷、家乡人，再加上我们这几个儿子的朋友。

追悼会的主要内容，是在一架大屏幕上映出爸爸从少年到老年的代表性照片，特别要仔细地映出他藏在抽屉里的那一大沓纸页：大批判简报、申诉书和一张张借条。

这些图像的讲述人，是我妻子马兰。她是大儿媳妇，却对屏幕上的灾难记录基本陌生。由她讲述，有一种由外而内的悲痛。那天她黑衣缓步，慢慢叙述，坚持到最后没有哽咽。

我致悼词，主要是解释那些借条。我听到，现场响起了一片哭声。

追悼会以后，我一直在想，关于该不该来上海的问题太艰深，没有必要在父子间讨论。父子间需要的是另一些谈话，例如，真后悔没有多问爸爸一些有关当年隔离室里的事情，这可能会让我更好地理解那些借条。可惜几天之差，就成了永远的猜测。

由此，我想到了另一对老人。

老人的价值在此刻突然显得万分重要，因为他们直接关系着后代生命的一个个支点。

不知道这些支点也能活着，但知道了这些支点却能自觉地活着，感恩地活着，恭敬地活着。

应该明白，老人有很多话要讲，只是我们常常没有让他们讲。

可能，这是人世间最大的损失之一。

我对妻子说："应该动员你的爸爸写回忆录。不是用来出版，而是为后代留下生命传承的记忆。对老人本身，也是晚年的一种精神总结，很有意义。"

妻子点头。她经历了我爸爸的事，对此深有理解。

我们没动员多久，岳父就同意了。不仅同意，居然当天便动笔。

可见，子女们都想到得太迟了。

几天后的一个中午，岳母叫岳父吃饭，岳父坐在餐桌边还泪流不止。岳母一怔，随即问："写到哪儿啦？"岳父没有回答，拍拍岳母的肩，说："老伴，你真不容易！"

这顿饭，两位老人红着眼睛说几句，吃几口；吃几口，说几句。我们的侄女马格丽听起来十分艰难，却也觉得自己应该知道，当即要求，把爷爷写下来的文稿输入电脑。

以后几天，轮到马格丽红着眼睛上餐桌了。

梁晓声

梁晓声（1949—），原名梁绍生。祖籍山东荣成，生于哈尔滨。1977年毕业于复旦大学中文系。著有长篇小说《一个红卫兵的自白》、《从复旦到北影》、《雪城》，中篇小说集《人间烟火》，短篇小说集《天若有情》、《白桦树皮灯罩》、《死神》等，并发表大量散文、杂文、随笔及电影、电视剧剧本。

241

母亲，我不识字的文学导师

1949年9月22日，我出生在哈尔滨市安平街一个人家众多的大院里。我的家是一间半低矮的苏联房屋。邻院是苏联侨民的教堂，经常举行各种宗教仪式。我从小听惯了教堂的钟声。

父亲目不识丁。祖父也目不识丁。原籍山东省荣城县温泉寨村。上溯十八代乃至二十八代三十八代，尽是文盲，尽是穷苦农民。

父亲十几岁时，被生活所逼迫，随村人"闯关东"来到了哈尔滨。

他是我们家族史上的第一个工人——建筑工人。他转折了我们这一梁姓家族的成分。我在小说《父亲》中，用两万余纪实性的文字，为他这一个中国的农民出身的"工人阶级"立了一篇小传。从转折的意义讲，他是我们家族史上的一座碑。

父亲对我走上文学道路从未施加过任何有益的影响。不仅因为他是文盲，也因为从一九五六年起，我七岁的时候，他便离开哈尔滨市建设大西北去了。从此每隔两三年他才回家与我们团聚一次。我下乡以后，与父亲团聚一次更不易了。在我的记忆中，父亲是反对我们几个孩子"看闲书"的。父亲常因母亲给我们钱买"闲书"而对母亲大发其火。家里穷，父亲一个人挣钱养家糊口，也真难为他。每一分钱都是他用汗水换来的。父亲的工资仅够勉强维持一个家庭最低水平的生活。

母亲也是文盲。但母亲与父亲不一样，父亲是个崇尚力气的文盲，母亲是个崇尚文化的文盲。对我们几个孩子寄托的希望便也截然对立，父亲希望我们将来都能靠力气吃饭，母亲希望我们将来都能成为靠文化自立于社会的人。希望矛盾，对我们的教育宗旨、教育方式便难统一。父亲的教育方式是严厉的训斥和惩罚，母亲对我们的教育则注重在人格、品德、礼貌和学习方面。值得庆幸的是，父亲常年在大西北，我们从小接受的是母亲的教育。母亲的教育至今仍对我为人处世深有影响。

母亲从外祖父那里知道许多书中的人物和故事，而且听过一些旧戏，乐于将书中或戏中的人物和故事讲给我们。母亲年轻时记忆强，什么戏剧什么故事，只要听过一遍，就能详细记住。母亲善于讲故事，讲时带有很浓的个人感情色彩。我从五六岁起，就从母亲口中听到过《包公传》、《济公传》、《杨家将》、《岳家将》、《侠女十三妹》的故事。母亲是个很善良的女人。善良的女人大多喜欢悲剧。母亲尤其愿意、尤其善于讲悲剧的故事：《秦香莲》、《风波亭》、《赵氏孤儿》、《杜十娘怒沉百宝箱》……母亲边讲边落泪，我们边听边落泪。

我于今在创作中追求悲剧情节、悲剧色彩，自然而然地在字里行间流溢浓重的主观感情色彩，可能正是由于小时候听母亲带着她浓重的主观感情色彩讲了许多悲剧故事的结果。我认为，文学对于一个作家儿童时代的心灵所形成的直接或间接的影响，对一个作家在某一时期或某一阶段的创作风格起着"先天"的、潜意识的制约。

我们长大了，母亲衰老了。母亲再也不像我们小时候那样给我们讲故事了。母亲操持着全家人的生活，没有时间、没有精力、没有心思重复那些典型的中国式的悲剧色彩很浓的传统故事了。母亲的一生就是一个悲剧。她至今没过上一天无忧无虑的生活。

我们也不再满足于听母亲讲故事了。我们都能读书了，我们渴望读书。只要是为了买书，母亲给我们钱时从未犹豫过。母亲没有钱，就向邻居借。母亲这个没有文化的女人，凭着做母亲的本能认为，读书对于她的孩子们总归是有益的事。

家中没有书架，也没有摆书架的地方。母亲为我们腾出了一只旧木箱。我们买的书，包上书皮儿，看过后存放箱子里。

最先获得买书特权的，是我的哥哥。

哥哥也酷爱文学。我对文学的兴趣，一方面是母亲以讲故事的方式不自觉地培养的结果，另一方面是受哥哥的熏染。

我读小学时，哥哥读初中。我读初中时，哥哥读高中。

六十年代的教学，比今天更体现对学生的文学素养的普遍重视。哥哥高中读的已不是《语文》课本，而是《文学》课本。

哥哥的《文学》课本，便成了我常常阅读的"文学"书籍。哥哥无

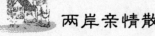

形中取代了母亲家庭"故事员"的角色。每天晚上，他做完功课，便捧起《文学》课本，为我们朗读。我们理解不了的，他就耐心启发我们。

我想买《红旗谱》，只有向母亲要钱。为了要钱我去母亲做活的那个条件低劣的街道小工厂找母亲。

那个街道小工厂里的情形像中世纪的奴隶作坊。二百多平方米的四壁颓败的大屋子，低矮、阴暗、天棚倾斜，仿佛随时会塌下来。五六十个家庭妇女，一人坐在一台破旧的缝纫机旁，一双接一双不停歇地加工棉胶鞋鞋帮。到处堆着毡团，空间毡绒弥漫。所有女人都戴口罩。夏日里从早到晚，一天戴八个乃至十个小时的口罩，可想而知是种什么罪。几扇窗子一半陷在地里，无法打开，空气不流通，闷得使人头晕。耳畔脚踏缝纫机的声音响成一片，女工们彼此说话，不得不摘下口罩，扯开嗓子。话一说完，就赶快将口罩戴上。她们一个个紧张得不直腰，不抬头，热得汗流浃背。有几个身体肥胖的女人，竟只穿着件男人的背心，大概是他们的丈夫的。我站在门口，用目光四处寻找母亲，却认不出在这些女人中，哪一个是我的母亲。

负责给女工们递送毡团的老头问我找谁，我说出了母亲的名字。

"在那儿!"老头用手一指。

我这才发现，最里边的角落，有一个瘦小的身躯，背对着我，像八百度的近视眼写字一样，头低垂向缝纫机，正在做活。

我走过去，轻轻叫了一声：

"妈……"

母亲没听见。

我又叫了一声。

母亲仍未听见。

"妈!"我喊了起来。

母亲终于抬起了头。

母亲瘦削的憔悴的脸，被口罩遮住二分之一。口罩已湿了，一层毡绒附着上面，使它变成了毛茸茸的褐色的。母亲的头发上衣服上也落满了毡绒，母亲整个人都变成毛茸茸的褐色的。这个角落更缺少光线，更暗。一只可能是一百瓦的灯泡，悬吊在缝纫机上方，向窒闷的空间继续散发热。一股蒸蒸的热气顿时包围了我。缝纫机板上水淋淋的，是母亲滴落的汗。母亲的眼病常年不愈，红红的眼睑夹着黑白混浊的眼睛，目光痴呆地望着我，问："你到这里来干什么？找妈有事？"

"妈，给我两元钱……"我本不想再开口要钱。亲眼看到母亲是这样挣钱的，我心里难受极了。可不想说的话说了。我追悔莫及。

"买什么？"

"买书……"

母亲不再多问，手伸入衣兜，掏出一卷毛票，默默点数，点够了两元钱递给我。

我犹豫地伸手接过。

离母亲最近的一个女人，停止做活，看着我问："买什么书啊？这么贵！"

我说："买一本长篇。"

"什么长篇短篇的！你瞧你妈一个月挣三十几元钱容易吗？你开口两元，你妈这两天的活白做了！"那女人将脸转向母亲，又说："大姐你别给他钱，你是当妈的，又不是奴隶！供他穿，供他吃，供他上学，还供他花钱买闲书看呀？你也太顺他意了！他还能出息成个写书的人咋的？"

母亲淡然苦笑，说："我哪敢指望他能出息成个写书的人呢！我可不就是为了几个孩子才做活的么！这孩子和他哥一样，不想穿好吃好，就爱看书。反正多看书对孩子总是有些教育的，算我这两天活白做了呗！"说着，俯下身，继续蹬缝纫机。

那女人独自叹道："唉，这老婆子，哪一天非为了儿女们累死在缝纫机旁！……"

我心里内疚极了，一转身跑出去。

我没有用母亲给我的那两元钱买《红旗谱》。

几天后母亲生了一场病，什么都不愿吃，只想吃山楂罐头，却没舍得花钱给自己买。

我就用那两元钱，几乎跑遍了道里区的大小食品商店，终于买到了一听山楂罐头，剩下的钱，一分也没花。

母亲下班后，发现了放在桌上的山楂罐头，沉下脸问："谁买的！"

我说："妈，我买的。用你给我那两元钱为你买的。"说着将剩下的钱从兜里掏出来也放在了桌上。

"谁叫你这么做的？"母亲生气了。

我讷讷地说；"谁也没叫我这么做，是我自己……妈，我今后再也不向你要钱买书了！……"

"你向妈要钱买书，妈不给过你吗？"

"没有……"

"那你为什么还说这种话？一听罐头，妈吃不吃又能怎么样呢？还不如你买本书，将来也能保存给你弟弟们看……"

"我……妈，你别去做活了吧！……"我扑在母亲怀里，哭了。

今天，当我竟然也成了写书人的今天，每每想起儿时的这些往事以及这份特殊的母爱，不免一阵阵心酸。我在心底一次次呼喊：我爱你，母亲！

第一支钢笔

它是黑色的，笔身粗大，外观笨拙。全裸的笔尖，旋拧的笔帽，笔囊内没有夹管，吸墨水时，捏一下，鼓起缓慢。墨水吸得太足，写字常常"呕吐"，弄脏纸和手。我使用它，已经二十多年了。笔尖劈过，断过，被我磨齐了，也磨短了。笔道很粗，写一个笔画多的字，大稿纸的两个格子也容不下。如今，已不能再用它写作，只能写便笺或信封。

它是我使用的第一支钢笔，母亲给我买的。那一年，我升入小学五年级。学校规定，每星期有两堂钢笔字课。有些作业，老师要求学生必须用钢笔完成。全班每一个同学，都有了一支崭新的钢笔。有的同学甚至有两支。我却没有钢笔可用，连支旧的也没有。我只有蘸水钢笔，每次完成钢笔作业，右手总被墨水染蓝。染蓝了的手又将作业本弄脏。我常因此而感到委屈，做梦都想得到一支崭新的钢笔。

一天，我终于哭闹起来，折断了那支蘸水笔，逼着母亲非要立刻给我买一支钢笔不可。

母亲说："孩子，妈妈不是答应过你，等你爸爸寄回钱来，一定给你买一支吗？"

我不停地哭闹："不，不，我今天就要。你去给我借钱买！"

母亲叹了口气，为难地说："你这孩子，真不懂事。这月买粮的钱，是向邻居借的；交房费的钱，也是向邻居借的；给你妹妹看病，还是向邻居借的钱。今天为了一支钢笔，你就非逼着妈妈再去向邻居借钱么？叫妈妈怎么张得开口啊？"

我却不管这些，哭闹得更凶。母亲心烦了，打了我两巴掌。我赌气哭着跑出了家门……

那天下雨，我在雨中游荡了大半日不回家，衣服淋湿了，头脑也淋得平静了，心中不免后悔自责起来。是啊，家里生活困难，仅靠在外地工作的父亲每月寄回几十元钱过日子，母亲不得不经常向邻居开口借钱。母亲是个很顾脸面的人，每次向邻居家借钱，都需鼓起一番勇气。我怎么能那样为难母亲呢？我觉得自己真是太对不起母亲了。

　　于是我产生了一个念头，要靠自己挣钱买一支钢笔。于是，我冒雨朝火车站走去。火车站附近有座坡度很陡的桥。一些大孩子常等在坡下，帮拉货的手推车夫推上坡，可讨得五分钱或一角钱。

　　我走到那座大桥下，等待许久，不见有推车来。雨越下越大，我只好站到一棵树下躲雨。雨点劈劈啪啪地抽打着肥大的杨树叶，冲刷着马路。马路上不见一个行人的影子，只有公共汽车偶尔驶来驶去。除了几根电线杆子远处，迷迷蒙蒙的什么也看不清楚。

　　我正感到沮丧，想离开，可雨又太大，等下去，肚子又饿。这时，我忽然发现一辆手推车，装载着几层高的木箱子，遮盖着雨布，拉车人正在大雨中缓慢地、一步步地朝这里拉来。看得出，那人拉得非常吃力，腰弯得很低，上身几乎俯得与地面平行了，两条裤腿都挽到膝盖以上，双臂拼力压住车把，每迈一步，似乎都使出了浑身的劲。那人没穿雨衣，头上戴顶草帽。由于他上身俯得太低，无法看见他的脸，也不知他是个老头，还是个小伙儿。

　　他刚将车拉到大桥坡下，我便从树下一跃而出，大声问："要帮一把吗？"他应了一声，我便赶快绕到车后，一点也不隐藏力气地推起来。车上不知拉的何物，非常沉重。还未推到半坡，我便一点力气也没有了，双腿发软，气喘吁吁。那时我才知道，即使一角钱，也是并非容易挣到的，而且我还空着肚子呢。又推了几步，实在推不动了，就产生了"偷劲"的念头，反正拉车人是看不见我的。我刚刚松懈了一点力气，就觉得车轮顺坡倒转。不行，不容我"偷劲"。那拉车人，也肯定是凭着最后一点力气在坚持，在顽强地向坡上拉。我不忍心"偷劲"了。我咬紧牙关，憋足一股力气，一步接一步，机械地向前迈动着步子。

　　车轮忽然转动得迅速起来。我这才知道，已经将车推上了坡，开始下坡了。手推车飞快朝坡下冲，那拉车人身子太轻，压不住车把，反被车把将身子悬起来，双腿离开了地面，控制不住车的方向。幸亏车的方向并未偏往马路中间，始终贴着人行道边，一直滑到坡底才缓缓停下。

我一直跟在车后跑，车停了，我也站住了。那拉车人刚转过身，我便向他伸出一只手，大声说："给钱！"那拉车人呆呆地望着我，一动不动，不掏钱，也不说话。

我仰起脸看他，不由得愣住了，"他"原来是母亲。雨水，混合着汗水，从母亲憔悴的脸上直往下淌。母亲的衣服完全淋透了，像从水里捞出来的一样，湿漉漉地贴在身上，显出了她那瘦削的两肩的轮廓。她胸口剧烈地起伏着，脸色苍白，大口大口地喘着气。

我望着母亲，母亲望着我，我们母子完全怔住了。

就在那一天，我得到了那支钢笔，梦寐以求的钢笔。

母亲将它放在我手中时，满怀期望地说："孩子，你要用功读书啊。你要是不用功读书，就太对不起妈妈了……"

在我的学生时代，我一刻都没有忘记过母亲满怀期望对我说的这番话。

如今，二十多年过去了，我已经是个成年人了，母亲也变成了老太婆。那支笔，也可以说早已完成它的历史使命了。但我，却要永远保存它，永远珍视它，永远不抛弃它。

现在的五年级学生，是不会因家里买不起一支钢笔而哭闹了；现在的母亲们，也不会再为给孩子买一支钢笔而去冒着大雨拉车了。我们发展着的生活，正在消除着贫困。而那些在贫困之中积淀下来的有益的东西，将会存留在下一代心里。

母亲，我永远感激您当年为我买了那支老式的廉价的钢笔。

史铁生

史铁生（1951—2010），北京人。著有长篇小说《务虚笔记》、《我的丁一之旅》，短篇小说集《命若琴弦》，散文《我与地坛》、《记忆与印象》等。《我的遥远的清平湾》、《奶奶的星星》分获 1982 年、1983 年全国优秀短篇小说奖，《老屋小记》获首届鲁迅文学奖，长篇随笔《病隙碎笔》获第三届鲁迅文学奖。

我与地坛

一

我在好几篇小说中都提到过一座废弃的古园，实际就是地坛。许多年前旅游业还没有开展，园子荒芜冷落得如同一片野地，很少被人记起。

地坛离我家很近。或者说我家离地坛很近。总之，只好认为这是缘分。地坛在我出生前四百多年就坐落在那儿了，而自从我的祖母年轻时带着我父亲来到北京，就一直住在离它不远的地方——五十多年间搬过几次家，可搬来搬去总是在它周围，而且是越搬离它越近了。我常觉得这中间有着宿命的味道：仿佛这古园就是为了等我，而历尽沧桑在那儿等待了四百多年。

它等待我出生，然后又等待我活到最狂妄的年龄上忽地残废了双腿。四百多年里，它一面剥蚀了古殿檐头浮夸的琉璃，淡褪了门壁上炫耀的朱红，坍记了一段段高墙又散落了玉砌雕栏，祭坛四周的老柏树愈见苍幽，到处的野草荒藤也都茂盛得自在坦荡。这时候想必我是该来了。十五年前的一个下午，我摇着轮椅进入园中，它为一个失魂落魄的人把一切都准备好了。那时，太阳循着亘古不变的路途正越来越大，也越红。在满园弥漫的沉静光芒中，一个人更容易看到时间，并看见自己的身影。

自从那个下午我无意中进了这园子，就再没长久地离开过它。我一下子就理解了它的意图。正如我在一篇小说中所说的："在人口密聚的城市里，有这样一个宁静的去处，像是上帝的苦心安排。"

两条腿残废后的最初几年，我找不到工作，找不到去路，忽然间几乎什么都找不到了，我就摇了轮椅总是到它那儿去，仅为着那儿是可以逃避一个世界的另一个世界。我在那篇小说中写道："没处可去我便一天到晚耗在这园子里。跟上班下班一样，别人去上班我就摇了轮椅到这儿来。""园子无人看管，上下班时间有些抄近路的人们从园中穿过，园子里活跃一阵，过后便沉寂下来。""园墙在金晃晃的空气中斜切下一溜荫凉，我把轮椅开进去，把椅背放倒，坐着或是躺着，看书或者想事，撅一权树枝左右拍打，驱赶那些和我一样不明白为什么要来这世上的小昆虫。""蜂儿如一朵小雾稳稳地停在半空；蚂蚁摇头晃脑捋着触须，猛然间想透了什么，转身疾行而去；瓢虫爬得不耐烦了，累了祈祷一回便支开翅膀，忽悠一下升空了；树干上留着一只蝉蜕，寂寞如一间空屋；露水在草叶上滚动，聚集，压弯了草叶轰然坠地摔开万道金光。""满园子都是草木竞相生长弄出的响动，窸窸窣窣窸窸窣窣片刻不息。"这都是真实的记录，园子荒芜但并不衰败。

除去几座殿堂我无法进去，除去那座祭坛我不能上去而只能从各个角度张望它，地坛的每一棵树下我都去过，差不多它的每一米草地上都有过我的车轮印。无论是什么季节，什么天气，什么时间，我都在这园子里待过。有时候待一会儿就回家，有时候就待到满地上都亮起月光。记不清都是在它的哪些角落里了，我一连几小时专心致志地想关于死的事，也以同样的耐心和方式想过我为什么要出生。这样想了好几年，最后事情终于弄明白了：一个人，出生了，这就不再是一个可以辩论的问题，而只是上帝交给他的一个事实；上帝在交给我们这件事实的时候，已经顺便保证了它的结果，所以死是一件不必急于求成的事，死是一个必然会降临的节日。这样想过之后我安心多了，眼前的一切不再那么可怕。比如你起早熬夜准备考试的时候，忽然想起有一个长长的假期在前面等待你，你会不会觉得轻松一点？并且庆幸并且感激这样的安排？

剩下的就是怎样活的问题了。这却不是在某一个瞬间就能完全想透的，不是能够一次性解决的事，怕是活多久就要想它多久了，就像是伴你终生的魔鬼或恋人。所以，十五年了，我还是总得到那古园里去，去它的老树下或荒草边或颓墙旁，去默坐，去呆想，去推开耳边的嘈杂理一理纷乱的思绪，去窥看自己的心魂。十五年中，这古园的形体被不能理解它的人肆意雕琢，幸好有些东西是任谁也不能改变它的。譬如祭坛石门中的落日，寂静的光辉平铺的一刻，地上的每一个坎坷都被映照得灿烂；譬如在园中最为落寞的时间，一群雨燕便出来高歌，把天地都叫喊得苍凉；譬如冬天雪地上孩子的脚印，总让人猜想他们是谁，曾在哪儿做过些什么，然后又都到哪儿去了；譬如那些苍黑的古柏，你忧郁的时候它们镇静地站在那儿，你欣喜的时候它们依然镇静地站在那儿，它们没日没夜地站在那儿从你没有出生一直站到这个世界上又没了你的时候；譬如暴雨骤临园中，激起一阵阵灼烈而清纯的草木和泥土的气味，让人想起无数个夏天的事件；譬如秋风忽至，再有一场早霜，落叶或飘摇歌舞或坦然安卧，满园中播散着熨帖而微苦的味道。味道是最说不清楚的，味道不能写只能闻，要你身临其境去闻才能明了。味道甚至是难于记忆的，只有你又闻到它你才能记起它的全部情感和意蕴。所以我常常要到那园子里去。

二

现在我才想到，当年我总是独自跑到地坛去，曾经给母亲出了一个怎样的难题。

她不是那种光会疼爱儿子而不懂得理解儿子的母亲。她知道我心里的苦闷，知道不该阻止我出去走走，知道我要是老待在家里结果会更糟，但她又担心我一个人在那荒僻的园子里整天都想些什么。我那时脾气坏到极点，经常是发了疯一样地离开家，从那园子里回来又中了魔似的什么话都不说。母亲知道有些事不宜问，便犹犹豫豫地想问而终于不敢问，因为她自己心里也没有答案。她料想我不会愿意她跟我一同去，所以她从未这样要求过，她知道得给我一点独处的时间，得有这样一段过程。她只是不知道这过程得要多久，和这过程的尽头究竟是什么。每次我要动身时，她便无言地帮我准备，帮助我上了轮椅车，看着我摇车拐出小院；这以后她会怎样，当年我不曾想过。

有一回我摇车出了小院，想起一件什么事又返身回来，看见母亲仍站在原地，还是送我走时的姿势，望着我拐出小院去的那处墙角，对我的回来竟一时没有反应。待她再次送我出门的时候，她说："出去活动活动，去地坛看看书，我说这挺好。"许多年以后我才渐渐听出，母亲这话实际上是自我安慰，是暗自的祷告，是给我的提示，是恳求与嘱咐。只是在她猝然去世之后，我才有余暇设想。当我不在家里的那些漫长的时间，她是怎样心神不定坐卧难宁，兼着痛苦与惊恐与一个母亲最低限度的祈求。现在我可以断定，以她的聪慧和坚忍，在那些空落的白天后的黑夜，在那不眠的黑夜后的白天，她思来想去最后准是对自己说："反正我不能不让他出去，未来的日子是他自己的，如果他真的要在那园子里出了什么事，这苦难也只好我来承担。"在那段日子里——那是好几年长的一段日子，我想我一定使母亲作过了最坏的准备了，但她从来没有对我说过："你为我想想。"事实上我也真的没为她想过。那时她的儿子还太年轻，还来不及为母亲想，他被命运击昏了头，一心以为自己是世上最不幸的一个，不知道儿子的不幸在母亲那儿总是要加倍的。她有一个长到二十岁上忽然截瘫了的儿子，这是她唯一的儿子；她情愿截瘫的是自己而不是儿子，可这事无法代替；她想，只要儿子能活下去哪怕自己去死呢也行，可她又确信一个人不能仅仅是活着，儿子得有一条路走向自己的幸福；而这条路呢，没有谁能保证她的儿子终于能找到。——这样一个母亲，注定是活得最苦的母亲。

有一次与一个作家朋友聊天，我问他学写作的最初动机是什么？他想了一会儿说："为我母亲。为了让她骄傲。"我心里一惊，良久无言。回想自己最初写小说的动机，虽不似这位朋友的那般单纯，但如他一样的愿望我也有，且一经细想，发现这愿望也在全部动机中占了很大比重。这位朋友说："我的动机太低俗了吧？"我光是摇头，心想低俗并不见得低俗，只怕是这愿望过于天真了。他又说："我那时真就是想出名，出了名让别人羡慕我母亲。"我想，他比我坦率。我想，他又比我幸福，因为他的母亲还活着。而且我想，他的母亲也比我的母亲运气好，他的母亲没有一个双腿残废的儿子，否则事情就不这么简单。

在我的头一篇小说发表的时候，在我的小说第一次获奖的那些日子里，我真是多么希望我的母亲还活着。我便又不能在家里呆了，又整天整天独自跑到地坛去，心里是没头没尾的沉郁和哀怨，走遍整个园子却怎么也想不通：母亲为什么就不能再多活两年？为什么在她儿子就快要碰撞开一条路的时候，她却忽然熬不住了？莫非她来此世上只是为了替儿子担忧，却不该分享我的一点点快乐？她匆匆离我去时才只有四十九呀！有那么一会儿，我甚至对世界对上帝充满了仇恨和厌恶。后来我在一篇题为《合欢树》的文章中写道："我坐在小公园安静的树林里，闭上眼睛，想，上帝为什么早早地召母亲回去呢？很久很久，迷迷糊糊的我听见了回答：'她心里太苦了，上帝看她受不住了，就召她回去。'我似乎得了一点安慰，睁开眼睛，看见风正从树林里穿过。"小公园，指的也是地坛。

只是到了这时候，纷纭的往事才在我眼前幻现得清晰，母亲的苦难与伟大才在我心中渗透得深彻。上帝的考虑，也许是对的。

摇着轮椅在园中慢慢走，又是雾罩的清晨，又是骄阳高悬的白昼，我只想着一件事：母亲已经不在了。在老柏树旁停下，在草地上在颓墙边停下，又是处处虫鸣的午后，又是鸟儿归巢的傍晚，我心里只默念着一句话：可是母亲已经不在了。把椅背放倒，躺下，似睡非睡挨到日没，坐起来，心神恍惚，呆呆地直坐到古祭坛上落满黑暗然后再渐渐浮起月光，心里才有点明白，母亲不能再来这园中找我了。

曾有过好多回，我在这园子里呆得太久了，母亲就来找我。她来找我又不想让我发觉，只要见我还好好地在这园子里，她就悄悄转身回去，我看见过几次她的背影。我也看见过几回她四处张望的情景，她视力不好，端着眼镜像在寻找海上的一条船，她没看见我时我已经看见她了，待我看见她也看见我了我就不去看她，过一会我再抬头看她就又看见她缓缓离去的背影。我只是无法知道有多少回她没有找到我。有一回我坐在矮树丛中，树丛很密，我看见她没有找到我；她一个人在园子里走，走过我的身旁，走过我经常待的一些地方，步履茫然又急迫。我不知道她已经找了多久还要找多久，我不知道为什么我决意不喊她——但这绝不是小时候的捉迷藏，这也许是出于长大了的男孩子的倔强或羞涩？但这倔只留给我痛悔，丝毫也没有骄傲。我真想告诫所有长大了的男孩子，千万不要跟母亲来这套倔强，羞涩就更不必，我已经懂了可我已经来不及了。

儿子想使母亲骄傲，这心情毕竟是太真实了，以致使"想出名"这一声名狼藉的念头也多少改变了一点形象。这是个复杂的问题，且不去管它了吧。随着小说获奖的激动逐日暗淡，我开始相信，至少有一点我是想错了：我用纸笔在报刊上碰撞开的一条路，并不就是母亲盼望我找到的那条路。年年月月我都到这园子里来，年年月月我都要想，母亲盼望我找到的那条路到底是什么。母亲生前没给我留下过什么隽永的哲言，或要我恪守的教诲，只是在她去世之后，她艰难的命运，坚忍的意志和毫不张扬的爱，随光阴流转，在我的印象中愈加鲜明深刻。

有一年，十月的风又翻动起安详的落叶，我在园中读书，听见两个散步的老人说："没想到这园子有这么大。"我放下书，想，这么大一座园子，要在其中找到她的儿子，母亲走过了多少焦灼的路。多年来我头一次意识到，这园中不单是处处都有过我的车辙，有过我的车辙的地方也都有过母亲的脚印。

三

如果以一天中的时间来对应四季，当然春天是早晨，夏天是中午，秋天是黄昏，冬天是夜晚。如果以乐器来对应四季，我想春天应该是小号，夏天是定音鼓，秋天是大提琴，冬天是圆号和长笛。要是以这园子里的声响来对应四季呢？那么，春天是祭坛上空漂浮着的鸽子的哨音，夏天是冗长的蝉歌和杨树叶子哗啦啦地对蝉歌的取笑，秋天是古殿檐头的风铃响，冬天是啄木鸟随意而空旷的啄木声。以园中的景物对应四季，春天是一径时而苍白时而黑润的小路，时而明朗时而阴晦的天上摇荡着串串杨花；夏天是一条条耀眼而灼人的石凳，或阴凉而爬满了青苔的石阶，阶下有果皮，阶上有半张被坐皱的报纸；秋天是一座青铜的大钟，在园子的西北角上曾丢弃着一座很大的铜钟，铜钟与这园子一般年纪，浑身挂满绿锈，文字已不清晰；冬天，是林中空地上几只羽毛蓬松的老麻雀。以心绪对应四季呢？春天是卧病的季节，否则人们不易发觉春天的残忍与渴望；夏天，情人们应该在这个季节里失恋，不然就似乎对不起爱情；秋天是从外面买一棵盆花回家的时候，把花搁在阔别了的家中，并且打开窗户把阳光也放进屋里，慢慢回忆慢慢整理一些发过霉的东西；冬天伴着火炉和书，一遍遍坚定不死的决心，写一些并不发出的信。还可以用艺术形式对应四季，这样春天就是一幅画，夏天是一部长篇小说，秋天是一首短歌或诗，冬天是一群雕塑。以梦呢？以梦对应四季呢？春天是树尖上的呼喊，夏天是呼喊中的细雨，秋天是细雨中的土地，冬天是干净的土地上的一只孤零的烟斗。

因为这园子，我常感恩于自己的命运。

我甚至现在就能清楚地看见，一旦有一天我不得不长久地离开它，我会怎样想念它，我会怎样想念它并且梦见它，我会怎样因为不敢想念它而梦也梦不到它。

四

现在让我想想，十五年中坚持到这园子来的人都是谁呢？好像只剩了我和一对老人。

十五年前，这对老人还只能算是中年夫妇，我则货真价实还是个青年。他们总是在薄暮时分来园中散步，我不大弄得清他们是从哪边的园门进来，一般来说他们是逆时针绕这园子走。男人个子很高，肩宽腿长，走起路来目不斜视，胯以上直至脖颈挺直不动；他的妻子攀了他一条胳膊走，也不能使他的上身稍有松懈。女人个子却矮，也不算漂亮，我无端地相信她必出身于家道中衰的名门富族；她攀在丈夫胳膊上像个娇弱的孩子，她向四周观望似总含着恐惧，她轻声与丈夫谈话，见有人走近就立刻怯怯地收住话头。我有时因为他们而想起冉阿让与柯赛特，但这想法并不巩固，他们一望即知是老夫老妻。两个人的穿着都算得上考究，但由于时代的演进，他们的服饰又可以称为古朴了。他们和我一样，到这园子里来几乎是风雨无阻，不过他们比我守时。我什么时间都可能来，他们则一定是在暮色初临的时候。刮风时他们穿了米色风衣，下雨时他们打了黑色的雨伞，夏天他们的衬衫是白色的裤子是黑色的或米色的，冬天他们的呢子大衣又都是黑色的，想必他们只喜欢这三种颜色。他们逆时针绕这园子一周，然后离去。他们走过我身旁时只有男人的脚步响，女人像是贴在高大的丈夫身上跟着漂移。我相信他们一定对我有印象，但是我们没有说过话，我们互相都没有想要接近的表示。十五年中，他们或许注意到一个小伙子进入了中年，我则看着一对令人羡慕的中年情侣不觉中成了两个老人。

曾有过一个热爱唱歌的小伙子，他也是每天都到这园中来，来唱歌，唱了好多年，后来不见了。他的年纪与我相仿，他多半是早晨来，唱半小时或整整唱一个上午，估计在另外的时间里他还得上班。我们经常在祭坛东侧的小路上相遇，我知道他是到东南角的高墙下去唱歌，他一定猜想我去东北角的树林里做什么。我找到我的地方，抽几口烟，便听见他谨慎地整理歌喉了。他反反复复唱那么几首歌。"文化大革命"没过去的时候，他唱"蓝蓝的天上白云飘，白云下面马儿跑……"我老也记不住这歌的名字。"文革"后，他唱《货郎与小姐》中那首最为流传的咏叹调。"卖布——卖布嘞，卖布——卖布嘞！"我记得这开头的一句他唱得很有声势，在早晨清澈的空气中，货郎跑遍园中的每一个角落去恭维小姐。"我交了好运气，我交了好运气，我为幸福唱歌曲……"然后他就一遍一遍地唱，不让货郎的激情稍减。依我听来，他的技术不算精到，在关键的地方常出差错，但他的嗓子是相当不坏的，而且唱一个上午也听不出一点疲惫。太阳也不疲惫，把大树的影子缩小成一团，把疏忽大意的蚯蚓晒干在小路上。将近中午，我们又在祭坛东侧相遇，他看一看我，我看一看他，他往北去，我往南去。日子久了，我感到我们都有结识的愿望，但似乎都不知如何开口，于是互相注视一下终又都移开目光擦身而过；这样的次数一多，便更不知如何开口了。终于有一天——个丝毫没有特点的日子，我们相互点了一下头。他说："你好。"我说："你好。"他说："回去啦？"我说："是，你呢？"他说："我也该回去了。"我们都放慢脚步（其实我是放慢车速），想再多说几句，但仍然是不知从何说起，这样我们就都走过了对方，又都扭转身子面向对方。他说："那就再见吧。"我说："好，再见。"便互相笑笑各走各的路了。但是我们没有再见，那以后，园中再没了他的歌声，我才想到，那天他或许是有意与我道别的，也许他考上了哪家专业的文工团或歌舞团了吧？真希望他如他歌里所唱的那样，交了好运气。

还有一些人，我还能想起一些常到这园子里来的人。有一个老头，算得一个真正的饮者；他在腰间挂一个扁瓷瓶，瓶里当然装满了酒，常来这园中消磨午后的时光。他在园中四处游逛，如果你不注意你会以为园中有好几个这样的老头，等你看过了他卓尔不群的饮酒情状，你就会相信这是个独一无二的老头。他的衣着过分随便，走路的姿态也不慎重，走上五六十米路便选定一处地方，一只脚踏在石凳上或土埂上或树墩上，解下腰间的酒瓶，解酒瓶的当儿眯起眼睛把一百八十度视角内的景物细细看一遭，然后以迅雷不及掩耳之势倒一大口酒入肚，把酒瓶摇一摇再挂向腰间，平心静气地想一会儿什么，便走下一个五六十米去。还有一个捕鸟的汉子，那岁月园中人少，鸟却多，他在西北角的树丛中拉一张网，鸟撞在上面，羽毛钑在网眼里便不能自拔。他单等一种过去很多而现在非常罕见的鸟，其他的鸟撞在网上他就把它们摘下来放掉，他说已经有好多年没等到那种罕见的鸟了，他说他再等一年看看到底还有没有那种鸟，结果他又等了好多年。早晨和傍晚，在这园子里可以看见一个中年女工程师，早晨她从北向南穿过这园子去上班，傍晚她从南向北穿过这园子回家。事实上我并不了解她的职业或者学历，但我以为她必是学理工的知识分子，别样的人很难有她那般的素朴并优雅。当她在园子穿行的时刻，四周的树林也仿佛更加幽静，清淡的日光中竟似有悠远的琴声，比如说是那曲《献给艾丽丝》才好。我没有见过她的丈夫，没有见过那个幸运的男人是什么样子，我想象过却想象不出，后来忽然懂了想象不出才好，那个男人最好不要出现。她走出北门回家去，我竟有点担心，担心她会落入厨房，不过，也许她在厨房里劳作的情景更有另外的美吧，当然不能再是《献给艾丽丝》，是个什么曲子呢？还有一个人，是我的朋友，他是个最有天赋的长跑家，但他被埋没了。他因为在"文革"中出言不慎而坐了几年牢，出来后好不容易找了个拉板车的工作，样样待遇都不能与别人平等，苦闷极了便练习长跑。那时他总来这园子里跑，我用手表为他计时，他每跑一圈向我招一下手，我就记下一个时间。每次他要环绕这园子跑二十圈，大约两万米。他盼望以他的长跑成绩来获得政治上真正的解放，他以为记者的镜头和文字可以帮他做到这一点。第一年他在春节环城赛上跑了第十五名，他看见前十名的照片都挂在了长安街的新闻橱窗里，于是有了信心。第二年他跑了第四名，可是新闻橱窗里只挂了前三名的照片，他没灰心。第三年他跑了第七名，橱窗里挂前六名的照片，他有点怨自己。第四年他跑了第三名，橱窗里却只挂了第一名的照片。第五年他跑了第一名——他几乎绝望了，橱窗里只有一幅环城赛群众场面的照片。那些年我们俩常一起在这园子里待到天黑，开怀痛骂，骂完沉默着回家，分手时再互相叮嘱：先别去死，再试着活一活看。现在他已经不跑了，年岁太大了，跑不了那么快了。最后一次参加环城赛，他以三十八岁之龄又得了第一名并破了纪录，有一位专业队的教练对他说："我要是十年前发现你就好了。"他苦笑一下什么也没说，只在傍晚又来这园中找到我，把这事平静地向我叙说一遍。不见他已有好几年了，现在他和妻子和儿子住在很远的地方。

这些人现在都不到园子里来了，园子里差不多完全换了一批新人。十五年前的旧人，现在就剩我和那对老夫老妻了。有那么一段时间，这老夫老妻中的一个也忽然不来，薄暮时分唯男人独自来散步，步态也明显迟缓了许多，我悬心了很久，怕是那女人出了什么事。幸好过了一个冬天那女人又来了，两个人仍是逆时针绕着园子走，一长一短两个身影恰似钟表的两支指针；女人的头发白了许多，但依旧攀着丈夫的胳膊走得像个孩子。"攀"这个字用得不恰当了，或许可以用"挽"吧，不知有没有兼具这两个意思的字。

五

我也没有忘记一个孩子——一个漂亮而不幸的小姑娘。十五年前的那个下午，我第一次到这园子里来就看见了她，那时她大约三岁，蹲在斋宫西边的小路上捡树上掉落的"小灯笼"。那儿有几棵大栾树，春天开一簇簇细小而稠密的黄花，花落了便结出无数如同三片叶子合抱的小灯笼，小灯笼先是绿色，继而转白，再变黄，成熟了掉落得满地都是。小灯笼精巧得令人爱惜，成年人也不免捡了一个还要捡一个。小姑娘咿咿呀呀地跟自己说着话，一边捡小灯笼；她的嗓音很好，不是她那个年龄所常有的那般尖细，而是很圆润甚或是厚重，也许是因为那个下午园子里太安静了。我奇怪这么小的孩子怎么一个人跑来这园子里？我问她住在哪儿？她随便指一下，就喊她的哥哥，沿墙根一带的茂草之中便站起一个七八岁的男孩，朝我望望，看我不像坏人便对他的妹妹说："我在这儿呢"，又伏下身去，他在捉什么虫子。他捉到螳螂，蚂蚱，知了和蜻蜓，来取悦他的妹妹。有那么两三年，我经常在那几棵大栾树下见到他们，兄妹俩总是在一起玩，玩得和睦融洽，都渐渐长大了些。之后有很多年没见到他们。我想他们都在学校里吧，小姑娘也到了上学的年龄，必是告别了孩提时光，没有很多机会来这儿玩了。这事很正常，没理由太搁在心上，若不是有一年我又在园中见到他们，肯定就会慢慢把他们忘记。

那是个礼拜日的上午。那是个晴朗而令人心碎的上午，时隔多年，我竟发现那个漂亮的小姑娘原来是个弱智的孩子。我摇着车到那几棵大栾树下去，恰又是遍地落满了小灯笼的季节；当时我正为一篇小说的结尾所苦，既不知为什么要给它那样一个结尾，又不知何以忽然不想让它有那样一个结尾，于是从家里跑出来，想依靠着园中的镇静，看看是否应该把那篇小说放弃。我刚刚把车停下，就见前面不远处有几个人在戏耍一个少女，作出怪样子来吓她，又喊又笑地追逐她拦截她，少女在几棵大树间惊惶地东跑西躲，却不松手揪卷在怀里的裙裾，两条腿袒露着也似毫无察觉。我看出少女的智力是有些缺陷，却还没看出她是谁。我正要驱车上前为少女解围，就见远处飞快地骑车来了个小伙子，于是那几个戏耍少女的家伙望风而逃。小伙子把自行车支在少女近旁，怒目望着那几个四散逃窜的家伙，一声不吭喘着粗气，脸色如暴雨前的天空一样一会儿比一会儿苍白。这时我认出了他们，小伙子和少女就是当年那对小兄妹。我几乎是在心里惊叫了一声，或者是哀号。世上的事常常使上帝的居心变得可疑。小伙子向他的妹妹走去。少女松开了手，裙裾随之垂落了下来，很多很多她捡的小灯笼便洒落了一地，铺散在她脚下。

她仍然算得漂亮，但双眸迟滞没有光彩。她呆呆地望那群跑散的家伙，望着极目之处的空寂，凭她的智力绝不可能把这个世界想明白吧？大树下，破碎的阳光星星点点，风把遍地的小灯笼吹得滚动，仿佛暗哑地响着无数小铃铛。哥哥把妹妹扶上自行车后座，带着她无言地回家去了。

无言是对的。要是上帝把漂亮和弱智这两样东西都给了这个小姑娘，就只有无言和回家去是对的。

谁又能把这世界想个明白呢？世界上的很多事是不堪说的。你可以抱怨上帝何以要降诸多苦难给这人间，你也可以为消灭种种苦难而奋斗，并为此享有崇高与骄傲，但只要你再多想一步你就会坠入深深的迷茫了：假如世界上没有了苦难，世界还能够存在吗？要是没有愚钝，机智还有什么光荣呢？要是没了丑陋，漂亮又怎么维系自己的幸运？要是没有了恶劣和卑下，善良与高尚又将如何界定自己又如何成为美德呢？要是没有了残疾，健全会否因其司空见惯而变得腻烦和乏味呢？我常梦想着在人间彻底消灭残疾，但可以相信，那时将由患病者代替残疾人去承担同样的苦难。如果能够把疾病也全数消灭，那么这份苦难又将由（比如说）相貌丑陋的人去承担了。就算我们连丑陋，连愚昧和卑鄙和一切我们所不喜欢的事物和行为，也都可以统统消灭掉，所有的人都一样健康、漂亮、聪慧、高尚，结果会怎样呢？怕是人间的剧目就全要收场了，一个失去差别的世界将是一条死水，是一块没有感觉没有肥力的沙漠。

看来差别永远是要有的。看来就只好接受苦难——人类的全部剧目需要它。存在的本身需要它。看来上帝又一次对了。

于是就有一个最令人绝望的结论等在这里：由谁去充任那些苦难的角色？又有谁去体现这世间的幸福，骄傲和快乐？只好听凭偶然，是没有道理好讲的。

就命运而言，休论公道。

那么，一切不幸命运的救赎之路在哪里呢？

设若智慧的悟性可以引领我们去找到救赎之路，难道所有的人都能够获得这样的智慧和悟性吗？

我常以为是丑女造就了美人。我常以为是愚氓举出了智者。我常以为是懦夫衬照了英雄。我常以为是众生度化了佛祖。

六

设若有一位园神，他一定早已注意到了，这么多年我在这园里坐着，有时候是轻松快乐的，有时候是沉郁苦闷的，有时候优哉游哉，有时候恓惶落寞，有时候平静而且自信，有时候又软弱，又迷茫。其实总共只有三个问题交替着来骚扰我，来陪伴我。第一个是要不要去死？第二个是为什么活？第三个，我干嘛要写作？

现在让我看看，它们迄今都是怎样编织在一起的吧。

你说，你看穿了死是一件无须乎着急去做的事，是一件无论怎样耽搁也不会错过的事，便决定活下去试试？是的，至少这是很关键的因素。为什么要活下去试试呢？好像仅仅是因为不甘心，机会难得，不试白不试，腿反正是完了，一切仿佛都要完了，但死神很守信用，试一试不会额外再有什么损失。说不定倒有额外的好处呢是不是？我说过，这一来我轻松多了，自由多了。为什么要写作呢？作家是两个被人看重的字，这谁都知道。为了让那个躲在园子深处坐轮椅的人，有朝一日在别人眼里也稍微有点光彩，在众人眼里也能有个位置，哪怕那时再去死呢也就多少说得过去了。开始的时候就是这样想，这不用保密，这些现在不用保密了。

我带着本子和笔，到园中找一个最不为人打扰的角落，偷偷地写。那个爱唱歌的小伙子在不远的地方一直唱。要是有人走过来，我就把本子合上把笔叼在嘴里。我怕写不成反落得尴尬。我很要面子。可是你写成了，而且发表了。人家说我写得还不坏，他们甚至说：真没想到你写得这么好。我心说你们没想到的事还多着呢。我确实有整整一宿高兴得没合眼。我很想让那个唱歌的小伙子知道，因为他的歌也毕竟是唱得不错。我告诉我的长跑家朋友的时候，那个中年女工程师正优雅地在园中穿行；长跑家很激动，他说好吧，我玩命跑，你玩命写。这一来你中了魔了，整天都在想哪一件事可以写，哪一个人可以让你写成小说。是中了魔了，我走到哪儿想到哪儿，在人山人海里只寻找小说，要是有一种小说试剂就好了，见人就滴两滴看他是不是一篇小说，要是有一种小说显影液就好了，把它泼满全世界看看都是哪儿有小说，中了魔了，那时我完全是为了写作活着。结果你又发表了几篇，并且出了一点小名，可这时你越来越感到恐慌。我忽然觉得自己活得像个人质，刚刚有点像个人了却又过了头，像个人质，被一个什么阴谋抓了来当人质，不定哪天被处决，不定哪天就完蛋。你担心要不了多久你就会文思枯竭，那样你就又完了。凭什么我总能写出小说来呢？凭什么那些适合作小说的生活素材就总能送到一个截瘫者跟前来呢？人家满世界跑都有枯竭的危险，而我坐在这园子里凭什么可以一篇接一篇地写呢？你又想到死了。我想见好就收吧。当一名人质实在是太累了太紧张了，太朝不保夕了。我为写作而活下来，要是写作到底不是我应该干的事，我想我再活下去是不是太冒傻气了？你这么想着你却还在绞尽脑汁地想写。我好歹又拧出点水来，从一条快要晒干的毛巾上。恐慌日甚一日，随时可能完蛋的感觉比完蛋本身可怕多了，所谓不怕贼偷就怕贼惦记，我想人不如死了好，不如不出生的好，不如压根儿没有这个世界的好。可你并没有去死。我又想到那是一件不必着急的事。可是不必着急的事并不证明是一件必要拖延的事呀？你总是决定活下来，这说明什么？是的，我还是想活。人为什么活着？因为人想活着，说到底是这么回事，人真正的名字叫作：欲望。可我不怕死，有时候我真的不怕死。有时候，——说对了。不怕死和想去死是两回事，有时候不怕死的人是有的，一生下来就不怕死的人是没有的。我有时候倒是怕活。可是怕活不等于不想活呀！可我为什么还想活呢？因为你还想得到点什么，你觉得你还是可以得到点什么的，比如说爱情，比如说，价值感之类，人真正的名字叫欲望。这不对吗？我不该得到点什么吗？没说不该。可我为什么活得恐慌，就像个人质？后来你明白了，你明白你错了，活着不是为了写作，而写作是为了活着。你明白了这一点是在一个挺滑稽的时刻。那天你又说你不如死了好，你的一个朋友劝你：你不能死，你还得写呀，还有好多好作品等着你去写呢。这时候你忽然明白了，你说：只是因为我活着，我才不得不写作。或者说只是因为你还想活下去，你才不得不写作。是的，这样说过之后我竟然不那么恐慌了。就像你看穿了死之后所得的那份轻松？一个人质报复一场阴谋的最有效的办法是把自己杀死。我看出我得先把我杀死在市场上，那样我就不用参加抢购题材的风潮了。你还写吗？还写。你真的不得不写吗？人都忍不住要为生存找一些牢靠的理由。你不担心你会枯竭了？我不知道，不过我想，活着的问题在死前是完不了的。

　　这下好了，您不再恐慌了不再是个人质了，您自由了。算了吧你，我怎么可能自由呢？别忘了人真正的名字是：欲望。所以您得知道，消灭恐慌的最有效的办法就是消灭欲望。可是我还知道，消灭人性的最有效的办法也是消灭欲望。那么，是消灭欲望同时也消灭恐慌呢？还是保留欲望同时也保留人生？

我在这园子里坐着，我听见园神告诉我：每一个有激情的演员都难免是一个人质。每一个懂得欣赏的观众都巧妙地粉碎了一场阴谋。每一个乏味的演员都是因为他老以为这戏剧与自己无关。每一个倒霉的观众都是因为他总是坐得离舞台太近了。

我在这园子里坐着，园神成年累月地对我说：孩子，这不是别的，这是你的罪孽和福祉。

七

要是有些事我没说，地坛，你别以为是我忘了，我什么也没忘，但是有些事只适合收藏。不能说，也不能想，却又不能忘。它们不能变成语言，它们无法变成语言，一旦变成语言就不再是它们了。它们是一片朦胧的温馨与寂寥，是一片成熟的希望与绝望，它们的领地只有两处：心与坟墓。比如说邮票，有些是用于寄信的，有些仅仅是为了收藏。

如今我摇着车在这园子里慢慢走，常常有一种感觉，觉得我一个人跑出来已经玩得太久了。有一天我整理我的旧像，看见一张十几年前我在这园子里照的照片——那个年轻人坐在轮椅上，背后是一棵老柏树，再远处就是那座古祭坛。我便到园子里去找那棵树。我按着照片上的背景很快就找到了它，按着照片上它枝干的形状找，肯定那就是它。但是它已经死了，而且在它身上缠绕着一条碗口粗的藤萝。有一天我在这园子里碰见一个老太太，她说："哟，你还在这儿哪？"她问我："你母亲还好吗？""您是谁？""你不记得我，我可记得你。有一回你母亲来这儿找你，她问我您看没看见一个摇轮椅的孩子？……"我忽然觉得，我一个人跑到这世界上来真是玩得太久了。有一天夜晚，我独自坐在祭坛边的路灯下看书，忽然从那漆黑的祭坛里传出一阵阵唢呐声；四周都是参天古树，方形祭坛占地几百平方米空旷坦荡独对苍天，我看不见那个吹唢呐的人，唯唢呐声在星光寥寥的夜空里低吟高唱，时而悲怆时而欢快，时而缠绵时而苍凉，或许这几个词都不足以形容它，我清清醒醒地听出它响在过去，响在现在，响在未来，回旋飘转亘古不散。

必有一天，我会听见喊我回去。

那时您可以想象一个孩子，他玩累了可他还没玩够呢，心里好些新奇的念头甚至等不及到明天。也可以想象是一个老人，无可质疑地走向他的安息地，走得任劳任怨。还可以想象一对热恋中的情人，互相一次次说"我一刻也不想离开你"，又互相一次次说"时间已经不早了"，时间不早了可我一刻也不想离开你，一刻也不想离开你可时间毕竟是不早了。

　　我说不好我想不想回去。我说不好是想还是不想，还是无所谓。我说不好我是像那个孩子，还是像那个老人，还是像一个热恋中的情人。很可能是这样：我同时是他们三个。我来的时候是个孩子，他有那么多孩子气的念头，所以才哭着喊着闹着要来，他一来一见到这个世界便立刻成了不要命的情人，而对一个情人来说，不管多么漫长的时光也是稍纵即逝，那时他便明白，每一步每一步，其实一步步都是走在回去的路上。当牵牛花初开的时节，葬礼的号角就已吹响。

　　但是太阳，他每时每刻都是夕阳也都是旭日。当他熄灭着走下山去收尽苍凉残照之际，正是他在另一面燃烧着爬上山巅布散烈烈朝辉之时。有一天，我也将沉静着走下山去，扶着我的拐杖。那一天，在某一处山洼里，势必会跑上来一个欢蹦的孩子，抱着他的玩具。

　　当然，那不是我。

　　但是，那不是我吗？

　　宇宙以其不息的欲望将一个歌舞炼为永恒。这欲望有怎样一个人间的姓名，大可忽略不计。

一九八九年五月十一日

一九九〇年一月七日改

老海棠树

　　如果可能，如果有一块空地，不论窗前屋后，要是能随我的心愿种点儿什么，我就种两棵树。一棵合欢，纪念我的母亲；一棵海棠，纪念我的奶奶。

　　奶奶和一棵老海棠树，在我的记忆里不能分开，好像她和它从来就在一起，奶奶一生一世都在那棵老海棠树的影子里张望。

　　老海棠树近房高的地方，有两条粗壮的枝丫，弯曲如一把躺椅，小时候我常爬上去，一天一天地就在那儿玩。奶奶在树下喊："下来，下来吧，你就这么一天到晚待在上头不下来了？"是的，我在那儿看小人书，用弹弓向四处射击，甚至在那儿做作业，书包挂在房檐上。"饭也在上头吃吗？"对，在上头吃。奶奶把盛好的饭菜举过头顶，我两腿攀紧枝丫，一个"海底捞月"把碗筷接上来。"觉呢，也在上头睡？"没错。四周是花香，是蜂鸣，春风拂面，是沾衣不染海棠的花雨。奶奶站在地上，站在屋前，老海棠树下，望着我；她必是羡慕，猜我在上头是什么感觉，都能看见什么？

　　但她只是望着我吗？她常独自呆愣，目光渐渐迷茫，渐渐空荒，透过老海棠树浓密的枝叶，不知所望。

　　春天，老海棠树摇动满树繁花，摇落一地雪似的花瓣。我记得奶奶坐在树下糊纸袋，不时地冲我唠叨："就不说下来帮帮我？你那小手儿糊得多快！"我在树上东一句西一句地唱歌。奶奶又说："我求过你吗？这回活儿紧！"我说："我爸我妈根本就不想让您糊那破玩意儿，是您自己非要这么累！"奶奶于是不再吭声，直起腰，喘口气，这当儿就又呆呆地张望——从粉白的花间，一直到无限的天空。

或者夏天，老海棠树枝繁叶茂，奶奶坐在树下的浓荫里，又不知从哪儿找来了补花的活儿，戴着老花镜，埋头于床单或被罩，一针一线地缝。天色暗下来时她冲我喊："你就不能劳驾去洗洗菜？没见我忙不过来吗？"我跳下树，洗菜，胡乱一洗了事。奶奶生气了："你们上班上学，就是这么糊弄？"奶奶把手里的活儿推开，一边重新洗菜一边说："我就得一辈子给你们做饭？就不能有我自己的工作？"这回是我不再吭声。奶奶洗好菜，重新捡起针线，从老花镜上沿抬起目光，又会有一阵子愣愣地张望。

有年秋天，老海棠树照旧果实累累，落叶纷纷。早晨，天还昏暗，奶奶就起来去扫院子，"刷拉——刷拉——"院子里的人都还在梦中。那时我大些了，正在插队，从陕北回来看她。那时奶奶一个人在北京，我爸和我妈都去了干校。那时奶奶已经腰弯背驼。"刷拉刷拉"的声音把我惊醒，赶紧跑出去："您歇着吧，我来，保证用不了三分钟。"可这回奶奶不要我帮。"咳，你呀你还不懂吗？我得劳动。"我说："可谁能看得见？"奶奶说："不能那样，人家看不看得见是人家的事，我得自觉。"她扫完了院子又去扫街。"我跟您一块儿扫行不？""不行。"

这样我才明白，曾经她为什么执意要糊纸袋，要补花，不让自己闲着。有我爸和我妈养活她，她不是为挣钱，她为的是劳动。她的成分随了爷爷算地主。虽然我那个地主爷爷三十几岁就一命归天，是奶奶自己带着三个儿子苦熬过几十年，但人家说什么？人家说："可你还是吃了那么多年的剥削饭！"这话让她无地自容，这话让她独自愁叹，这话让她几十年的苦熬忽然间变成屈辱。她要补偿这罪孽，她要用行动证明。证明什么呢？她想着她未必不能有一天自食其力。奶奶的心思我有点懂了：什么时候她才能像我爸和我妈那样，有一份名正言顺的工作呢？大概这就是她的张望吧，就是那老海棠树下屡屡的迷茫与空荒；不过，这张望或许还要更远大些——她说过：得跟上时代。

所以冬天，所有的冬天，在我的记忆里，几乎每一个冬天的晚上，奶奶都在灯下学习。窗外，风中，老海棠树枯干的枝条敲打着屋檐，摩擦着窗棂。奶奶曾经读一本《扫盲识字课本》，再后是一字一句地念报纸上的头版新闻。在《奶奶的星星》里我写过：她学《国歌》一课时，把"吼声"念成"孔声"。我写过我最不能原谅自己的一件事：一次，奶奶举着一张报纸，小心地凑到我跟前："这一段，你给我说说，到底什么意思？"我看也不看地就回答："您学那玩意儿有用吗？您以为把那些东西看懂，您就真能摘掉什么帽子？"奶奶立刻不语，唯低头盯着那张报纸，半天半天目光都不移动。我的心一下子收紧，但知已无法弥补。"奶奶。""奶奶！""奶奶——"我记得她终于抬起头时，眼里竟全是惭愧，毫无对我的责备。

但在我的印象里，奶奶的目光慢慢地离开那张报纸，离开灯光，离开我，在窗上老海棠树的影子那儿停留一下，继续离开，离开一切声响，甚至一切有形，飘进黑夜，飘过星光，飘向无可慰藉的迷茫与空荒……而在我的梦里，我的祈祷中，老海棠树也便随之轰然飘去，跟随着奶奶，陪伴着她，围拢着她；奶奶坐在满树的繁花中、满地的浓荫里，张望复张望，或不断地要我给她说说："这一段到底是什么意思？"——这形象，逐年地定格成我的思念和我永生的痛悔。

秋天的怀念

　　双腿瘫痪后，我的脾气变得暴怒无常。望着望着天上北归的雁阵，我会突然把面前的玻璃砸碎；听着听着李谷一甜美的歌声，我会猛地把手边的东西摔向四周的墙壁。母亲就悄悄地躲出去，在我看不见的地方偷偷地听着我的动静。当一切恢复沉寂，她又悄悄地进来，眼边红红的，看着我。"听说北海的花儿都开了，我推着你去走走。"她总是这么说。母亲喜欢花，可自从我的腿瘫痪后，她侍弄的那些花都死了。"不，我不去！"我狠命地捶打这两条可恨的腿，喊着："我可活什么劲！"母亲扑过来抓住我的手，忍住哭声说："咱娘儿俩在一块儿，好好儿活，好好儿活……"

　　可我却一直都不知道，她的病已经到了那步田地。后来妹妹告诉我，她常常肝疼得整宿整宿翻来覆去地睡不了觉。

　　那天我又独自坐在屋里，看着窗外的树叶"刷刷拉拉"地飘落。母亲进来了，挡在窗前："北海的菊花开了，我推着你去看看吧。"她憔悴的脸上现出央求般的神色。"什么时候？""你要是愿意，就明天？"她说。我的回答已经让她喜出望外了。"好吧，就明天。"我说。她高兴得一会儿坐下，一会儿站起："那就赶紧准备准备。""唉呀，烦不烦？几步路，有什么好准备的！"她也笑了，坐在我身边，絮絮叨叨地说着："看完菊花，咱们就去'仿膳'，你小时候最爱吃那儿的豌豆黄儿。还记得那回我带你去北海吗？你偏说那杨树花是毛毛虫，跑着，一脚踩扁一个……"她忽然不说了。对于"跑"和"踩"一类的字眼儿，她比我还敏感。她又悄悄地出去了。

　　她出去了，就再也没回来。

邻居们把她抬上车时，她还在大口大口地吐着鲜血。我没想到她已经病成那样。看着三轮车远去，也绝没有想到那竟是永远的诀别。

邻居的小伙子背着我去看她的时候，她正艰难地呼吸着，像她那一生艰难的生活。别人告诉我，她昏迷前的最后一句话是："我那个有病的儿子和我那个还未成年的女儿……"

又是秋天，妹妹推我去北海看了菊花。黄色的花淡雅，白色的花高洁，紫红色的花热烈而深沉，泼泼洒洒，秋风中正开得烂漫。我懂得母亲没有说完的话。妹妹也懂。我俩在一块儿，要好好儿活……

毕淑敏

毕淑敏（1952—），祖籍山东，生于新疆。国家一级作家、内科主治医师、心理学家。从事医学工作20年后，开始专业写作。著有长篇小说《红处方》、《血玲珑》、《拯救乳房》，中短篇小说集《女人之约》、《昆仑殇》、《预约死亡》，散文集《婚姻鞋》、《素面朝天》、《保持惊奇》、《提醒幸福》，短篇集《白杨木鼻子》、《毕淑敏文集》等。

教儿子"学"生病

儿子比我高了。

一天，我看他打蔫，就习惯地摸摸他的头。他猛地一偏脑袋，表示不喜欢被爱抚。但我已在这一瞬间的触摸中，知道他在发烧。

"你病了。"我说。

"噢，这感觉就是病了，我还以为我是睡觉少了呢。妈妈，我该吃点什么药？"他问。孩子一向很少患病，居然连得病的滋味都忘了。我刚想到家里专储药品的柜里找体温表，突然怔住。因为我当过许多年的医生，孩子有病，一般都是自己在家就治了，他几乎没有去过医院。

"你都这么大了，你得学会生病。"我说。

"生病还得学吗？我这不是已经病了吗？"他大吃一惊。

"我的意思是你必须学会生病以后怎么办。"我说。

"我早就知道生病以后该怎么办。找你。"他成竹在胸。

"假如我不在呢？"

"那我就打电话找你。"

"假如……你最后还是找不到我呢？"

"那我就……就找我爸。"也许这样逼问一个生病的孩子是一种残忍。但我知道总有一天他必须独立面对疾病。既然我是母亲，就应该及早教会他生病。

"假如你最终也找不到你爸爸呢？"

"那我就忍着。你们反正会回家。"儿子说。

"有些病是不能忍的，早一分钟是一分钟。得了病以后最应该做的事是上医院。"

"妈妈，你的意思是让我今天独自去医院看病？"他说。虽然在病中，孩子依然聪敏。

"正是。"我咬着牙说，生怕自己会改变主意。

"那好吧……"他扶着脑门说，不知是虚弱还是思考。

"你到外面去打的，然后到××医院。先挂号，记住，要买一个本……"我说。

"什么本？"他不解。

"就是病历本。然后到内科，先到分号台，护士让你到几号诊室你就到几号，坐在门口等。查体温的时候不要把人家的体温表打碎。叫你化验时就到化验室去，要先划价，后交费。等化验结果的时候，要竖起耳朵，不要叫到了你的名字没听清……"我喋喋不休地指教着。

"妈妈，你不要说了。"儿子沙哑着嗓子说。我的心立刻软了。是啊，孩子毕竟是孩子，而且是病中的孩子。我拉起他滚烫的手说："妈妈这就领着你上医院。"

他挣开来，说："我不是那个意思。我是说我要去找一支笔，把你说的这个过程记下来，我好照着办。"

儿子摇摇晃晃地走了。从他刚出门的那一刻起，我就开始后悔。我想我一定是世上最狠心的母亲，在孩子有病的时候，不但不帮助他，还给他雪上加霜。我就是想锻炼他，也该领着他一道去，一路上指指点点，让他先有个印象，以后再按图索骥。虽说很可能留不下记忆的痕迹，但来日方长，又何必在意这病中的分分秒秒。

时间缓慢地流动着，像沙漏坠入我忐忑不安的心房。两个小时过去了，儿子还没有回来。我虽然知道医病是一个缓慢的过程，心还是疼痛地收缩一团。

虽然我几乎可以毫无疑问地判定儿子患的只是普通的感冒，如果寻找什么适宜做看病锻炼的病种，这是最好的选择，但我还是深深地谴责自己。假如事情重来一遍，我再也不教他独自去看病。万一他以后遇到独自生病的时候，一切再说吧，我只要这一刻他在我身边！

终于，走廊上响起了熟悉的脚步声，只是较平日有些拖沓。我开了门，倚在门上。

"我已经学会了看病。打了退烧针，现在我已经好多了。这真是件挺麻烦的事。不过，也没有什么，"儿子骄傲地宣布，又补充说，"你让我记的那张字条，有的地方顺序不对。"

我看着他，勇气又渐渐回到心里。我知道自己将要不断地磨炼他，在这个过程中，也磨炼自己。

孩子，不要埋怨我在你生病时的冷漠。总有一天，你要离我远去，独自面对包括生病在内的许多苦难。我预先能帮助你的，就是向你口授一张路线图。它也许不那么准确，但聊胜于无。

回家去问妈妈

那一年游敦煌回来，兴奋地同妈妈谈起戈壁滩的黄沙和祁连山的雪峰。说到在丝绸之路上僻远的安西，哈密瓜汁甜得把嘴唇粘在一起……

安西！多么遥远的地方！我在那里体验到莫名其妙的感动。除了我，咱们家谁也没有到过那里！我得意地大叫。

一直安静听我说话的妈妈，淡淡地插了一句：在你不到半岁的时候，我就怀抱着你，走过安西。

我大吃一惊，从未听妈妈谈过这段往事。

妈妈说你生在新疆，长在北京。难道你是飞来的不成？以前我一说起带你赶路的事情，你就嫌烦。说知道啦，别再啰嗦。

我说，我以为你是坐火车来的，一件司空见惯的事情。

妈妈依旧淡淡地说，那时候哪有火车？从星星峡经柳园到兰州，我每天抱着你，天不亮就爬上装货卡车的大厢板，在戈壁滩上颠呀颠，半夜才到有人烟的地方。你脏得像个泥巴娃娃，几盆水也洗不出本色……

我静静地倾听妈妈的描述，才知道我在幼年时曾带给母亲那样的艰难，才知道发生在安西的感动源远流长。

我突然意识到，在我和最亲近的母亲之间，潜伏着无数盲点。

我们总觉得已经成人，母亲只是一间古老的旧房。她给我们的童年以遮避，但不会再提供新的风景。我们急切地投身外面的世界，寻找自我的价值。全神贯注地倾听上司的评论，字斟句酌地印证众人的口碑，反复咀嚼朋友随口吐露的一滴印象，甚至会为恋人一颦一笑的涵义彻夜思索……我们极其在意世人对我们的看法，因为世界上最困难的事莫过于认识自己。

我们恰恰忘了，当我们环视整个世界的时候，有一双微微眯起的眼睛，始终在背后凝视着我们。

那是妈妈的眼睛啊！

我们幼年的顽皮，我们成长的艰辛，我们与生俱来的弱点，我们异于常人的秉赋……我们从小到大最详尽的档案，我们失败与成功每一次的记录，都贮存在母亲宁静的眼中。

她是世界上第一个认识我们的人。我们何时长第一颗牙？我们何时说第一句话？我们何时跌倒了不再哭泣？我们何时骄傲地昂起了头颅？往事像长久不曾加洗的旧底片，虽然暗淡却清晰地存放在母亲的脑海中，期待着我们将它放大。

所有的妈妈都那么乐意向我们提起我们小时候的事情，她们的眼睛在那一瞬显出露水般的年轻。我们是她们制造的精品，她们像手艺精湛的老艺人，不厌其烦地描绘打磨我们的每一个过程。

我们厌烦了。我们觉得幼年的自己是一件半成品，更愿以光润明亮、色彩鲜艳、包装精美的成年姿态，出现在众人面前。

于是我们不客气地对妈妈说：老提那些过去的事，烦不烦呀？别说了，好不好?！

从此，母亲就真的噤了声，不再提起往事。有时候，她会像抛上岸的鱼，突然张开嘴，急速地扇动着气流……她想起了什么，但她终于什么也没有说，干燥地合上了嘴唇。我们熟悉了她的这种姿势，以为是一种默契。

为什么怕听母亲讲过去的事情？是不愿承认我们曾经弱小？是不愿承载亲人过多的恩泽？我们在人海茫茫世事纷繁中无暇多想，总以为母亲会永远陪伴在身边，总以为将来会有某一天让她将一切讲完。

在一个猝不及防的刹那，冰冷的铁门在我们身后戛然落下。温暖的目光折断了翅膀，掩埋在黑暗的那一边。

我们在悲痛中愕然回首，才发现自己远远没有长大。

我们像一本没有结尾的书，每一个符号都是母亲用血书写。我们还未曾读懂，著者已撒手离去。从此我们面对书中的无数悬念和秘密，无以破译。

我们像一部手工制造的仪器，处处缠绕着历史的线路。母亲走了，那唯一的图纸丢了。从此我们不得不在暗夜中孤独地拆卸自己，焦灼地摸索着组合我们性格的规律。

当那个我们快乐时，她比我们更欢喜；我们忧郁时，她比我们更苦闷的人，头也不回地远去的时候，我们大梦初醒。

损失了的文物永不能复原，破坏了的古迹再不会重生。我们曾经满世界地寻找真诚，当我们明白最晶莹的真诚就在我们身后时，猛回头，它已永远熄灭。

我们流落世间，成为飘零的红叶。

趁老树虬蚺的枝丫还郁郁葱葱时，让我们赶快跑回家，去问妈妈。

问她对你充满艰辛的诞育，问她独自经受的苦难。问清你幼小时的模样，问清她对你所有的期冀……你安安静静地偎依在她的身旁，听她像一个有经验的老农，介绍风霜雨雪中每一穗玉米的收成。

一定要赶快啊！生命给我们的允诺并不慷慨，两代人命运的云梯衔接处，时间只是窄窄的台阶。从我们明白人生的韵律起，距父母还能明晰地谈论以往，并肩而行的日子已屈指可数。

给母亲一个机会，让她重温创造的喜悦；给自己一个机会，让我深刻洞察尘封的记忆；给众人一个机会，让他全面搜集关于一个人一个时代的故事。

在春风和煦或是大雪纷飞的日子，赶快跑回家，去问妈妈。让我们一齐走向从前，寻找属于我们的童话。

贾平凹

贾平凹（1952—），陕西丹凤县人。著有《贾平凹文集》（18 卷），主要作品有长篇小说《浮躁》、《废都》、《秦腔》，中短篇小说《天狗》、《黑氏》、《艺术家韩起祥》、《美穴地》、《制造声音》、《猎人》等，散文《商州初录》、《朋友》、《敲门》等。

祭　父

　　父亲贾彦春，一生于乡间教书，退休在丹凤县棣花；年初胃癌复发，七个月后便卧床不起，饥饿疼痛，疼痛饥饿，受罪至第二十七天的傍晚，突然一个微笑而去世了。其时中秋将近，天降大雨，我还远在四百里之外，正预备着翌日赶回。

　　我并没有想到父亲的最后离去竟这么快。以往家里出什么事，我都有感应，就在他来西安检查病的那天，清早起来我的双目无缘无故地红肿，下午他一来，我立即感到有悲苦之灾了。经检查，癌已转移，半月后送走了父亲，天天心揪成一团，却不断地为他卜卦，卜辞颇吉祥，还疑心他会创造出奇迹，所以接到病危电报，以为这是父亲的意思，要与我交代许多事情。一下班车，看见戴着孝帽接我的堂兄，才知道我回来得太晚了，太晚了。父亲安睡在灵床上，双目紧闭，口里衔着一枚铜钱，他再也没有以往听见我的脚步便从内屋走出来喜欢地对母亲喊："你平回来了！"也没有我递给他一支烟时，他总是摆摆手而拿起水烟锅的样子，父亲永远不与儿子亲热了。

　　守坐在灵堂的草铺里，陪父亲度过最后一个长夜。小妹告诉我，父亲饲养的那只猫也死了。父亲在水米不进的那天，猫也开始不吃，十一日中午猫悄然毙命，七个小时后父亲也倒了头。我感动着猫的忠诚，我和我的弟妹都在外工作，晚年的父亲清淡寂寞，猫给过他慰藉，猫也随他去到另一个世界。人生的短促和悲苦，大义上我全明白，面对着父亲我却无法超脱。满院的泥泞里人来往作乱，响器班在吹吹打打，透过灯光我呆呆地望着那一棵梨树，还是父亲亲手栽的，往年果实累累，今年竟独独一个梨子在树顶。

父亲的病是两年前做的手术，我一直对他瞒着病情，每次从云南买药寄他，总是撕去药包上癌的字样。术后恢复得极好，他每顿已能吃两碗饭，凌晨要喝一壶茶水，坐不住，喜欢快步走路。常常到一些亲戚朋友家去，撩了衣服说：瞧刀口多平整，不要操心，我现在什么病也没有了。看着父亲的豁达样，我暗自为没告诉他病情而宽慰，但偶尔发现他独坐的时候，神色甚是悲苦，竟有一次我弄来一本算卦的书，兄妹们都嚷着要查各自的前途机遇，父亲走过来却说："给我查一下，看我还能活多久？"我的心咯噔一下沉起来，父亲多半是知道了他得的什么病，他只是也不说出来罢了。卦辞的结果，意思是该操劳的都操劳了，待到一切都好。父亲叹息了一声："我没好福。"我们都黯然无语，他就又笑了一下："这类书怎能当真？人生谁不是这样呢！"可后来发生的事情，不幸都依这卦辞来了。

　　先是数年前母亲住院，父亲一个多月在医院伺候，做手术的那天，我和父亲守在手术室外，我紧张得肚子疼，父亲也紧张得肚子疼。母亲病好了，大妹出嫁，小妹高考却不中，原本依父亲的教龄可以将母亲和小妹的户口转为城镇户民，但因前几年一心想为小弟有个工作干，自己硬退休回来，现在小妹就只好窝在乡下了。为了小妹的前途，我写信申请，父亲四处寻人说情，他是干了几十年教师工作，不愿涎着脸给人家说那类话，但事情逼着他得跑动，每次都十分为难。他给我说过，他曾鼓很大勇气去找人，但当得知所找的人不在时，竟如释重载，暗自庆幸，虽然明日还得再找，而今天却免去一次受罪了。整整两年有余，小妹的工作有了着落，父亲喜欢得来人就请喝酒，他感激所有帮过忙的人，不论年龄大小皆视为贾家的恩人。但就在这时候，他患了癌病。担惊受怕的半年过去了，手术后身体一天天好起来，这一年春节父亲一定要我和妻子女儿回老家过年，多买了烟酒，好好欢度一番，没想年前两天，我的大妹夫突然出事故亡去。病后的父亲老泪纵横，以前手颤的旧病又复发，三番五次划火柴点不着烟。大妹带着不满一岁的外甥重又回住到我家，沉重的包袱又一次压在父亲的肩上。为了大妹的生活和出路，父亲又开始了比小妹当年就业更艰难的奔波，一次次地碰壁，一夜夜地辗转不眠。我不忍心看着他的劳累，甚至对他发火，他就再一次赶来给我说情况时，故意做出很轻松的样子，又总要说明他还有别的事才进城的。大妹终于可以吃商品粮了，甚至还去外乡做临时工作，父亲实想领大妹一块去乡政府报到，但癌病复发了，终未去成。父亲之所以在动了手术后延续了两年多的生命，他全是为儿女要办完最后一件事，当他办完事了竟不肯多活一月就悠然长逝。

俗话讲，人生的光景几节过，前辈子好了后辈子坏，后辈子好了前辈子坏，可父亲的一生中却没有舒心的日月。在他的幼年，家贫如洗，又常常遭土匪的绑票，三个兄弟先后被绑票过三次，每次都是变卖家产赎回，而年仅七岁的他，也竟在一个傍晚被人背走到几百里外。贾家受尽了屈辱，发誓要供养出一个出头的人，便一心要他读书。父亲提起那段生活，总是感激着三个大伯，说他夜里读书，三个大伯从几十里外扛木头回来，为了第二天再扛到二十里外的集市上卖个好价，成半夜在院中用石槌砸木头的大小截面，那种"咣咣"的响声使他不敢懒散，硬是读完了中学，成为贾家第一个有文化的人。此后的四五十年间，他们兄弟四人亲密无间，二十二口的大家庭一直生活到六十年代，后来虽然分家另住，谁家做一顿好吃的，必是叫齐别的兄弟。我记得父亲在邻县的中学任教时期，一直把三个堂兄带在身边上学，他转到哪儿，就带在哪儿，堂兄在学生宿舍里搭合铺，一个堂兄尿床，父亲就把尿床的堂兄叫去和他一块睡，一夜几次叫醒小便，但常常堂兄还是尿湿了床，害得父亲这头湿了睡那头，那头暖干了睡这头。我那时和娘住在老家，每年里去父亲那儿一次，我的伯父就用箩筐一头挑着我，一头挑着粮食翻山越岭走两天，我至今记得我在摇摇晃晃的箩筐里看夜空的星星，星星总是在移动，让我无法数清。当我参加了工作第一次领到了工资，三十九元钱先给父亲寄去了十元，父亲买了酒便请了三个伯父痛饮，听母亲说那一次父亲是醉了。那年我回去，特意跑了半个城买了一根特大的铝盒装的雪茄，父亲拆开了闻了闻，却还要叫了三个伯父，点燃了一口一口轮流着吸。大伯年龄大，已经下世十多年了，按常理，父亲应该照看着二伯和三伯先走，可谁也没想到，料理父亲丧事的竟是二伯和三伯。在盛殓的那个中午，贾家大小一片哭声，二伯和三伯老泪纵横，瘫坐在椅子上不得起来。

"文化大革命"中，家乡连遭三年大旱，生活极度拮据，父亲却被诬陷为历史反革命关进了牛棚。正月十五的下午，母亲炒了家中仅有的一疙瘩肉盛在缸子里，伯父买了四包香烟，让我给父亲送去。我太阳落山时赶到他任教的学校，父亲已经遭人殴打过，造反派硬不让见，我哭着求情，终于在院子里拐角处见到了父亲，他黑瘦得厉害，才问了家里的一些情况，监管人就在一边催时间了。父亲送我走过拐角，却将缸子交给我，说："肉你拿回去，我把烟留下就是了。"我出了院子的栅栏门，门很高，我只能隔着栅栏缝儿看父亲，我永远忘不了父亲呆呆站在那儿看我的神色。后来，父亲带着一身伤残被开除公职押送回家了，那是个中午，我正在山坡上拔草，听到消息扑回来，父亲已躺在床上，一见我抱了我就说："我害了我娃了！"放声大哭。父亲是教了半辈子书的人，他胆小，又自尊，他受不了这种打击，回家后半年内不愿出门。但家庭从政治上、经济上一下子沉沦下来，我们常常吃了上顿没有下顿，自留地的包谷还是嫩的便掰了回来，包谷棵儿和穗儿一起在碾子上砸了做糊糊吃，麦子不等成熟，就收回用锅炒了上磨。全家唯一的指望是那头猪，但猪总是长一身红绒，眼里出血似的盼它长大了，父亲领着我们兄弟将猪拉到十五里外的镇上去交售，但猪瘦不够标准，收购站拒绝收。听说二十里外的邻县一个镇上标准低，我们决定重新去交，天不明起来，特意给猪喂了最好的食料，使猪肚撑得滚圆，我们却饿着，父亲说："今日把猪交了，咱父子仨一定去饭馆美美吃一顿！"这话极大地刺激了我和弟弟，赤脚冒雨将猪拉到了镇上。交售猪的队排得很长，眼看着轮到我们了，收购员却喊了一声："下班了！"关门去吃饭。我们迭声叫苦，没有钱去吃饭，又不能离开，而猪却开始排泄，先是一泡没完没了的尿，再是翘了尾巴要拉，弟弟急了，拿脚直踢猪屁股，但最后还是拉下来，望着那老大的一堆猪粪，我们明白那是多少钱的分量啊。骂猪，又骂收购员，最后就不骂了，因为我和弟弟已经毫无力气了。直等到下午上班，收购员过来在猪的脖子上捏捏，又在猪肚子上揣揣，头不抬地说："不够等级！下一个——"父亲首先急了，忙求着说："按最低等级收了吧。"收购员翻着眼训道："白给我也不收哩！"已经去验下一头猪了。父亲在那里站了好大一会儿，又过来蹲在猪旁边，他再没有说话，手抖着在口袋里掏烟，但没有掏出来，扭头对我们说："回吧。"父子仨默默地拉猪回来，一路上再没有说肚子饥的话。

在那苦难的两年里，父亲耿耿于怀的是他蒙受的冤屈，几乎过三天五天就要我来写一份翻案材料寄出去。他那时手抖得厉害，小油灯下他讲他的历史，我逐字书写，寄出去的材料百分之九十泥牛入海，而父亲总是自信十足。家贫买不起纸，到任何地方一发现纸就眼开，拿回来仔细裁剪，又常常纸色不同，以致后来父子俩谈起翻案材料只说"五色纸"就心照不宣。父亲幼年因家贫害过胃疼，后来愈过，但也在那数年间被野菜和稻糠重新伤了胃，这也便是他恶变胃癌的根因。当父亲终于冤案昭雪后，星期六的下午他总要在口袋里装上学校的午餐，或许是一片烙饼，或是四个小素包子，我和弟弟便会分别拿了躲到某一处吃得最后连手也舔了，末了还要趴在泉里喝水涮口咽下去。我们不知道那是父亲饿着肚子带回来的，最最盼望每个星期六傍晚太阳落山的时候。有一次父亲看着我们吃完，问："香不香?"弟弟说："香，我将来也要当个教师!"父亲笑了笑，别过脸去。我那时稍大，说现在吃了父亲的馍馍，将来长大了一定买最好吃的东西孝敬父亲。父亲退休以后，孩子们都大了，我和弟弟都开始挣钱，父亲也不愁没有馍馍吃，在他六十四岁的生日我买了一盒寿糕，他却直怨我太浪费了。五月初他病加重，我回去看望，带了许多吃食，他却对什么也没了食欲，临走买了数盒蜂王浆，叮咛他服完后继续买，钱我会寄给他的，但在他去世后第五天，村上一个人和我谈起来，说是父亲服完了那些蜂王浆后曾去商店打问过蜂王浆的价钱，一听说一盒八元多，他手里捏着钱却又回来了。

父亲当然是普通的百姓，清清贫贫的乡间教师，不可能享那些大人物的富贵，但当我在城里每次住医院，看见老干楼上的那些人长期为小病疗养而坐在铺有红地毯的活动室中玩麻将，我就不由得想到我的父亲。

在贾家族里，父亲是文化人，德望很高，以致大家分为小家，小家再分为小家，甚至村里别姓人家，大到红白喜丧之事，小到婆媳兄妹纠纷，都要找父亲去解决。父亲乐意去主持公道，却脾气急躁，往往自己也要生许多闷气。时间长了，他有了一定的权威，多少也有了以"势"来压的味道，他可以说别人不敢说的话，竟还动手打过一个不孝其父的逆子的耳光，这少不得就得罪了一些人。为这事我曾埋怨他，为别人的事何必那么认真，父亲却火了，说道："我半个眼窝也见不得那些龌龊事!"父亲忠厚而严厉，胆小却嫉恶如仇，他以此建立了他的人品和德行，也以此使他吃了许多苦头，受了许多难处。当他活着的时候，这个家庭和这个村子的百多户人家已习惯了父亲的好处，似乎并不觉得什么，而听到他去世的消息，猛然间都感到了他存在的重要。我守坐在灵堂里，看着多少人来放声大哭，听着他们哭诉："你走了，有什么事我给谁说呀！"的话，我欣慰着我的父亲低微却崇高，平凡而伟大。

在我还小的时候，我是害怕父亲的，他对我的严厉使我产生惧怕，和他单独在一起，我说不出一句话，极力想赶快逃脱。我恋爱的那阵，我的意见与父亲不一致，那年月政治的味道特浓，他害怕女方的家庭成分影响了我，他骂我、打我，吼过我"滚"。在他的一生中，我什么都听从他，唯那件事使他伤透了心。但随着时代的变化，家庭出身已不再影响到个人的前途，但我的妻子并未记恨他，像女儿一样孝敬他，他又反过来说我眼光比他准，逢人夸说儿媳的好处，在最后的几年里每年都喜欢来城中我的小家中住一个时期。但我在他面前，似乎一直长不大，直到我的孩子已经上小学了，一次他来城里，见面递给我一支烟来吸，我才知道我成熟了，有什么可以直接同他商量。父亲是一个普通的乡村教师，又受家庭生计所累，他没有高官显禄的三朋，也没有身缠万贯的四友，对于我成为作家，社会上开始有些虚名后，他曾是得意和自豪过。他交识的同行和相好免不了向他恭贺，当然少不了向他讨酒喝，父亲在这时候是极其的慷慨，身上有多少钱就掏多少钱，喝就喝个酩酊大醉。以至后来，有人在哪里看见我发表了文章，就拿着去见父亲索酒。他的酒量很大，原因一是"文革"中心情不好借酒消愁，二是后来为我的创作以酒得意，喝酒喝上了瘾，在很长的日子里天天都要喝的，但从不一人独喝，总是吆喝许多人聚家痛饮，又一定要母亲尽一切力量弄些好的饭菜招待。母亲曾经抱怨：家里的好吃好喝全让外人享用了！我也为此生过他的气，以我拒绝喝酒而抗议，父亲真有一段时间也不喝酒了。一九八二年的春天，我因一批小说受到报刊的批评，压力很大，但并未透露一丝消息给他。他听人说了，专程赶三十里到县城去翻报纸，熬煎得几个晚上睡不着。我母亲没文化，不懂得写文章的事，父亲给她说的时候，她困得不时打盹，父亲竟生气地骂母亲。第二天搭车到城里见我，我的一些朋友恰在我那儿谈论外界的批评文章，我怕父亲听见，让他在另一间房内休息，等来客一走，他竟过来说："你不要瞒我，事情我全知道了。没事不要寻事，有了事就不要怕事。你还年轻，要吸取经验教训，路长着哩！"说着又返身去取了他带来的一瓶酒，说："来，咱父子都喝喝酒。"他先倒了一杯喝了，对我笑笑，就把杯子交给我。他笑得很苦，我忍不住眼睛红了。这一次我们父子都重新开戒，差不多喝了一瓶。

自那以后，父亲又喝开酒了，但他从没有喝过什么名酒。两年半前我用稿费为他买了一瓶茅台，正要托人捎回去，他却来检查病了，竟发现患的是胃癌。手术后，我说："这酒你不能喝了，我留下来，等你将来病好了再喝。"我心里知道，父亲怕是再也喝不成了，如果到了最后不行的时候，一定让他喝一口。在父亲生命将息的第十天，我妻子陪送老人回老家，我让把酒带上。但当我回去后，父亲已经去世了，酒还原封未动。妻说：父亲回来后，汤水已经不能进，就是让喝酒，一定腹内烧得难受，为了减少没必要的痛苦，才没有给父亲喝。盛殓时，我流着泪把那瓶茅台放在棺内，让我的父亲在另一个世界上再喝吧。如今，我的文章还在不断地发表出版，我再也享受不到那一份特殊的祝贺了。

父亲只活了六十六岁，他把年老体弱的母亲留给我们，他把两个尚未成家的小妹留给我们，他把家庭的重担留给了从未担过重的长子的我。对于父亲的离去，我们悲痛欲绝，对于离去我们，父亲更是不忍。当检查得知癌细胞已广泛转移毫无医治可能的结论时，我为了稳住父亲的情绪，还总是接二连三地请一些医生来给他治疗，事先给医生说好一定要表现出检查认真，多说宽心话。我知道他们所开的药全都是无济于事的，但父亲要服只得让他服，当然是症状不减，且一日不济一日，他说："平呀，现在咋办呀？"我能有什么办法呀，父亲。眼泪从我肚子里流走了，脸上还得安静，说："你年纪大了，只要心放宽静养，病会好的。"说罢就不敢看他，赶忙借故别的事走到另一个房间去抹眼泪。后来他预感到了自己不行了，却还是让扶起来将那苦涩的药面一大勺一大勺地吞在口里，强行咽下，但他躺下时已泪流满面，一边用手擦着一边说："你妈一辈子太苦，为了养活你们，舍不得吃，舍不得穿，到现在还是这样。我只说她要比我先走了，我会把她照看得好好的……往后就靠你们了。还有你两个妹妹……"母亲第一个哭起来，接着全家大哭，这是我们唯有的一次当着父亲的面痛哭。我真担心这一哭会使父亲明白一切而加重他的负担，但父亲反倒劝慰我们，他照常要服药，说他还要等着早已订好的国庆节给小妹结婚的那一天，还叮咛他来城前已给菜地的红萝卜浇了水，菜苗一定长得茂密，需要间一间。就在他去世的前五天，他还要求母亲去抓了两副中草药熬着喝。父亲是极不甘心地离开了我们，他一直是在悲苦和疼痛中挣扎，我那时真希望他是个哲学家或是个基督教徒，能透悟人生，能将死自认为一种解脱，但父亲是位实实在在的为生活所累了一生的平民，他的清醒的痛苦的逝去使我心灵不得安宁。当得知他在最后一刻终于绽出一个微笑，我的心多多少少安妥了一些。可以告慰父亲的是，母亲在悲苦中总算挺了过来，我们兄妹都一下子更加成熟，什么事都处理得很好。小妹的婚事原准备推迟。但为了父亲灵魂的安息，如期举办，且办得十分圆满。这个家庭没有了父亲并没有散落，为了父亲，我们都努力地活着。

按照乡间风俗，在父亲下葬之后，我们兄妹接连数天的黄昏去坟上烧纸和燃火，名曰："打怕怕"，为的是不让父亲一人在山坡上孤单害怕。冥纸和麦草燃起，灰屑如黑色的蝴蝶满天飞舞，我们给父亲说着话，让他安息，说在这面黄土坡上有我的爷爷奶奶，有我的大伯，有我村更多的长辈，父亲是不会孤单的，也不必感到孤单；这面黄土坡离他修建的那一院房子并不远，他还是极容易来家中看看；而我们更是永远忘不了他，会时常来探望他的。

一九八九年十月十三日写毕，父亲去世后三十三天，"五七"之前

（选自《贾平凹文集》，陕西人民出版社，一九九八年版）

林清玄

林清玄（1953—），台湾高雄人。毕业于台湾世界新闻专科学校。1973
年开始创作散文，文笔流畅清新，情感醇厚浪漫。作品有散文集《莲
花开落》、《冷月钟笛》、《温一壶月光下酒》、《鸳鸯香炉》、《金色
印象》、《白雪少年》、《桃花心木》、《心田上的百合花》等。

浴着光辉的母亲

在公共汽车上，看见一个母亲不断疼惜呵护弱智的儿子，担心着儿子第一次坐公共汽车受到惊吓。

"宝宝乖，别怕别怕，坐车车很安全。"——那母亲口中的宝宝，看来已经是十几岁的少年了。

乘客们都用非常崇敬的眼神看着那浴满爱的光辉的母亲。我想到，如果人人都能用如此崇敬的眼神看自己的母亲就好了，可惜，一般人常常忽略自己的母亲也是那样充满光辉。那对母子下车的时候，车内一片静默，司机先生也表现了平时少有的耐心，等他们完全下妥当了，才缓缓起步，开走。

乘客们都还向那对母子行注目礼，一直到他们消失于街角。

我们为什么对一个人完全无私地溶入爱里会有那样庄严的静默呢？原因是我们往往难以达到那种完全溶入的庄严境界。

完全的溶入，是无私的、无我的、无造作的，就好像灯泡的钨丝突然接通，就会点亮而散发光辉。

就以对待孩子来说吧！弱智的孩子在母亲的眼中是那么天真、无邪，那么值得爱怜，我们自己对待正常健康的孩子则是那么严苛，充满了条件，无法全心地爱怜。

但愿，我们看自己孩子的眼神也可以像那位母亲一样，完全无私、溶入，有一种庄严之美，充满爱的光辉。

曹文轩

曹文轩（1954—），江苏盐城人。当代著名作家，精擅儿童文学，是中国少年写作的积极倡导者、推动者。主要作品有文学作品集《忧郁的田园》、《红葫芦》、《蔷薇谷》、《追随永恒》、《三角地》等，长篇小说《埋在雪下的小屋》、《草房子》、《天瓢》、《细米》、《青铜葵花》等，主要学术性著作《中国80年代文学现象研究》、《小说门》等。作品大量被译介到国外。

痴　鸡

　　每年春天，总有一些母鸡要克制不住地生长出孵小鸡的欲望。那些日子，它们几乎不吃不喝地到处寻觅着鸡蛋。一见了鸡蛋，它们就会欢快地咯咯咯地叫唤几声，然后蓬松开羽毛，慢慢蹲下去，将蛋拢住煜在胸脯下面。但许多人家，并无孵小鸡的打算，便在心里不能同意这些母鸡们的想法。再说，正值春日，应是母鸡们好好下蛋的季节。这些母鸡一旦要孵小鸡时，却便进入痴迷状态。而废寝忘食的结果是再也不能下蛋。这就使得主人很恼火，于是就会采取种种手段将这些痴鸡们从孵小鸡的欲望中拖拽回来。这样的行为，叫"醒鸡"。

　　我总记着许多年前，我家的一只黑母鸡。

　　那年春天，这只黑母鸡也想孵小鸡。第一个看出它有这个念头的是母亲。她几次喂食，见它心不在焉只是很随意地啄几粒食就独自走到一边去时，说："它莫非要孵小鸡？"我们小孩一听很高兴："那就让它孵吧。"

　　母亲说："不能。大姨妈家已有一只鸡代我们家孵了。这只黑鸡，它应该下蛋。它是最能下蛋的一只鸡。"

　　我从母亲的眼中可以看出，她已很仔细地在心中盘算过这只黑鸡将会在春季里产多少蛋，这些蛋可以换回多少油盐酱醋来。她看了看那只黑母鸡，似乎有点为难。但最后还是说："万万不能让它孵小鸡。"

　　这天，母亲终于认定了黑母鸡确实有了孵小鸡的念头，并进入状态了。得出这一结论，是因为她忽然发现黑母鸡不见了，便去找它，最后在鸡窝里发现了它，那时，它正全神贯注地趴在几只尚未来得及取出的鸡蛋上。母亲将它抓出来时，那几只鸡蛋早已被煜得很暖和了。

母亲给了我一根竹竿："撵它，要大声地喊，把它吓醒过来。"

"还是让它孵吧。"

母亲坚持说："不能。鸡不下蛋，你连买瓶墨水的钱都没有。"

我知道不能改变母亲的主意，取过竹竿，跑过去将黑鸡撵起来。它在前面跑，我就挥着竹竿在后面追，并大声喊叫："噢——！噢——！"从屋前追到屋后，从竹林追到菜园，从路上追到地里，我竟在这种追赶中忘记了对那只黑母鸡的怜悯与同情，倒在心里觉到了一种快意。我双目紧紧盯住它，把追赶的速度不断加快，把喊叫的声音不断加大，引得正要去上学的学生和正要下地干活的人都站住了看。几个妹妹起初是站在那儿跟着叫，后来也参加进来，与我一起轰赶着。

黑母鸡的速度越来越慢了，翅膀也耷拉了下来，还不时地跌倒。见竹竿挥舞过来，只好又挣扎着爬起，继续跑。

我终于精疲力竭地瘫坐在了草垛底下，一边喘气，一边抹着额头上的大汗。

黑母鸡钻到了草丛里，一声不吭地直将自己藏到傍晚，才钻出草丛。但经这一惊吓，黑母鸡似乎并未醒来。它晾着双翅，咯咯咯地叫着，依旧寻觅着鸡蛋。它一下子就瘦损下来，似乎只剩下了一只空壳。本来鲜红欲滴的鸡冠，此时失了血色，而一身漆黑的羽毛也变得枯焦，失去了光泽。不知是因为它总晾着翅膀使其他鸡们误以为它有进攻的意思，还是因为鸡们如人类一样喜欢捉弄痴子，总而言之，它们不是群起而追之，便是群起而啄之。它毫无反抗的念头，且也无反抗的能力，在追赶与攻击中，只能仓皇逃窜，只能蜷缩在角落上，被啄得一地羽毛。它的脸上已有几处流血。

每逢看到如此情景，我一边为它的执迷不悟而生气，一边用竹竿去狠狠打击那些心狠嘴辣的鸡们，使它能够摇晃着身体躲藏起来。

过不几天，大姨妈家送孵出的小鸡来了。

黑母鸡听到小鸡叫，大步跑过来，翅大身轻，简直像飞。见了小鸡，它竟不顾有人在旁，就咯咯咯地跑过来。它要做鸡妈妈。但那些小鸡一见了它，就像小孩一见到疯子，吓得四处逃散。我就仿佛听见黑母鸡说"你们怎么跑了"，只见它四处去追那些小鸡。等追着了，它就用大翅将它们罩到了怀里。那被罩住的小鸡，就在黑暗里惊叫，然后用力地钻了出来，往人腿下跑。它东追西赶，弄得小鸡们东一只西一只，四下里一片唧唧唧的鸡叫声。

母亲说："还不赶快将它赶开去！"

我拿了竹竿，就去轰它。起初它不管不顾，后来终于受不了竹竿抽打在身上的疼痛，只好先丢下了小鸡们，逃到竹林里去了。

我们将受了惊的小鸡们一只一只找回来。它们互相见到之后，竟很令人怜爱地互相拥挤成一团，目光里满是怯生生的神情。

而竹林里的黑母鸡，一直在叫唤着。停住不叫时，就在地上啄食。其实并未真正啄食，只是做出啄食的样子。在它眼里，它的周围似乎有一群小鸡。它要教它们啄食。它竟然在啄了一阵食之后，幸福地扇动了几下翅膀。

当它终于发现，它只是孤单一只时，便如同一个母亲忽然发现丢失了自己的孩子，从竹林里惊慌地跑出，到处叫着。

被母亲捉回笼子里的小鸡们，听见黑母鸡的叫声，挤作一团，瑟瑟发抖。

母亲说："非得把这痴鸡弄醒，要不，这群小鸡是不得安生的。"

母亲将邻居家的毛头请来对付黑母鸡。毛头做了一面小旗，然后，将黑母鸡抓住，将这面小旗缚在了它的尾巴上。毛头将它松开后，黑母亲误以为有什么东西向它飞来了，惊得大叫，发疯似的跑起来。那面小旗竖在尾巴上，在风中沙沙作响，这就更增加了黑母鸡的恐怖，于是更不要命地奔跑。

我们就都跑出来看。黑母鸡不用人追赶，屋前屋后地跑着，样子很滑稽。于是邻居家的几个小孩，就拍着手，跳起来乐。

黑母鸡后来飞到了草垛上。它原以为会摆脱小旗的，不想小旗仍然跟着它。它又从草垛上飞了下来。在它从草垛上飞下来时，我看见那面小旗在风中飞扬，犹如给黑母鸡又插上了一只翅膀。

其他的鸡也被惊得到处乱飞。那只黄狗也汪汪乱叫。这只黑母鸡，搞得我们家真正的鸡犬不宁。

黑母鸡钻进了竹林，那面小旗被竹枝勾住，终于从它的尾巴上被拽了下来。它跌倒在地上，很久未能爬起来，张着嘴巴光喘气。

黑母鸡依旧没有能够醒来。而由于这段时间的折腾，其他的母鸡也不下蛋了。

"把它卖掉吧。"我说。

母亲说："谁要一副骨头架子？"

邻居家的毛头似乎很乐于来处置这只黑母鸡。他，将它抱到河边上，突然地将它抛到河的上空。黑母鸡落到水中，沉没了一下，浮出水面，伸长脖子，向岸边游来。毛头早站在那儿。等它游到岸边，他又将它捉住，更远地抛到河的上空。毛头从中得到了一种残忍的快感，一次比一次抛得远，而黑母鸡越来越游不动了。鸡的羽毛不像鸭的羽毛不沾水，几次游动之后，它的羽毛完全地湿透，身体便如铅团一样坠着往水里沉。它奋力拍打着翅膀，十分吃力地往岸边游着。好几回，眼看就要沉下去了，它又挣扎着伸长脖子游动起来。

毛头弄得自己一身是水。

当黑母鸡再一次拼了命游回到岸边时，母亲不忍再看，让毛头别再抛了。

黑母鸡爬到岸上，再也不能动弹。我将它抱回，放到一堆干草上。它缩着身体，在阳光下索索发抖。呆滞的目光里，空空洞洞。

黑母鸡变得古怪起来，它晚上不肯入窝，总要人找上半天，才能找回它。而早上一出窝，就独自一个跑开了，或钻到草垛的洞里，或钻在一只废弃了的盒子里。搞得家里的人都很心烦。又过了两天，它简直变得可恶了。当小鸡从笼子里放出，在院子里走动时，它就会出其不意地跑出，去追小鸡。一旦追上时，它显出一种变态的狠毒，竟如鹰一样，用翅膀去打击小鸡，直把小鸡打得乱飞乱叫。

母走赶开它说："你大概要挨宰了！"

一天，家里无人，黑母鸡大概因为一只小鸡并不认它，企图摆脱它的爱抚，竟啄了那只小鸡的翅膀。

母亲回来后见到这只小鸡的翅膀流着血，很心疼，就又去叫来毛头。

毛头说："这一回，它再不醒，就真的醒不来了。"他找了一块黑布，将黑母鸡的双眼蒙住，然后举起来，将它的双爪放在一根晾衣服的铁丝上。

黑母鸡站在铁丝上晃悠着。那时候它的恐惧，可想而知，大概比人立于悬崖面临万丈深渊更甚。因为人毕竟可以看见万丈深渊，而这只黑母鸡却在一片黑暗里。它用双爪死死抓住铁丝，张开翅膀竭力保持平衡。

起风了，风吹得铁丝呜呜响。黑母鸡在铁丝上开始大幅度地晃悠。

它除了用双爪抓住铁丝，还蹲下身子，将胸脯紧贴着铁丝，两只翅膀一刻不敢收拢。即便是这样，在经过长时间的坚持之后，保持平衡也已随时不能了。它几次差点从铁丝上栽下来，靠用力扇动翅膀之后，才又勉强留在了铁丝上。

我看了它一眼，上学去了。

课堂上，我就没有怎么听老师讲课，眼前老是晃动着一根铁丝，铁丝上站着那只摇摆不定的黑母鸡。放了学，我匆匆往家赶，进院子一看，却见黑母鸡居然还奇迹般的留在铁丝上。我立即将它抱下，解除了黑布，将它放在地上。它瘫痪在地上，竟一步不能走动了。

母亲抓了一把米，放在它嘴边。它吃了几粒就不吃了。母亲又端来半碗水，它却迫不及待地将嘴伸进水中，转眼间就将水喝光了。这时，它慢慢地立起身，摇晃着走到篱笆下。估计还是没有力气，就又在篱笆下蹲了下来，一副很安静的样子。

母亲叹息道："这回大概要醒来了。再醒不来，也不要再去惊它了。"

傍晚，黑母鸡等其他的鸡差不多进窝后，也摇摇晃晃地进了窝。

我对母亲说："它怕是真的醒了。"

母亲说："以后得把它分开来，让它吃些偏食。"

然而，过了两天，黑母鸡却不见了，无论你怎么四处去唤它，也未能将它唤出。我们就只能寄希望于它自己走出来了。但一个星期过去了，也未能见到它的踪影。

我就满世界去找它，大声呼唤着。

母亲说："怕是被黄鼠狼拖去了。"

我们终于失望了。

母亲很惋惜："谁让它痴的呢？"

起初，我还想着它，十天之后，便也将它淡忘了。

黑母鸡失踪后大约三十多天，这天，我和母亲正在菜园里种菜，忽然隐隐约约地听到不远处的竹林里有小鸡的叫声。"谁家的小鸡跑到我们家竹林里来了？"母亲这么一说，我们也就不再在意了。但过不一会儿，又听到了咯咯咯的母鸡声，我和母亲不约而同地都站了起来："怎么像我们家黑母鸡的声音？"再寻声望去时，眼前的情景把我和母亲惊呆了。

黑母鸡领着一群小鸡正走出竹林，来到一棵柳树下。当时，正是中午，阳光明亮照眼，微风中，柳丝轻轻飘扬。那些小鸡似乎已经长了一些日子，都已显出羽毛了，竟一只只都是白的，像一团团雪，在黑母鸡周围欢快地觅食与玩耍。其中一只，看见柳丝在飘扬，竟跳起来想用嘴去叼住，却未能叼住，倒跌在地上，笨拙地翻了一个跟头。再细看黑母鸡，只见它神态安详，再无一丝痴态，鸡冠也红了，毛也亮亮闪闪的，又紧密，又有光泽。

我跳过篱笆，连忙从家里抓来米，轻轻走过去，撒给黑母鸡和它的一群白色的小鸡。它们并不怕人，很高兴地啄着。

母亲纳闷："它是在哪儿孵了一窝小鸡呢？"

半年之后，我和母亲到距家五十多米的东河边上去把一垛草准备弄回来时，发现那个本是孩子们捉迷藏用的洞里，竟有许多带有血迹的蛋壳。我和母亲猜想，这些鸡蛋，就是在黑母鸡发痴时，我家的其他母鸡受了惊，不敢在家里的窝中下蛋，将蛋下到这儿来了。这片地方长了许多杂草，很少有人到这儿来。大概是草籽和虫子，维持了黑母鸡与它的孩子们的生活。

黑母鸡自从出现之后，就再也没有领着它的孩子们回那个寂寞的草垛洞。

敬告作者

　　本书系选编本，出版前未能与部分作者取得联系。凡是没有收到样书和稿费的作者，请函告详细通信处。本书所选录的作家作品的稿费，均以人民币支付。特此说明，敬希谅察！

华艺出版社

2011 年 7 月 10 日